A jornada *de* Maelle

Maud Ankaoua

A jornada *de* Maelle

Que caminhos você trilharia em busca da felicidade?

Tradução: Andreas Valtuille

VESTÍGIO

Copyright © 2017 Éditions Eyrolles
Copyright desta edição © 2023 Editora Vestígio

Título original: *Kilomètre zéro: Le chemin du bonheur*

Publicado mediante acordo com a Agencia Literaria A.C.E.R.

Todos os direitos reservados pela Editora Vestígio. Nenhuma parte desta publicação poderá ser reproduzida, seja por meios mecânicos, eletrônicos, seja via cópia xerográfica, sem autorização prévia da Editora.

DIREÇÃO EDITORIAL
Arnaud Vin

EDITORA RESPONSÁVEL
Bia Nunes de Sousa

PREPARAÇÃO DE TEXTO
Natália Chagas Máximo

REVISÃO
Samira Vilela
Marina Guedes

CAPA
Diogo Droschi
(sobre imagem de Shutterstock)

DIAGRAMAÇÃO
Guilherme Fagundes

Dados Internacionais de Catalogação na Publicação (CIP)
Câmara Brasileira do Livro, SP, Brasil

Ankaoua, Maud
  A jornada de Maelle : que caminhos você trilharia em busca da felicidade? / Maud Ankaoua ; tradução Andreas Valtuille. -- 1. ed. -- São Paulo : Vestígio, 2023.

  Título original: Kilomètre zéro : Le chemin du bonheur
  ISBN 978-65-6002-013-9

  1. Amizade 2. Autoconhecimento 3. Felicidade 4. Ficção 5. Transformação pessoal 6. Jornada de cura I. Título.

23-163788 CDD-843

Índices para catálogo sistemático:
1. Ficção : Literatura 843
Eliane de Freitas Leite - Bibliotecária - CRB 8/8415

A **VESTÍGIO** É UMA EDITORA DO **GRUPO AUTÊNTICA**

São Paulo
Av. Paulista, 2.073 . Conjunto Nacional
Horsa I . Sala 309 . Bela Vista
01311-940 . São Paulo . SP
Tel.: (55 11) 3034 4468

Belo Horizonte
Rua Carlos Turner, 420
Silveira . 31140-520
Belo Horizonte . MG
Tel.: (55 31) 3465 4500

www.editoravestigio.com.br
SAC: atendimentoleitor@grupoautentica.com.br

*A todos vocês que continuam me ensinando todos os dias.
A você, caro leitor, que tem este livro em suas mãos, ofereço o
pouco que entendi em quarenta e cinco anos na esperança de que
uma palavra, uma frase, possa mudar sua vida para melhor.
Boa viagem!*

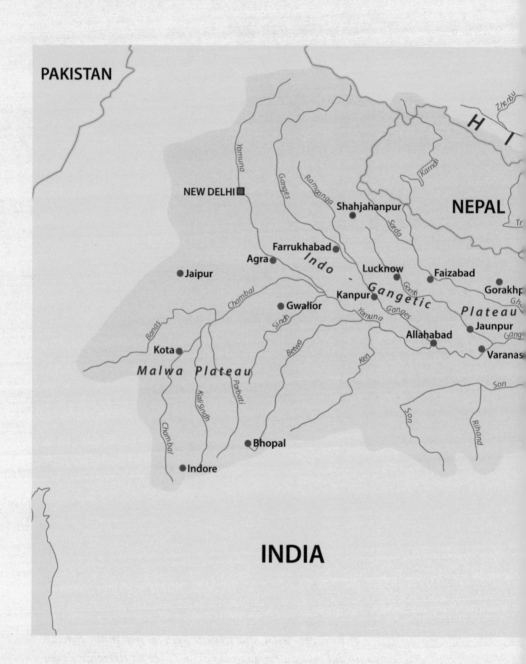

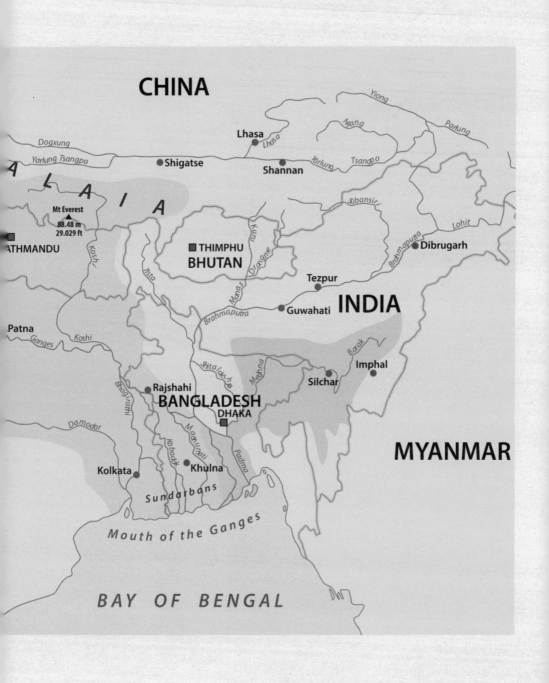

Arrependimento ou remorso?

*"É preciso mais força de caráter para entender
um oponente do que para rejeitá-lo."*

Sébastien Provost

Peguei um táxi e atravessei Paris até o Panteão. Há cinco anos que não vinha a este bairro, desde a minha última apresentação na Escola Normal Superior de Paris (ENS). Devido à falta de fundos, decidimos fazer lobby diretamente nas melhores faculdades de Engenharia a fim de atrair talentos em potencial para a empresa que havíamos criado: uma startup de gênios onde, nos últimos oito anos, investi todo o meu tempo, esperando por um milagre. Minhas funções de diretora financeira evoluíram rapidamente: diretora jurídica, diretora de recursos humanos, diretora de uma filial – eu encarava tudo, até não poder mais.

Agora, eu só precisava terminar de examinar alguns currículos e enfim poderia desfrutar de alguns dias de férias. Como todas as quintas-feiras, saí do trabalho mais cedo para ir à academia. No programa de hoje, noventa minutos de esteira. Passei metade desse tempo sonhando acordada, sem prestar muita atenção às pessoas que vinham usar os outros equipamentos. No fim das contas, lembrei-me de que ainda precisava terminar minhas compras on-line.

O que será que havia de tão urgente para que Romane insistisse tanto? Fazia um ano que eu não tinha notícias dela.

– Maelle, preciso falar com você, encontre-me na Rua Ulm, número vinte e seis, amanhã às dez da manhã.

— O que está acontecendo? Não dá para esperar até o fim de semana?

— Não, é urgente mesmo. Venha! — respondeu, alternando entre um tom de voz ora brusco, ora suave, algo que ela sabia fazer bem, antes de desligar sem escutar o que eu tinha a dizer.

Tentei ligar para ela durante meu intervalo, mas caiu direto na caixa postal. No final, enviei uma mensagem: "Talvez eu não possa amanhã. Brunch no café Angelina no domingo?". Costumávamos conversar sobre a vida nesse famoso café sob os arcos dos Jardins das Tulherias: nossas crises, nossas decepções, nossas histórias de amor... sobretudo nossas histórias de amor! Ela respondeu à minha mensagem de imediato: "Precisamos conversar, estou contando com você, amiga!".

Romane não era do tipo que pedia ajuda. Essa libanesa de 34 anos impactava com sua altura e sua atitude. A vida não a poupara, mas cada dificuldade a fortalecera; as cicatrizes são, afinal, a prova de que somos mais fortes do que aquilo que nos machucou.

Nos conhecemos no Instituto de Estudos Políticos de Paris. Romane cursava Medicina. Sabia tudo sobre mim e me contou muito sobre si mesma; éramos inseparáveis. Não havia tabu entre nós, exceto sua infância em Beirute; ela só tocara uma única vez nesse assunto, durante uma de nossas escapadas clandestinas. Vivenciara coisas que pareciam saídas de outro século: guerra, bombas, terror... depois disso, nunca mais mencionou seu passado. Emanava força e coragem, o que me fascinava. Casou-se jovem, provavelmente para respeitar as tradições. E teve três filhos, um atrás do outro, voltando a trabalhar logo em seguida, como se quisesse recuperar o tempo que passou satisfazendo exigências culturais. E conseguiu mesmo recuperar esse tempo perdido! Em cinco anos, conseguiu um cargo de alto escalão em um grupo farmacêutico mundialmente conhecido. Eu a via pouco, mas os jornais me mantinham informada. Ela havia organizado vários eventos nos últimos meses, aos quais não pude comparecer. O trabalho consumia muito do meu tempo também. Sem saber o que responder, cedi: "Tá bem, Romane, estarei lá".

O trânsito estava bom. Em menos de vinte minutos, o táxi passou pelo Conservatório Nacional de Artes e Ofícios e me deixou na esquina das ruas Claude-Bernard e Ulm. Cheguei quinze minutos adiantada. E aproveitei a oportunidade para tomar um café por ali, a fim de me recuperar da noite agitada que passei especulando sobre o que ela tinha a me dizer.

Eu era a única cliente no restaurante, exceto por um homem inclinado sobre o balcão, taça de vinho branco na mão, que teorizava sobre a incompetência do presidente em lidar com a crise. Um jovem garçom, alto e brusco, o escutava com uma intensidade desconcertante. O cheiro de café se misturava com os odores da cozinha e distorciam o prato do dia: o aroma de carne de vitela com cenouras amanteigadas, de acordo com o menu, chegava até mim misturado com os vapores do alvejante usado para limpar o piso ainda úmido. O garçom logo trouxe meu café, colocou a conta na mesa e voltou à discussão acalorada com o cliente.

Continuei a pensar sobre o que aconteceria. Romane estava agindo de maneira incomum. Esse estranho encontro no meio da manhã em um dia de semana não fazia seu estilo. O que tinha de tão importante para me dizer? Por que hoje?

Cinco para as dez. Saí do restaurante e atravessei a rua, caminhando pela paisagem de outono. As folhas de plátano pairavam em uma valsa a três tempos: meu pé direito as espalhava, meu pé esquerdo conduzia a dança, e o vento as capturava em um redemoinho. Apesar do céu azul, a manhã fria deixava claro a estação em que estávamos.

Subi a Rua Ulm e parei em frente a uma das entradas da ENS. Quando ainda era estudante, consegui uma carteirinha da biblioteca graças a um namorado da época, o que nos permitiu desfrutar dos arquivos, manuscritos inéditos e encontros calorosos na universidade durante um ano inteiro! Fiquei surpresa com o fato de Romane ter me convidado para encontrá-la aqui, há anos não voltávamos a esse lugar.

Diante do portão de ferro preto, lembrei-me do que minha amiga dissera quando vi o número do edifício: "45". Não era o número que indicara no dia anterior, ela dissera "26". Esperei mais cinco minutos, mas como não a vi chegar, resolvi ir ao número indicado. Romane era sempre pontual e não suportava quando as pessoas se atrasavam. Eu a vi acenando de longe e apertei o passo. As roupas esportivas que trajava não tinham nada a ver com ela. Com uma parca preta brilhante, legging e tênis, ela parecia pronta para uma boa caminhada na floresta. O gorro de lã cinza que escondia parte de seus olhos me deixou ainda mais perplexa. Dei-lhe um abraço e Romane me apertou forte, como sempre.

– Então, e esse mistério todo? O que tem de tão importante para me dizer? Estou meio sem tempo agora de manhã por causa do trabalho!

Romane me escutou sem interromper. A delicadeza de seu rosto, sua pele lisa e fosca, assim como seus olhos gentis e determinados, me emocionavam. Apesar da força que emanava, sua aparência era frágil esta manhã. Ela havia feito as sobrancelhas e as redesenhado com um lápis de olho. Achei uma lástima, mas resolvi não comentar. Como resposta à minha pergunta, ela acenou com a cabeça em direção ao número vinte e seis. Olhei para onde indicava: uma grande placa cinza ocupava o espaço acima da porta de entrada, com a palavra "Hospital" escrita em branco, ao lado de um brasão em alto relevo do Instituto Curie. Pela primeira vez, avistei o prédio imenso que ocupava um terço da rua.

– O que estamos fazendo... aqui? – O sangue gelou em minhas veias. Senti um choque elétrico atravessar meu corpo. Fiquei paralisada, sem palavras. Querendo me tranquilizar, procurei seus magníficos cachos pretos sob a malha grossa do gorro, e nada. Levei as mãos à boca para esconder o meu choque. Não conseguia tirar os olhos de seu rosto. As lágrimas começaram a escorrer e as palavras continuaram presas em minha garganta.

– Perspicaz como sempre! – ela murmurou enquanto me abraçava.

O Instituo Curie combate o câncer há décadas, então ligar os pontos foi fácil. Busquei forças no meu âmago a fim de não deixar as emoções me dominarem. Mesmo sem forças, continuei em pé.

– Merda, Romane... você não!

Ela me olhou, resignada:

– Sim, eu, como qualquer outra pessoa, Maelle – continuou, a voz séria. – Bom, não lhe fiz vir aqui para sentir pena de mim. Sei que está sem tempo, mas me acompanhe à minha sessão de quimioterapia e explico por que te liguei.

– Sua quimioterapia?

– Sim, mas não se preocupe, não é contagioso! Vamos, senão vou chegar atrasada.

Eu a segui, sentindo-me atordoada. Romane entrou direto, sem parar na recepção. O cheiro do hospital me dominou. A combinação de desinfetante e dor fez com que me arrependesse do café que havia tomado. Sabia que minha amiga estava doente, mas, naquele momento, tive a sensação de que me sentia pior do que ela.

Após um corredor escuro interminável, chegamos a uma espécie de galeria externa de cerca de vinte metros que conectava dois edifícios. Romane parou por um momento. O centro de quimioterapia ficava no outro setor. Mesmo que a passarela coberta de acrílico deixasse a luz entrar, eu tinha a sensação de atravessar o corredor da morte. Minhas pernas, já fracas, começaram a tremer, meu coração batia cada vez mais forte e meu estômago se contraiu. Passamos por uma primeira paciente, careca, sem cílios nem sobrancelhas. Em seguida, outra paciente respirava com dificuldade enquanto recebia uma solução nas veias da mão. Ela deu um sorriso fraco e Romane o retribuiu espontaneamente. Sem ousar erguer a cabeça, engasguei com um "bom dia" que ficou preso no fundo da garganta.

No final do corredor, duas fileiras de quatro assentos estavam organizadas de costas uma para a outra. Eu me sentei na primeira cadeira que vi e tentei me recompor enquanto minha amiga falava com Carole, a recepcionista.

– Bom dia, aqui estão suas etiquetas – disse a moça em um tom agradável.

O entusiasmo e a confiança de Romane me desconcertavam. Ela parecia não ter medo algum, como se estivesse conversando com uma vendedora de loja.

– Tenha um bom dia! – Romane a agradeceu e se virou para mim. – Vamos? É por ali.

Ela se dirigiu ao corredor em frente. Como conseguiria me levantar daquela cadeira? Como poderia encontrar forças para enfrentar todo este sofrimento? Não estava preparada para isso, meus músculos se contraíam. Fiquei paralisada na cadeira, à beira de passar mal. Romane se virou e correu até mim, assustada.

– Você não está se sentindo bem? Está lívida, quer um copo d'água?

– Não… quer dizer, sim… A situação é meio brutal, nunca imaginei que…

Eu não conseguia raciocinar. Para completar esse estado lamentável no qual me encontrava, senti uma dor de cabeça chegando.

— Se quiser esperar lá fora, te encontro daqui a pouco. A não ser que esteja sem tempo. — Sem esperar pela minha resposta, ela se levantou de um salto. — Vou pegar um copo d'água para você, já volto.

Carole se levantou e veio sentar-se ao meu lado.

— Não se preocupe, a primeira vez é sempre assim, depois a gente acostuma.

— Como assim, acostuma com o quê?

— Os odores, a aparência física dos pacientes e com não carregar o sofrimento deles. Quando vemos além das aparências, tudo o que importa é enfrentar a doença. A única maneira de ajudar sua amiga é acreditar nela e lhe dar a força necessária para lutar.

— Gostaria mesmo de fazer isso, mas não sei se consigo.

— Claro que consegue, porque ela a trouxe aqui. Eu a vi todas as semanas nos últimos seis meses, sempre tenaz e com um sorriso no rosto. Por experiência, sei que são estas as pessoas que se dão melhor. Nós curamos mais de oitenta por cento dos casos de câncer de mama. Ela vai ficar bem.

— Tenho certeza que sim, mas...

— É ela quem está doente, e não você. É a primeira vez que ela vem acompanhada de alguém, é importante que seja forte. — Ela me deu um tapinha na perna. — Vamos lá, recomponha-se, ela já vai voltar e precisa de você.

Carole voltou à sua mesa. Eu me recompus, suas palavras faziam sentido: Romane contava comigo, era ela quem estava doente. Mas por que minha amiga me trouxera hoje, se geralmente vinha sozinha?

Romane reapareceu, um copo d'água na mão.

— Devia ter lhe avisado.

— Não, não, eu só fiquei um pouco tonta. Você sabe que não curto hospitais.

Bebi a água de um só gole e me levantei. O rosto de Romane estava molhado de suor. Ela também parecia não estar bem e tirou o casaco, dobrando-o sobre o braço.

— O que está acontecendo, por que você está suando tanto?

— Estou com calor, mas não estou pronta para que você veja a minha situação real.

— Você está de brincadeira. Vejo uma guerreira diante de mim, e ela vai conseguir superar tudo isso. Tire esse gorro e vamos à luta. Juntas, seremos mais fortes.

Preparei-me para testemunhar sua queda de cabelo. Ela tirou o gorro, evitando o meu olhar. Ergui seu rosto para poder olhar em seus olhos:

— Sorte a sua de ter uma cabeça tão bonita assim! Está parecendo a Natalie Portman em *V de Vingança*. Mesma sensualidade, mesmo sorriso, mesmo mulherão! — Eu a abracei e sussurrei em seu ouvido: — Não é um câncer que vai arruinar nossa vida!

Carole e eu trocamos piscadelas discretas.

— Então vamos lá, Romane! Como isso funciona?

Ela sorriu e segurou meu braço. Depois de avisar uma enfermeira que já tinha chegado, voltou para esperar ao meu lado.

— Então... Quando você ficou sabendo? Já faz tempo?

Minha amiga me contou em detalhes sobre as primeiras dúvidas, os exames, a agonia dos resultados, a sentença, a luta, a dor, as consequências, o medo... Eu a escutava, imaginando tudo o que encarara, quando uma enfermeira vestindo uma blusa branca, chamada Pascale, veio nos avisar que o tratamento iria começar.

— Você trouxe alguém desta vez?

— Sim, um encontro de amigas, faz muito tempo que não nos vemos.

Romane apertou os olhos com força. Entramos em uma sala onde cada estação de tratamento era separada por cortinas. Nos sentamos nos lugares designados: Romane, deitada, mostrou o ombro e a parte superior do peito a fim de liberar o cateter. Pascale preparou as misturas e eu, sentada em uma poltrona, sentia-me prestes a desmaiar.

— Você tomou paclitaxel na semana passada, hoje vai ser mais tranquilo porque é só bevacizumabe. — A enfermeira se aproximou de minha amiga com uma grande agulha na mão. — Pronta?

— Sim — respondeu Romane, cerrando os dentes.

Ela respirou fundo. Eu a imitei, enchendo meus pulmões ao máximo. Pascale furou o cateter com a agulha e depois conectou as bolsas a um aparelho de conta-gotas automatizado.

— Tudo pronto para meia hora de conversa, meninas. Se precisarem de alguma coisa, é só chamar.

Romane não parecia sentir dor. Usou o controle remoto para arrumar a cabeceira da cama e me deu um sorriso cheio de compaixão.

– Sei que isso tudo está lhe abalando. Sei que não é para qualquer um, mas tenho um grande favor a lhe pedir.

– Claro, qualquer coisa!

Arrastei a cadeira pelos braços e me sentei na beirada para ficar o mais perto possível de minha amiga. Ela abaixou a cabeça.

– A quem mais eu poderia pedir?

Preocupada em não estar à altura do que viria em seguida, meus olhos permaneceram fixos em seus lábios.

– Ano passado, te contei que estava prestes a integrar uma equipe de pesquisadores para uma missão em Katmandu. Deveria ter passado dois meses lá, mas, três semanas depois de chegar, recebi a mensagem do meu ginecologista com os resultados dos exames que havia feito antes de ir. Eram definitivos.

– Câncer?

– Sim. Fiquei devastada e desabafei com um professor dos Estados Unidos, Jason, que morava lá havia cinco anos já. Ele falou de uma metodologia nepalesa ancestral que me proporcionaria uma cura por meio da conscientização e de uma mudança de estado de espírito.

Franzi a testa. Romane continuou:

– Vários livros mencionam essa abordagem, mas nenhum deles explica como alcançá-la. Jason me disse que não havia muitos indícios, mas que estava convencido de que essa cura transformaria o mundo; foi por isso que ele fora ao Nepal.

Romane recuperou o fôlego enquanto arrumava sua blusa.

– Durante um jantar, ele me mostrou as provas perturbadoras que havia reunido: coisas de períodos e países diferentes, todas fazendo referência à essa mesma forma de conscientização.

Cheia de dúvidas, reclinei-me no encosto da cadeira e cruzei as pernas:

– Ninguém nunca a encontrou durante todo esse tempo?

– Não, vários pesquisadores chegaram perto, mas ninguém a encontrou. A hipótese mais provável é que os papéis tenham sido escondidos pelo governo depois dos conflitos entre a China e o Nepal. – Eu escutava, sem entender onde Romane queria chegar com tudo aquilo e o que esperava de mim. – Decidi perguntar à embaixada. Tive várias reuniões nos ministérios em Katmandu, mas ninguém ouvira falar do manuscrito. No entanto, sempre que levantava o assunto, as pessoas ficavam preocupadas. Depois disso, meu médico me disse para voltar à França a fim de começar os tratamentos.

– Você fez tudo o que podia, então.

– Espera só até ouvir o que aconteceu depois: no dia anterior ao meu retorno, um homem me entregou uma carta no saguão do hotel e depois saiu correndo.

– Esta história está parecendo mais uma caça ao tesouro do que...

– É sério, Maelle!

– Desculpa, estou escutando. Mas você tem que admitir que...

Ela me lançou um olhar hostil, e decidi pegar leve com o sarcasmo. Romane retirou um envelope da bolsa e me entregou o que havia dentro: uma folha amassada com as palavras "Esqueça suas pesquisas, elas só lhe trarão problemas", escritas em um inglês perfeito.

Aquilo parecia ser importante para ela, mas eu me perguntava se os efeitos colaterais do tratamento não estavam mexendo com sua cabeça. Minha amiga leu meus pensamentos.

– Eu sei, tudo isso parece absurdo. Também fiquei em dúvida por várias semanas.

– E com razão!

– Mantive contato com Jason. Apesar das repetidas advertências, ele continuou com a pesquisa. Cada carta anônima confirmava a veracidade dessa lenda. E o que aconteceu em seguida provou que tinha razão. Anteontem, ele me ligou para dizer que estava em posse de uma cópia do manuscrito e que era importante que eu a recebesse em mãos! Como suspeitávamos, Jason descobriu que o governo estava escondendo o manuscrito. O mercado financeiro é importante demais para correr o risco de ver um declínio nas vendas de medicamentos. Essas práticas de pensamento preventivo e curativo desafiariam a rentabilidade do setor.

– Espere um pouco. Levaria anos para desestabilizar esse setor! Li recentemente que o mercado farmacêutico global foi avaliado em mais de oitocentos e cinquenta bilhões de dólares em faturamento, quatro vezes mais do que vinte anos atrás. E continua a crescer, você sabe melhor do que eu.

— Então imagine uma metodologia que mudaria essa tendência. A economia global seria afetada.

— Qual é, Romane, você precisa relativizar as coisas! Textos sobre técnicas de pensamento, visualização e transformação não são coisas novas. Você acredita que só um manuscrito poderia mudar tudo?

— Sim, através de uma conscientização global, claro! Para que isso aconteça, só precisamos de uma metodologia.

Suspirei.

— Supondo que isso seja verdade, o que espera de mim, então?

— Que você me traga esse manuscrito. Ele pode me curar, Maelle!

— Ah, Romane, você não pode acreditar em tudo o que ouve! Tem que confiar na medicina e continuar lutando. Hoje a maioria dos cânceres de mama tem cura, você já está no caminho certo. Estamos juntas agora. Cá entre nós, você já venceu essa batalha.

— Quero aproveitar todas as chances. Se não fosse importante, não lhe pediria.

— Eu sei, mas acho que você se deixou levar por uma fantasia e que lhe faz bem acreditar nisso. Eu entendo, mas seja realista. Você precisa concentrar toda a sua energia em coisas reais, como a quimioterapia, o repouso, e deixar que a medicina faça seu trabalho.

Romane assumiu um tom infantil:

— Você vai fazer isso por mim, não vai?

— Claro que não!

— Quando foi a última vez que lhe pedi algo?

Seu tom de voz mudara. Eu sabia que ela poderia ser tão belicosa quanto uma leoa quando confrontada. Sua pergunta era pertinente, não me lembro de ela ter me pedido nada em todos esses anos. Desviei o olhar e Romane continuou, como se proferisse um golpe mortal.

— Maelle, nunca lhe pedi nada em dezesseis anos de amizade.

— Eu sei, Romane, mas aceitar ir ao Nepal é acreditar em todas essas histórias, e não quero mentir para você. Você entende, não é?

Ela desviou o olhar. Segurei sua mão:

— Vou pensar sobre isso e nos falamos depois das minhas férias.

— Se não for o mais rápido possível, será tarde demais. É uma questão de vida ou morte.

— Mas isso é impossível!

– A vida nada mais é do que um acúmulo de escolhas.

– Pare com isso, Romane, eu não a reconheço mais, você está me deixando assustada. Você mal conhece esse cara!

– A escolha é sua.

O conta-gotas começou a apitar. Pascale logo voltou. Ela desligou o alarme, anotou as informações na tela e liberou Romane.

– Sinto muito, meninas, é hora de dar espaço para os outros. Até semana que vem – disse, olhando para Romane. Em seguida, virou-se para mim. – Até a próxima?

Permanecemos em silêncio até sair do hospital.

Romane insistiu em me dar uma carona. No carro, o silêncio reinou por um longo tempo, até ela dizer, preocupada:

– Eu mesma gostaria de ir, mas não posso parar o tratamento.

Ela ficou em silêncio por um momento, esperando por minha resposta, mas eu não tinha nada a dizer.

– Estou preparada para a possibilidade dessa metodologia não funcionar comigo, mas quero ter certeza de que esgotei todas as possibilidades.

Estávamos chegando ao nosso destino. Ela estacionou, procurou em sua bolsa e me entregou um envelope.

– Quando tiver tomado uma decisão, abra-o. Prometa-me que não o abrirá antes.

– Eu já estou por aqui com esses enigmas! Diga-me o que tem aqui dentro.

– Prometa!

– Certo, eu prometo!

Dei um beijo de despedida em Romane e ela me abraçou com força, sussurrando um longo "obrigada" em meu ouvido.

– Eu te amo tanto – disse ela.

Fiquei surpresa com essa demonstração de afeto, ela que era tão contida, e não soube como responder. Fui andando em direção ao Louvre com o envelope em uma mão, acenando com a outra para ela. Senti seu olhar em minhas costas, acompanhando meu caminho por um longo tempo.

Os acontecimentos matinais me deixaram atordoada. Atravessei os Jardins das Tulherias para chegar ao meu escritório na Praça da Madeleine. Passava um pouco de meio-dia e, por incrível que pareça, eu não sentia fome. Andei sob o sol em direção à Praça do Louvre, passando pela pirâmide invertida e pelo Arco do Triunfo do Carrossel, até chegar à fonte. Naquele dia, provavelmente fui a única pessoa que não viu nada de maravilhoso nesse lugar. Sentei-me em uma cadeira, de costas para o sol. Eu não queria mais ser forte, queria apenas me sentar, exausta, fechar os olhos e entregar meu rosto a essa estrela ardente que suavizava a temperatura. O vento morno, agora calmo, acariciava meu rosto. Cochilei por um momento e fui acordada pelas risadas de quatro jovens turistas. Sentei-me direito e procurei meu celular, ainda no silencioso, no bolso do casaco. Trinta e cinco ligações, quarenta e oito e-mails, doze mensagens e três lembretes de reuniões. Levantei-me de um salto e caminhei rapidamente à saída dos jardins na Praça da Concórdia. As folhas das árvores centenárias me convidavam a valsar outra vez, mas meu coração recusou. Eu as chutei para fora do caminho, irritada. Subi a Rua Royale ouvindo as mensagens acumuladas.

No instante em que as portas do elevador se abriram, a recepcionista correu em minha direção.

— Maelle, o diretor está procurando por você, tentei te ligar várias vezes.

— Eu vi. Diga a ele que estou chegando.

Ao passar pela área de convivência do escritório, o gerente de vendas veio ao meu encontro.

— Você está bem? Teve algum problema? O Pierre está procurando por você.

Em oito anos, eu nunca estivera ausente por mais de duas horas sem aviso prévio. Quanto às mensagens, estava sempre com o celular colado na mão e tinha o hábito de respondê-las em até quinze minutos.

Abri a porta do meu escritório depois de ter sido parada por outros três funcionários preocupados. Liguei o computador, mas o brilho da tela piorou minha dor de cabeça. Dois minutos se passaram antes que Pierre invadisse o espaço:

— Que diabos está fazendo, Maelle? Deveríamos ter preparado a apresentação para os investidores hoje de manhã. Temos uma reunião com eles na segunda-feira!

Eu passara uma centena de horas com Pierre, um homem de 43 anos, criando estratégias e dedicando todo o meu tempo, dia após dia, para nossa empresa, e agora ele me perguntava o que diabos eu estava fazendo! Tirei só uma manhã de folga e, além disso, eu tinha direito a ter problemas pessoais. Claro, ele não tinha como saber que as últimas horas haviam alterado completamente minhas prioridades. Olhei ao redor, observando esse formigueiro no qual eu exercia um papel essencial, mas tudo se transformara. Romane ocupava meus pensamentos de uma forma tão brutal que eu não sabia mais qual de nós duas estava doente.

Desabei em lágrimas, desestabilizando Pierre. Ele mudou seu tom de voz:

— Maelle, não fique assim, você me conhece, fico agitado muito fácil, você já está acostumada.

Não conseguia conter minhas lágrimas. Ele estava desconcertado:

— Mas o que está acontecendo?

— Estou cansada. Vou voltar para casa. Não se preocupe, estarei de volta amanhã e tudo estará pronto.

— Não é com a reunião que estou preocupado, é com você. O que aconteceu esta manhã?

— Um tsunami, mas não estou em condições de falar sobre isso agora.

— Você sabe que estou aqui para tudo. Ligue-me quando quiser e não precisa ter pressa, deixa que eu cuido dos investidores.

Eu me recompus, arrumei minhas coisas e lhe agradeci antes de voltar para casa.

O céu estava escuro e ameaçador, um prenúncio da tempestade por vir. Entrei correndo no prédio, subi as escadas até o primeiro andar e me deitei no sofá.

Como era possível? Em apenas duas horas, minha vida se transformara. As palavras de Romane ecoavam na minha cabeça. O que ela quis dizer com "questão de vida ou morte"? É verdade que nunca me pedira nada em todos esses anos. Fizesse chuva ou sol, ela sempre esteve comigo. Será que poderia abandonar tudo e ir para o Nepal? Mal sabia onde ficava esse lugar, só que era um país nos Himalaias. Além disso, precisava trabalhar. Mas como recusar um favor à minha querida amiga? Por outro lado, era difícil aceitar essa história maluca. Mas é verdade que, no lugar dela, teria acreditado em qualquer coisa.

Nas três horas que se seguiram, fiquei pensando sobre essas perguntas sem resposta. Bem no fundo, sabia que, se algo acontecesse com a minha amiga, me arrependeria pelo resto da vida de não ter feito tudo ao meu alcance. Refleti sobre encarar essa empreitada e também sobre o que precisava fazer para que isso acontecesse: Pierre poderia tomar conta das coisas por alguns dias e eu mudaria meus planos de férias. Era isso.

Não tinha dúvida de que Romane estava delirando sobre esse manuscrito e seus poderes mágicos, mas não suportava a ideia de decepcioná-la. Procrastinei por mais uma hora, depois tomei uma decisão. Não tinha como evitá-la.

Meu estômago fez um barulho de fome: sinal de alívio! Passei um pouco de patê de ovas em duas torradas e me servi de uma taça de vinho branco, que bebi de um só gole. Servi-me de uma segunda e me aconcheguei para saborear meu lanche. O álcool diluiu meus pensamentos e aliviou meu corpo. De repente, lembrei-me da carta que Romane me entregara ao nos despedirmos. Eu a colocara no bolso e acabei me esquecendo. Ela me fez prometer que só a abriria depois de tomar minha decisão, certo? Eu não estava me precipitando?

Se fosse seguir o ditado que diz que a noite é boa conselheira, provavelmente deveria ter esperado para ler o que estava no envelope. Coloquei-o na bancada da cozinha, onde podia vê-lo, e me sentei para pensar. Após responder às mesmas questões um milhão de vezes, tomei uma decisão: uma viagem para o Nepal era melhor do que um remorso eterno! Rasguei o envelope e encontrei uma passagem de avião para Katmandu e uma carta de Romane.

Maelle,

Sabia que você não me decepcionaria. Nunca teria me permitido lhe pedir esse favor se não fosse da maior importância. Como pode ver na passagem de avião, você precisa partir amanhã se quiser encontrar Jason.

– Amanhã? Ela perdeu a cabeça!

Peguei meu celular. "Romane, me ligue de volta assim que receber esta mensagem, estou pronta para ir, mas amanhã não!" Olhei o horário e o local de partida na passagem: 15h40, aeroporto de Roissy-Charles-de-Gaulle. Era impossível! Eu continuei a ler a carta:

> *Ele a está esperando em Katmandu, mas não vai poder ficar lá por muito mais tempo. Ele lhe entregará em mãos uma cópia do manuscrito. Reservei para você um quarto com uma amiga, Maya, gerente do Hotel Mandala em Boudhanath, perto do aeroporto. É só mencionar o nome do hotel, todos os motoristas de táxi o conhecem. Aproveite o fim de semana para passear pela cidade velha. Maya ficará feliz em lhe dar algumas dicas.*
>
> *Como sempre, após uma sessão de quimioterapia, vou fazer uma pausa e me desconectar do mundo antes que os efeitos colaterais apareçam. Você não vai conseguir falar comigo antes de chegar lá, mas eu telefonarei. Estou feliz com sua decisão e orgulhosa de ter uma amiga como você. Te amo.*
>
> *Romane*
>
> *P.S.: Cuide-se e leve umas roupas quentes, faz (muito) frio à noite ;-)*

O voo partiria em algumas horas, com escala em Doha e chegada prevista em Katmandu às onze da manhã do dia seguinte. O pânico tomou conta de mim. Tentei ligar de novo para Romane, mas a ligação caiu direto na caixa postal. Li a carta uma segunda vez, sem saber como reagir. Que pesadelo! Já estava me arrependendo de ter tomado esta decisão. Que confusão!

Tive dificuldades para dormir, sentia-me devastada pelos acontecimentos do dia. Às quatro da manhã, as frases de Romane assombravam meu sono: "Preciso que você me faça um favor", "Nunca lhe pedi nada em dezesseis anos de amizade", "Se há uma chance, não quero perdê-la", "Te amo" e também o que Carole dissera:

"É importante que você seja forte", "Ela escolheu você", "Uma amiga tão querida".

Acabei me levantando, voltar a dormir era impossível. Eu ainda tinha algumas horas para fazer as malas.

No táxi para o aeroporto, enviei uma mensagem para Pierre, assegurando-lhe de que voltaria em breve.

O avião atravessou a espessa camada de nuvens, deixando a chuva e minhas dúvidas para trás, em Paris.

Como uma criança

*"A vida pode ser um paraíso ou um inferno:
é só uma questão de interpretação."*

Pema Chödrön

— Visto? — indagou um homem nepalês, atarracado e robusto, usando um uniforme militar grande demais para ele.

Tive dificuldade para compreender o que ele estava perguntando em seu inglês atrapalhado, mas entendi que sem visto eu não entraria no país. E, claro, eu não tinha pedido um. Perguntei ao oficial da alfândega o que deveria fazer, mas ele apenas devolveu meus documentos e fez um sinal para que o próximo viajante se apresentasse. Felizmente, uma mulher francesa veio em meu socorro:

— Se você não pediu visto antes de vir, é só ir ao escritório à direita. Custa cinquenta dólares.

Meu entusiasmo desapareceu assim que vi a fila no guichê. Tive que esperar cerca de duas horas antes de poder sair do aeroporto.

Enquanto procurava por um táxi, precisei segurar minha mala com força a fim de evitar que um grupo de jovens tibetanos a carregassem para mim. Outro grupo de crianças tentou me fazer comprar suas quinquilharias, mas as recusei com um gesto. Problema delas! Eu já estava de saco cheio deste país onde era preciso dez minutos só para abrir caminho.

À direita, vi um grupo de taxistas. Cerca de vinte carros brancos idênticos ocupavam três pistas. Falei em inglês com o primeiro da fila e ele sinalizou para que seu colega me levasse. Esse segundo pegou minha mala e a colocou no bagageiro no teto do carro sem se preocupar em amarrá-la. Atordoada, não protestei. Não tinha mais forças para discutir.

A porta traseira fez um barulho estridente quando ele a abriu para mim, confirmando a aparência centenária do veículo. Entrei no carro e sentei-me no banco de couro sintético protegido por uma manta de lã vermelha e amarela. Ele deu a volta no carro, sentou-se no assento do motorista e virou-se para mim com um sorriso. Em seu inglês hesitante, perguntou:

– Bom dia, senhora, para onde?
– Boudhanath, por favor.
– Vai para a estupa?

Ele se referia ao famoso santuário budista que havia ali.

– Não, para o Hotel Mandala em Boudhanath.
– Esse não conheço, mas há vários ao redor do monumento, deve ser um deles. Pronta?

Olhei para o taxista intrigada com sua hesitação. Em sua carta, Romane tinha escrito que todos conheciam este lugar. Ele pisou fundo, ziguezagueando entre carros, motos e caminhões, criando uma nuvem de poeira que pairava ao nosso redor. Claro que eu encontrara o único motorista que provavelmente não conhecia o hotel! Sua forma de dirigir me fez passar mal, sorri por educação, mas sentia-me cada vez mais enjoada. Concentrando minha atenção na estrada, vi cenas improváveis: à direita, um colchão de casal amarrado às costas de um motociclista; à esquerda, uma família inteira em uma moto: o caçula no guidão, outra criança entre ele e o motorista, e finalmente o mais velho, atrás, agarrado firmemente à cintura de seu pai para não cair. Os pedestres arriscavam a vida a cada passo, mas não pareciam preocupados. Uma vaca pastava na grama que tomava conta da estrada, entrando e saindo do meio do trânsito. Um homem idoso brandia sua bengala e gritava com um jovem ciclista imprudente que havia esbarrado nele.

Algumas poucas horas, algumas poucas palavras já haviam sido suficientes para transformar meu mundo higienizado em uma lata de lixo gigante, um campo de batalha empoeirado. O que eu estava fazendo aqui? A corrida por aquele circo durou dez minutos. Havíamos chegado em frente à famosa estupa.

– Você pode entrar pela porta principal, bem ali, e à direita vai ver o hotel.
– Você tem certeza?
– Sim, sim! Acho que sim!

Ele deu um tapinha no taxímetro que, durante nossa corrida maluca, permanecera desligado. No final, o motorista me cobrou trezentas rupias, o equivalente a dois euros e cinquenta, e o paguei sem questionar. Peguei minha mala que, felizmente, ainda estava no bagageiro no teto do carro. Acenando para mim, ele partiu. Empurrada pelos pedestres, arrastei minha mala e abri caminho à força. Uma multidão contornava o enorme monumento no sentido horário, murmurando mantras, tocando sinos e fazendo rodas de oração. Analisei-os por um momento, perplexa, e então avancei, andando em sentido anti-horário. O cheiro de incenso permeava a rua, originário de minúsculas lojas de lembrancinhas que ofereciam estupas em miniatura e vários outros artigos budistas. Os lojistas tomavam conta de toda a praça. Esperavam, sentados diante dos olhos de Buda, por monges em busca de novos rosários e por turistas atraídos pela singularidade do local. Segui uma placa indicando meu hotel até um beco sem saída. Passei pelo portão e atravessei um jardim exuberante até chegar ao prédio. Lá dentro, o silêncio reinava. Mesas de ferro redondas estavam organizadas no gramado ensolarado.

Uma moça de mãos postas inclinou a cabeça em minha direção.
– *Namastê*! Bom dia! Fez boa viagem? – perguntou em francês, com um sotaque forte.

O lobby do hotel era simples: um bar servia como escritório; duas poltronas de couro desgastadas rodeavam um sofá na mesma condição, e algumas malas estavam empilhadas à direita do balcão de recepção. Com pressa para tomar um banho e me deitar, fui direto ao ponto:
– Uma amiga fez uma reserva em meu nome: Maelle Garnier.

A recepcionista examinou sua lista de reservas e continuou em inglês:
– Sim, seu quarto está pronto, senhora. Fica no primeiro andar. Se estiver com fome, a cozinha ainda está aberta. Fique à vontade para comer aqui no jardim.

Eu acenei com a cabeça.

– A água quente estará disponível a partir das cinco da tarde.

– Como assim, a partir das cinco da tarde?

– Sim, nós aquecemos a água com energia solar. Estamos muito bem equipados. Fomos o primeiro hotel a oferecer água quente – respondeu ela, feliz.

O primeiro hotel? Não quero nem imaginar a situação dos outros.

– É por isso que temos clientes tão satisfeitos, investimos bastante neste sistema de ponta no ano passado.

– Ótimo, obrigada – suspirei, exausta.

Peguei a chave que ela me ofereceu.

– Mais uma coisa: nós sofremos apagões diários de energia.

Apagões? Que ótimo!

– Mas não se preocupe, eles são planejados com antecedência.

Com antecedência... Até parece!

– Hoje teremos um entre as sete e as dez da noite. Se precisar de velas, elas estão na mesa de cabeceira.

Olhei para a mulher, devastada. Não sabia em que tipo de mundo eu aterrissara, mas de uma coisa tinha certeza: não ficaria por muito tempo! Desanimada, comecei a subir as escadas, carregando minha própria mala.

– Senhora, uma última coisa!

O que mais ela poderia me dizer? Tinha a impressão de estar vivendo meu pior pesadelo. Rapidamente, ela contornou o balcão e entregou-me uma carta:

– Tenho uma correspondência para a senhora.

Correspondência? Que gentileza, Romane! Com dificuldade, subi os degraus recobertos de ladrilhos brancos e cinza até o primeiro andar. A porta do quarto ficava no final de um corredor aberto para o jardim. Abri a porta, trancada com um cadeado improvisado que não resistiria ao mais leve dos chutes.

O quarto tinha cerca de dez metros quadrados: uma cama grande ocupava a maior parte do espaço; uma mesa de cabeceira de madeira envernizada, e sobre ela três velas em uma tigela; uma poltrona de vime encostada na parede; um cabideiro de três pernas imitando a Torre de Pisa e, ao fundo, um banheiro que obviamente nunca havia sido reformado. Criei coragem e fui dar uma olhada: um chuveiro pendurado por um fio, uma antiga pia com um pedaço de sabão seco grudado na borda e um vaso sanitário que permitiria a qualquer arqueólogo determinar o ano de abertura do hotel graças às camadas de calcário acumuladas. Abri a torneira da pia e, após tremer e vibrar, o cano cuspiu uma água amarelada. Foram necessários alguns segundos para que o fluxo de água se estabilizasse. No espelho, meu rosto desconsolado contribuía com a atmosfera miserável do local. Boa, Romane! Desta vez, você economizou, hein? Logo você, que me acostumou ao luxo.

Exausta, deitei-me na cama. Abri a carta que a recepcionista me entregara, escrita em inglês:

Prezada Maelle,

Será impossível lhe entregar o manuscrito no hotel. Devido a uma emergência médica, precisei viajar e empreitar alguns dias de caminhada pelo Himalaia até um monastério.

O manuscrito está comigo. Pedi a Shanti, um guia nepalês, que a acompanhe até onde estou. É um amigo meu que poderá organizar sua viagem e garantir a sua segurança. Ele a encontrará no hotel no dia de sua chegada para explicar todos os detalhes.

Sinto muito pelo atraso, agradeço a sua compreensão.

Até mais,

Jason

Mas que piada! Por que não deixou o manuscrito com o guia? Ele não está nem aí para mim, esse cara! Com raiva, pulei da cama e tentei ligar para Romane. Mais uma vez, a ligação caiu direto na caixa postal. Recebi uma notificação de que logo a bateria também me abandonaria. Encontrei uma tomada atrás da poltrona. Um milagre: funcionava! Levei uns bons quinze minutos para me acalmar. Cansada da viagem, acabei dormindo na esperança de acordar com a cabeça em ordem.

Mais de duas horas se passaram antes que eu acordasse. Primeiro, um banho, depois o almoço. Sob o jato quente, comecei a recuperar um pouco de energia. Vesti roupas limpas e desci para a recepção. No lugar da moça que me acolheu, vi uma senhora na casa dos 60 anos, alta e elegante, com cabelos longos e macios. Seu inglês era fluente:

— Maelle, certo? Meu nome é Maya, sou a proprietária do hotel. Sua amiga Romane me falou de você. Prazer em conhecê-la!

Eu não sabia como responder. Diante da gentileza daquela mulher, minha raiva começou a diminuir.

— O prazer é meu.

— Você deve estar morrendo de fome! Karras, o cozinheiro, preparou um *khasi ko masu*, um tradicional curry de cordeiro nepalês. É delicioso!

Aceitei de bom grado.

— Você gostaria de aproveitar o sol no jardim?

Que ótima ideia! Maya juntou-se a mim. A calma que reinava neste lugar, a poucos metros do tumulto no lado de fora, era surreal.

— Shanti ligou enquanto você dormia. Ele vai passar no hotel em duas horas.

Maya parecia conhecê-lo. O espanto me fez arquear as sobrancelhas.

— Oh, Shanti e eu somos amigos de longa data! Ele me acompanhou em missões humanitárias nos Himalaias. Nasceu em Pangboche, uma pequena aldeia sherpa próxima ao Everest.

— Então ele conhece a montanha?

— Ah, sim! Shanti conhece todos os segredos dela, você vai ver! Sabia que o nome dele quer dizer "paz" em sânscrito? Não há ninguém melhor do que ele para levá-la ao lugar certo, não tenha dúvidas.

— Você sabe para onde devo ir?

— Não! Isso só você sabe.

— Ah, então. Preciso encontrar um tal de Jason e não tenho a menor ideia de onde ele está.

— Sim, Romane já me contou tudo, ele precisa lhe entregar um manuscrito.

— Você está a par da história? O que acha disso tudo?

Ela pensou por um momento.

— Para salvar alguém que amamos, a gente precisa tentar de tudo. De tudo, sem exceção.

— É por isso que estou aqui. Mas gostaria de pedir sua opinião sobre Jason. Você o conhece?

— Eu o vi apenas uma vez. Ele está muito imerso em suas pesquisas sobre o câncer e passa todo o tempo livre com os tibetanos. Desde que foram exilados, eles se encontram no Nepal, onde são tolerados, mas não têm nenhum status social. Jason gostaria de cuidar deles e integrá-los à sociedade nepalesa.

— E você acha que um manuscrito pode revelar verdades ainda desconhecidas?

— Não sei, mas muitas vezes o caminho que tomamos nos leva para lugares além do esperado.

Eu a olhei, desconcertada. Ela continuou:

— Não tenho uma resposta para a sua pergunta, mas, se você se entregar por completo às coisas que experimentará aqui, vai encontrar respostas para perguntas que ainda nem fez.

Não entendi uma palavra do que ela estava dizendo, mas o cansaço que eu sentia por causa da diferença de fuso horário me impediu de reagir. Uma moça trouxe minha refeição. Maya levantou-se:

— Bom apetite. Se quiser, podemos dar uma volta em Boudhanath antes de seu encontro com Shanti.

Ela se afastou com a graça e a leveza de uma borboleta. O cheiro de curry, uma verdadeira sinfonia de fragrâncias exóticas, instigava meu olfato. O prato era um caleidoscópio de amarelo, marrom e dourado. A primeira garfada me mergulhou nos sabores apimentados do Extremo Oriente. Os aromas me convidavam para o outro lado da fronteira: para a Índia, minha última viagem com Thomas! Há quase cinco anos... Uma felicidade à la Bollywood que, três meses depois, se transformou em pesadelo quando ele me trocou por uma vagabunda acéfala quando estávamos quase indo morar juntos. Aquele covarde! Terminar um intenso relacionamento de três anos por mensagem de texto. Nem valia a pena pensar nele, já segui em frente. Se bem que... talvez não completamente.

Peguei meu celular, procurando por um sinal inalcançável. Essa ruptura com o mundo trouxe minha solidão à flor da pele. Um pardal pousou sobre a mesa. Ousado, bicou as migalhas de pão, examinando-me com o canto do olho. Esta pequena criatura alada, misturada com a beleza das flores do jardim e com a harmonia das fragrâncias, diminuíram meu sentimento de isolamento. Após terminar minha refeição, Maya reapareceu. Sua serenidade acalmou minha ansiedade.

— Parece que você gostou, já que limpou o prato, ou talvez só estivesse com fome — ela disse, com uma risada.

— Estava uma delícia.

— Gostaria de dar uma volta por Boudhanath?

— Sim, estou intrigada!

Maya me acompanhou até a saída, passando pelo caminho estreito de ardósia. Uma multidão tomava conta do lugar, dando voltas ao redor do monumento. Boudhanath era um importante local de peregrinação budista, um dos principais santuários do Nepal. Era impressionante! A região era o lar de milhares de refugiados tibetanos. Desde que o décimo quarto Dalai Lama fugira em 1959, o fluxo de centenas de tibetanos a Boudhanath levou à construção de cerca de cinquenta monastérios, conhecidos como gompas, provas vivas da importância religiosa deste local intimamente ligado à fundação de Lhasa, capital do Tibete. De fato, ele está situado na antiga rota comercial que ligava a cidade ao vale de Katmandu. No meio, a estupa reina como uma espécie de templo, o maior do Nepal, com quarenta metros de altura e de diâmetro. Na base, três terraços representavam uma mandala sobre a qual os devotos podiam caminhar. Muitas vezes, as mandalas são diagramas que simbolizam a evolução e a involução do universo e servem de apoio para a meditação.

Como um guia ávido por transmitir o máximo de informação possível ao seu público, Maya me explicou que tudo na arquitetura desse santuário eram alegorias. O cosmos e os elementos primordiais do universo encarnavam a doutrina budista: a base representava a terra; o domo, a água; a torre acima, o fogo; o topo, o ar; e o cume, o éter. Ela me encorajou a acompanhar a procissão dos devotos enquanto parava em um ou outro dos cento e oito nichos, cada um contendo uma estátua de Buda, para me contar sua história. Fui cativada por sua presença envolvente.

— Se olhar ali no topo, vai ver que foram pintados olhos bastante expressivos nos quatro lados, para que possam olhar em direção aos quatro pontos cardeais e lembrar aos budistas da presença e do envolvimento de Buda em sua vida. A parte superior, em forma de pirâmide alongada, é formada de treze degraus, lá em cima, está vendo? Eles separam o hemisfério do cume e simbolizam os treze degraus em direção à iluminação, as treze etapas que dão acesso ao conhecimento perfeito: "Bodhi" ou "Buda", daí o nome "Boudhanath".

Maya me pegou pelo braço e entramos em um prédio através de uma porta estreita:

— Venha comigo, vamos tomar um chá de gengibre.

Subimos rapidamente cinco lances de escadas, com degraus altos e recobertos por ladrilhos brancos, até um terraço cercado de cedros onde clientes de todos os tipos ocupavam várias mesas espalhadas pelo local. O ar tinha um cheiro de tinta, deixando claro que uma renovação ocorrera a pouco. Um mapa de Katmandu e do vale ao redor cobria a parede esquerda, entre dois grandes bambus. Maya apontou para a nossa localização no mapa, longe do centro, perto da borda leste da cidade.

— Quase lá! Vamos subir mais um pouco.

Ela apontou para uma escada à direita e começou a subir os degraus agilmente. Assim que cheguei ao topo, fiquei cativada pelo olhar de Buda. Seus olhos triunfantes, a trinta metros de altura, atravessavam-me com sua sabedoria, e seu manto branco, tingido com os últimos raios de sol, brilhava alaranjado. Caminhei até a borda do terraço e observei as cenas de oração lá embaixo; daqui de cima, os devotos eram tão pequenos quanto formigas.

Maya me convidou para sentar-me à mesa mais próxima dos olhos benevolentes do colosso. Uma garçonete veio até nós e se curvou em saudação, respeitosa. Maya pediu chá. O lugar era mágico e, por um momento, parecia que o tempo tinha parado.

— Você mora aqui há muito tempo?

— Há vinte anos. Eu nasci na Índia, em Dharamsala. Cresci lá e depois me casei. Salaj aproveitou uma oportunidade imobiliária aqui em Katmandu e nos mudamos para cá. Isso permitiu que eu me dedicasse à associação que criei para ajudar as mulheres tibetanas a se estabelecerem.

Ela parou de falar e olhou fixamente para a estupa. Peguei meu celular e verifiquei se tinha sinal: nada ainda. Desliguei e liguei o aparelho, tentando reiniciar a rede, mas nada.

— E você, como está, Maelle?

— Eu? Eu estou bem.

— Não estou perguntando só por educação, realmente quero saber como você está.

Fiquei surpresa com a insistência. Provavelmente era a primeira vez que alguém esperava uma resposta honesta. Sua preocupação com meu bem-estar me desarmou.

— Estou bem, Maya, um pouco cansada da viagem.

— Posso sentir que está preocupada com o seu celular.

— Estou sem sinal desde que cheguei.

— Você precisa dele a cinco mil quilômetros de distância da sua vida?

— Sim, o tempo todo! Preciso acompanhar o trabalho que deixei para trás.

— Você é assim tão indispensável? Acha que alguns dias de ausência criarão problemas para os seus colegas? Tudo depende de você?

Difícil dizer se ela estava sendo ingênua ou irônica. Seu olhar e seu tom de voz indicavam ironia, o que me irritou.

— Comando uma empresa que conta com trezentas pessoas e estamos atravessando uma fase crítica no processo de venda para um grande grupo. Minha ausência é de fato um problema, milhões de euros estão em jogo.

— Por que você veio, então?

— Ora, por causa da Romane! Preciso buscar esse famoso manuscrito, você sabe!

Suas perguntas me incomodavam. Quem era ela para me julgar?

— Maelle, se sua cabeça e seu coração estão em outro lugar, como você será capaz de se entregar a esta jornada? Como vai encontrar a felicidade aqui?

— Ah, Maya, acorda! Eu não estou aqui por turismo nem de férias! Estou aqui para buscar algo que uma amiga me pediu, depois voltarei para a França e continuarei com a minha vida de sempre. Não é uma escolha, é uma obrigação, sabe?

— Então está me dizendo que alguém lhe forçou a vir?

Suspirei alto.

— Maya, você é inteligente, não finja que não entendeu. Romane está muito doente. Se esse manuscrito puder ajudá-la de alguma forma, eu não tinha outra escolha a não ser vir, certo?

— Sim, mas agora que escolheu vir, por que não viver a experiência com alegria em vez de obrigação?

— Mas como posso me divertir aqui? Sem ofensa, mas só vejo miséria, frio, poeira, falta de sinal, uma eletricidade horrível, falta de conforto e um quarto de hotel de merda! Sinto como se estivesse vivendo no século passado!

— Você tem razão, as condições de vida são diferentes daquelas com as quais está acostumada no Ocidente, mas não acho que essa seja a razão do seu mal-estar.

— Jura? É nisso que acredita? De onde você acha que vem meu mal-estar, então, já que é uma sabichona?

— De noções pré-concebidas que tem sobre este lugar.

É verdade que essas noções pré-concebidas não melhoravam em nada o triste espetáculo que via diante de mim, e aparentemente Maya via as coisas de maneira diferente. A garçonete colocou duas xícaras na mesa. Ela se curvou novamente e foi embora.

— Hoje é sábado, seus colegas devem estar descansando a essa hora. Esqueça seu celular, ele não lhe será útil hoje à noite, apenas sinta o pôr do sol em seu rosto e aproveite o momento.

Tomei um gole de chá quente. Maya tinha razão, eu não receberia nenhuma mensagem de Paris hoje. Entreguei-me ao calor do fim do dia, embalada pelos mantras do formigueiro de devotos. Os pássaros cantavam a poucos metros de nós, na pequena árvore que servia de guarda-sol, como se acompanhassem as orações.

Respirei fundo e senti meus pensamentos e minha ansiedade deixarem o meu corpo. Estava tudo bem. Alguns minutos depois, abri os olhos para algo impressionante: Boudhanath brilhava alaranjada, os últimos raios de sol tardando a se pôr como se esperassem minha atenção. Assisti ao sol realizando seu mais belo espetáculo enquanto terminava minha bebida. A doçura do chá me fez sorrir, algo que Maya vinha tentando fazer contra a minha vontade. Uma calma anormal me preenchia. O sol continuou a realizar seu trabalho e nós, de camarote, assistimos em silêncio aquele espetáculo mágico.

— Gostaria de lhe dizer uma última coisa antes do seu encontro com Shanti. Você nunca terá de volta os momentos que desperdiçou sendo infeliz. Sabemos onde a vida começa, mas não onde termina.

Cada segundo vivido é um presente que não podemos desperdiçar. A felicidade é algo que devemos aproveitar agora, no presente. Se você acredita que estar aqui é uma obrigação, então vai encontrar dificuldades nas próximas horas, porque a montanha é um espelho gigante. É o reflexo da sua alma. O reflexo do seu estado de espírito. Você tem a opção de aproveitar a oportunidade que lhe é oferecida, de vivenciar essa jornada de maneira diferente, deixando de comparar com o que você é, o que conhece, sua cultura, seu padrão de vida e seu conforto. Se você aceitar observar, sem julgar, com um novo olhar, esquecendo tudo o que já viu, então, apesar de todas essas diferenças, vai descobrir um novo mundo no qual poderá sentir a maior alegria de sua vida. O objetivo não é se mudar para o Nepal, mas expandir seus horizontes. Está pronta para o desafio?

Eu acabara de ter uma rara experiência visual e sensorial que não experimentava já há bastante tempo. O que Maya disse me fez pensar. Por que não tentar? O desafio me atraía. Afinal de contas, já que estava aqui, era melhor aproveitar.

— Eu sou uma mulher feita para desafios!

— Então você vai se divertir.

— O que preciso fazer?

— Abandone suas certezas e redescubra o mundo pela primeira vez, como uma criança que acaba de nascer e se surpreende com tudo.

— Acho que consigo!

Maya sorriu e conferiu o relógio. Estava na hora de voltar para o hotel, pois Shanti me aguardava.

Enquanto terminávamos a caminhada ao redor da estupa, Maya sugeriu que eu começasse o desafio:

— Aguce todos os seus sentidos e escute a vida que a rodeia.

Ela ficou em silêncio, observando-me. Prestei atenção nas cores, senti o cheiro de incenso, escutei cada um dos discípulos sussurrando suas orações. Sorri ao perceber que eu mudara. Tudo era de fato novo. Realmente, a paisagem e os costumes locais não tinham nada em comum com a minha vida do dia a dia, e isso me ajudou a ver algumas coisas pela primeira vez. E era mesmo pela primeira vez!

Maya me olhou cheia de ternura. Um pouco envergonhada, apressei-me a lhe perguntar mais coisas:

– Eles rezam a noite toda no escuro, sem eletricidade?

– Não faça comparações, esqueça-se das lâmpadas, apenas imagine um pássaro descobrindo este lugar sem nenhum viés particular. Acha que ele se perguntaria essas coisas? Não, ele aproveitaria o momento. Continue a observar como se seu cérebro fosse uma tela em branco. Apenas observe, não racionalize.

Comecei a entender que o desafio não era tão simples assim. Cada vez que eu pensava em algo, esse pensamento era moldado a partir do meu conhecimento, da minha cultura e das minhas crenças. Obriguei-me a não perguntar tudo o que queria, isso apenas acabaria com o momento, mas mesmo assim não consegui dissociar o presente de minhas memórias.

Maya percorreu o caminho curto que levava aos portões do hotel. Virou-se para mim, trazendo-me de volta à realidade.

– Não se preocupe. Você vai conseguir conquistar a sua mente, se quiser. Quando estamos prontos, mudar de perspectiva leva apenas um segundo, mas é claro que mudar hábitos que carregamos conosco durante a vida inteira leva um pouco mais de tempo.

– Não sei se isso ajuda.

– Você acha que atingimos nossos objetivos com uma única ida à academia? Cada sessão contribui para o sucesso. Desejar algo não é o suficiente, mas é a fonte de toda a criação.

De qualquer maneira, eu me encontrava bem longe da minha academia.

Cara ou coroa

*"Você não pode parar as ondas,
mas pode aprender a surfar."*

Joseph Goldstein

As velas iluminavam as mesas ao redor do caminho que atravessava o jardim. O ar esfriara, mas o ambiente aconchegante nos convidava a desfrutar deste refúgio de paz. Shanti, sentado perto da entrada, levantou-se quando nos viu. Ele deu um abraço em Maya e se virou para mim. Apertou minha mão e, em seguida, num gesto cordial, a cobriu calorosamente com a outra mão.

Ele era baixo. Seu rosto queimado pelo sol e seus olhos risonhos acentuavam as rugas, evidenciando suas origens.

— É uma honra acompanhá-la ao Himalaia para essa nobre causa e farei tudo ao meu alcance para que sua viagem seja a mais agradável possível. — Seu sotaque nepalês dificultava a compreensão de seu inglês. Ele me convidou para sentar-me com ele. — Precisamos chegar a um acordo sobre o caminho e preciso adverti-la dos perigos que nos esperam. Alguém já falou sobre as condições climáticas que provavelmente encontraremos neste período do ano?

— Do que está falando, Shanti? Você faz parecer que vamos fazer uma viagem ao centro da Terra. — Eu ri.

Surpreendido, ele olhou para Maya, que deu de ombros sem dizer nada.

— Mas para onde estamos indo, afinal? Eu vim aqui pegar um manuscrito no hotel e voltar para casa depois de algumas horas.

– Se deseja voltar com esse manuscrito, vai precisar de mais do que apenas algumas horas.

Shanti tirou um mapa da bolsa e o desdobrou sobre a mesa. Reconheci a vasta cadeia de montanhas do Himalaia. Ele apontou para onde estávamos e depois para onde Jason se encontrava, bem no meio da cordilheira de Annapurna.

– Como pode ver, a região é ampla. Há várias rotas disponíveis para nós, mas sugiro começar de Kande, passando pelo Acampamento Australiano, por Landruk, Jhinu Danda, Bamboo e, finalmente, por Deurali, até chegarmos ao Santuário do Annapurna. Essa rota adiciona um dia extra de caminhada, mas o caminho é menos difícil do que aquele à leste. Levaremos de cinco a seis dias para chegar ao topo e de três a cinco para descer, se tudo correr bem. O que acha?

– Acho que você não me entendeu. Não estou pronta para esse tipo de atividade física e definitivamente não posso passar dez dias aqui.

Perplexo, Shanti dobrou o mapa e suspirou.

– Então você terá que voltar para Paris sem o manuscrito.

– De jeito nenhum! Isso é um absurdo! Há como chegar ao monastério de helicóptero. Estou disposta a pagar, é claro.

– De fato, poderíamos pegar um helicóptero, mas alguém nos veria e não podemos nos arriscar no momento.

– Por quê? Há algo que não está me contando?

Um sentimento de ansiedade me dominou. Shanti olhou para Maya, que acenou com a cabeça.

– O monastério acolhe tibetanos procurados pela polícia nepalesa. A China fez um acordo com as autoridades para entregar essas pessoas, que são consideradas perigosas. Temos que ser discretos. Jason teve que ir para lá com urgência porque há uma epidemia de gripe na região. Ele preferiu ficar com o manuscrito, já que não sabia se você viria. Sua amiga só confirmou sua chegada ontem, quando Jason já havia partido de Katmandu.

– Não há uma maneira mais rápida de chegar até lá?

– Receio que não, nenhum veículo consegue percorrer esses caminhos.

Tentei encontrar uma solução, mas aparentemente não havia nenhuma. Essa escolha colossal me frustrava. Shanti e Maya me deram tempo para entender o que estava acontecendo. E ficaram em silêncio até que eu me decidisse.

— Não! Não, não, tenho que voltar, não posso me dar ao luxo de ficar longe de Paris por tanto tempo. Meus colegas de trabalho precisam de mim, sei que vocês compreendem. Nem sinal de celular eu tenho aqui...

— Sua escolha será a certa, se a fizer pelas razões corretas. As que vêm do coração.

— Eu não entendo o que está tentando me dizer!

— Deixe-me adivinhar. Tenho certeza de que você teve uma educação brilhante que lhe permitiu usar seu cérebro adequadamente. É uma qualidade útil em muitos casos. Mas e o seu coração? Quem lhe ensinou a ouvi-lo? Para tomar esse tipo de decisão e não se arrepender, você não precisa usar probabilidade, precisa apenas escutar o ritmo do seu coração. É a única coisa que pode guiá-la no caminho da vida, o caminho que a levará ao sucesso.

Seu discurso, que não ousei interromper, soava como o de um guru de um culto, mas sua serenidade me tocou. Shanti irradiava uma luz peculiar e sua presença fazia com que me sentisse bem. Algo nele despertou minha curiosidade.

— Meu cérebro e meu coração são dois órgãos indispensáveis para a minha sobrevivência. Acho que não favoreço nem um nem outro quando tomo decisões. Cada escolha que faço na vida é resultado de intensa reflexão, em que considero todas as alternativas. Já passei da idade de me precipitar.

— Não é uma questão de agir de forma irracional, mas de acalmar os gritos de pânico a fim de ouvir o canto de seus desejos. Você consegue escutar o que seu coração realmente deseja ou o barulho de seus medos está atrapalhando?

— Não sei, nunca pensei nisso.

— Esse é o problema! Por que veio aqui?

— Você sabe por quê, para encontrar o manuscrito.

— Então, por que desistir agora que já está aqui?

— Porque era só um bate e volta. Não posso ficar dez dias longe do trabalho, seria irresponsável da minha parte. – Nervosa, mostrei a tela do meu celular. – Olha, ainda sem sinal!

— Sim, eu sei, mas acha que num período de dez dias, sua startup vai falir?

— Sim, quero dizer, não! Mas compensar um dia de folga é difícil.

— Ótimo. Então, por que quer desistir?

Pensei por um tempo. Achava que eu sabia o porquê, mas não me sentia à vontade em dizê-lo.

— Acho que não estou fisicamente pronta para essa jornada. Ainda por cima com pessoas que eu não conheço, em direção a um lugar perigoso.

— Agora entendo melhor a sua escolha: você tem medo de falhar, de se ver sozinha cercada por estranhos, de se decepcionar e de não levar o manuscrito de volta para Paris. Seu cérebro a está desencorajando e encontrando bons motivos para convencê-la a voltar para casa: "Isso é demais para você, você é uma intelectual e não uma atleta, essas pessoas provavelmente são desonestas, e se esse manuscrito nem existir de verdade?". Quando as dúvidas não são suficientes para convencê-la a voltar, esta voz interna, insolente, usa outras armas, como a culpa: "Como pode deixar seus colegas de trabalho na mão? Você acha que tem tempo para este tipo de distração?", e por aí vai.

Eu sorri. Era de fato o que ecoava em minha cabeça.

— Agora que identificou seus medos, me diga: o que você faria se eles não existissem? Que decisão tomaria se o caminho fosse simples e sem esforço, se seus conhecidos estivessem aqui para protegê-la e se houvesse uma boa chance de encontrar o manuscrito?

— Eu iria com certeza, porque Romane é muito importante para mim e, se houver uma chance de curá-la, quero que ela tente. E porque... dez dias da minha vida não são nada para salvar a vida de alguém que amo tanto.

As palavras vinham do meu coração. Shanti acenou com a cabeça. Ele me olhava fixamente.

— Somente seu coração é capaz de tomar esse tipo de decisão. Ao ignorar seus medos, você ouve uma voz serena. Por que não correr o risco e superá-los? Você não se arrependeria da sua escolha amanhã, sentada no escritório? Eu conheço as montanhas, haverá momentos difíceis e as condições climáticas serão duras, mas não tenho dúvidas de que é capaz. Se você quiser, eu te levo ao topo, mas a escolha é só sua.

— E o resto da equipe?

— Eu os contratei e os conheço bem: Nishal, o primeiro carregador, é meu amigo de infância e faz este trabalho há trinta anos. Thim, o segundo carregador, é seu sobrinho. Nishal cuida dele desde criança, pois o pai o rejeitou quando percebeu que o garoto tinha algumas dificuldades de compreensão. Ele pode demorar um pouco para entender as coisas, mas seu coração é do tamanho do mundo. Você vai ver, é um prazer viajar com ele, leva a profissão muito a sério. E por último, mas não menos importante, Goumar, nosso cozinheiro, é um rapaz divertido, sempre de bom humor, que vai preparar coisas gostosas durante todo o trajeto. Viajei pelo Himalaia durante anos com ele e Nishal. Vai gostar deles! A pergunta que tem que se fazer é: por que confiar em mim? Porque eu sou o guia que Jason escolheu para você, e ele é amigo de sua querida amiga. Isso é suficiente, não?

Sorri para ele.

— Você é um ótimo negociador, Shanti.

— Não tenho nada para lhe vender, mas aceito o elogio. Então, o que vai escolher ouvir? Seu cérebro e seus medos, ou seu coração e o amor pela sua amiga?

Apoiei a cabeça nas mãos, os cotovelos sobre a mesa. As opções dançavam diante dos meus olhos. Endireitei-me, massageei minhas têmporas em um movimento circular e respirei fundo, fixando o olhar no de Shanti:

— Estou pronta, vamos lá.

Sorte ou azar

*"Só há uma maneira de saber até onde somos
capazes de ir: caminhando até lá."*

Henri Bergson

Tomei café da manhã no terraço do hotel. Com o sol no rosto, ouvindo as orações que emanavam do templo vizinho e escutando os sinos que tocavam entre cada mantra, eu temia a chegada de Shanti, ansiosa pelo que estava por vir. Enfrentar o Himalaia, logo eu que não suportava passar um dia sozinha no campo! E ainda com pessoas que nem conhecia e nas quais tinha de confiar. Será que essa jornada era mesmo razoável? Entrar em contato com Romane era impossível. Como pude ter tomado essa decisão maluca? Quanto mais pensava, mais meu coração batia forte. Meu estômago estava pesado.

Shanti entrou pelo portão e acenou para mim. Atravessou o jardim e subiu os degraus de dois em dois.

— Hoje é o grande dia! Você está pronta?

— Não, não sei mais. Não dormi bem e acho que não tenho o físico para isso. Além do mais, eu...

— Não se preocupe, vamos passar o primeiro dia dirigindo, sem muita caminhada. Você terá tempo para se acostumar, vamos acompanhar o seu ritmo.

Shanti me viu entrar em pânico e disse, bem-humorado:

— Você racionalizou demais a nossa conversa ontem. Isso a manteve acordada a noite toda. É por isso que está ansiosa. A coisa mais difícil será controlar seu cérebro e lembrá-lo de quem está no comando! —

Ele terminou a frase com uma piscadela. – Temos que ir, o caminho é longo e precisamos chegar ao Acampamento Australiano antes do cair da noite.

Deixei que seu entusiasmo me acompanhasse até a saída. Dei um beijo em Maya, que me abraçou com força e sussurrou em meu ouvido:
– Aproveite a viagem. Pense no que lhe disse ontem: vivencie cada momento como uma criança, como se descobrisse tudo pela primeira vez.

Shanti me apresentou Karma, nosso motorista, e colocou minha bagagem na van. Sentei-me na segunda fileira, entre os assentos vazios. Dirigimos por Katmandu em silêncio, no meio da correria da manhã. Os caminhões entregavam suas encomendas, bloqueando a estrada para os outros motoristas, impacientes. Apenas veículos de duas rodas conseguiam passar pelas barreiras formadas pelos carros. As buzinas marcavam o ritmo como em um *bhajan* dissonante, um cântico desarmônico.

Depois de uma rápida parada em Thamel para comprar roupas adequadas para a escalada – eu não havia previsto passar mais do que um fim de semana ali, muito menos subir o Himalaia –, pegamos a rodovia Prithvi, a principal entre Katmandu e Pokhara. Não havia acostamento e apenas uma faixa de areia nos separava das casas. A maioria era feita de latão e oferecia vários tipos de serviços aos motoristas: conserto de bicicletas, açougue, costura, venda de produtos diversos e até mesmo coisas estragadas ou quebradas.

Shanti me informou que dirigiríamos por duzentos quilômetros, cerca de cinco horas. Estava exausta. A noite fora difícil e eu estava sentindo os efeitos do fuso horário. Acabei cochilando um pouco. Quando acordei, estávamos rodeados pela cordilheira Mahabharat. Pelas janelas, pequenos vilarejos históricos e templos antigos se sucediam um atrás do outro.

Bocejei alto. Sentia-me um pouco perdida. Sonolenta, esfreguei os olhos com as mãos e bocejei novamente. Olhei para o relógio, já eram onze da manhã. Dormira por duas horas! Shanti sorriu para mim. Estávamos na metade do caminho. Outras duas horas e meia e chegaríamos.

Pouco tempo depois, Karma estacionou em frente a uma pequena cabana. Dois homens em trajes civis verificavam as autorizações de viagem. Nenhuma barreira, nenhuma indicação, nada. Apenas um triângulo de sinalização. Era mesmo preciso conhecer aquele trajeto.

Os raios de sol atravessavam o vidro, reanimando meu corpo. Olhei para a paisagem. As palavras de Maya ecoavam em minha cabeça: "Vivencie cada momento como uma criança". Isso era fácil, eu estava inacreditavelmente longe de tudo o que conhecia. Tudo me parecia improvável: essa estrada e seus caminhões lotados, bicicletas remendadas e vacas errantes em busca de um pedaço de grama para ruminar. Expliquei para Shanti o exercício que Maya me propusera.

— Em um país como o Nepal, é fácil vivenciar o novo, nada me é familiar. O mais difícil é não criticar. Logo comparo com tudo o que conheço. Percebo que faço comentários sobre tudo.

— Isso ocorre porque seu cérebro precisa se tranquilizar. Como percebeu ontem, tudo que é novo assusta. É o seu eu interior, o seu ego que critica e usa suas faculdades mentais para comparar, a fim de se tranquilizar, levando-a de volta à sua zona de conforto. O que Maya está propondo é um exercício muito bom. Esquecer o que conhece e encarar tudo como uma criança lhe impede de fazer comparações. Assim, você se transforma em uma observadora. Não pode mais julgar, pois só existe o que é. Não há mais conhecido ou desconhecido, apenas as imagens apreendidas pelos seus olhos.

— E qual a utilidade disso?

— Não se deixar invadir por pensamentos tóxicos que a impedem de aproveitar o aqui e o agora. Quando você elimina esses pensamentos, nada mais pode afetar seu bem-estar. Estar sempre bem é um belo objetivo, não?

Assenti com a cabeça, soltando uma risada cínica. Shanti me perguntou se eu me sentia sempre assim, bem.

— Não, claro que não.

— Por quê?

— Por vários motivos. A maioria fora do meu controle. O trabalho me estressa, a vida me obriga a fazer coisas...

Enquanto conversávamos, alguém tentou fazer uma ultrapassagem. Karma desviou, mas o outro carro quase bateu na van. O motorista nos insultou com um gesto e acelerou com o mesmo descuido, ziguezagueando entre os veículos.

– Olhe esse idiota! Como alguém consegue manter a calma vendo isso? Ele não só está errado, como também está nos insultando, isso é o cúmulo! – Meus dois companheiros não disseram uma palavra. Karma, sacudindo a cabeça de um lado para outro, tentava se recuperar do choque.

Shanti, perplexo, pensou em voz alta:

– Estou surpreso com os acasos da vida. Essa experiência acabou de ilustrar tudo o que eu queria lhe explicar.

– Não vejo o que isso tem a ver com o que estávamos conversando – respondi, ainda irritada com o que aquele motorista fizera.

– Você estava me dizendo que certas situações externas poderiam impedi-la de se sentir bem.

– Sim, e este é um exemplo perfeito! Esse cara perturbou minha paz com seu comportamento estúpido e irresponsável e, em vez de pedir desculpas, ainda teve a cara de pau de nos insultar. É exatamente o tipo de situação que me irrita. Parece-me que há muitos motivos para ficar com raiva!

Shanti permaneceu calmo perante meu tom sarcástico:

– De fato, há muitos motivos. Ou talvez não.

– Talvez não o quê?

– Talvez não haja motivos para ficar com raiva.

– Como assim? Não sei se estou entendendo. Você acha que o comportamento dele é normal e aceitável?

– Normal, não! Mas aceitável, talvez.

– Talvez? Acha que é aceitável que esse tipo de pessoa coloque a vida dos outros em perigo?

– Imagine que esse homem tenha um motivo válido para dirigir a essa velocidade. Ele pode ter recebido uma ligação urgente, sua esposa pode estar em trabalho de parto ou seu filho pode ter adoecido.

– Claro que podemos inventar histórias e desculpas, Shanti, mas não acho que seja esse o caso. Não seja tão ingênuo!

– E por que não? Por que deveríamos sempre pensar o pior de todos? Observemos os fatos.

– Os fatos são claros: um idiota estava dirigindo na contramão e quase colidiu com o nosso carro. Esse tipo de gente me tira do sério. E pronto!

— Um homem passou por nós em alta velocidade. Ficamos com medo porque fomos surpreendidos por este ato. Poderíamos parar por aí, mas o medo provoca em nós uma reação em cadeia, tentando sempre justificar o que aconteceu. Esperamos que ele se desculpe, mas, em vez disso, ele achou que nós é que estávamos atrapalhando. Depois do medo, vem um sentimento de agressão, de humilhação e de injustiça. Você acha que ele tentou nos machucar?

Tentei me recordar. Shanti continuou a me indagar:

— De onde vem essa necessidade de nos sentirmos atacados?

— Como disse, o comportamento dele gerou reações e não podemos aceitar tudo sem dizer nada.

— Temos duas opções: ou retornamos ao sentimento de bem-estar que sentíamos antes do ocorrido, ou continuamos a alimentar nossa raiva indefinidamente, mas a fração de segundo em que ficamos assustados não justifica o longo período de desconforto que se segue.

— Não sei se estou entendendo. Estou com raiva, isso é normal, não?

— Os únicos responsáveis pelo nosso estado de espírito num determinado momento somos nós.

A calma de Shanti me deixou horrorizada. Tirei o moletom, o calor me sufocava.

— Então, o que acha que devo fazer?

— Você poderia mudar sua atitude e não ser afetada pela situação. Uma vez que o incidente termina, procuramos um bode expiatório para nossas emoções. Esse bode expiatório foi encontrado, não? Mas será que consegue pensar em outro, alguém menos óbvio?

— Bem, não... A culpa é daquele cara!

— Somente uma pessoa é culpada: você.

— Como assim? Eu? Esse indivíduo colocou a vida da gente em perigo e eu é que estou errada? Essa é boa!

— Não, Maelle, você não é responsável pelas ações dele, apenas pelas suas emoções e pelo seu desconforto. Como você, eu senti medo naquele momento, mas depois tentei controlar meus pensamentos para não ser dominado por sentimentos negativos que se voltariam contra mim. Foi assim que encontrei meu equilíbrio. Se admitirmos que a felicidade vem de dentro e que nada pode desequilibrá-la, bloqueamos as situações externas tóxicas. Observamos, mas não incorporamos pensamentos negativos.

As palavras de Shanti me fizeram pensar. Percebi que, ao mudar minha mentalidade e admitir minha responsabilidade pela propagação de emoções tóxicas, poderia transformar qualquer situação dolorosa. Não foi fácil descer do meu pedestal, mas ele estava certo.

Recostei-me no assento, observando a paisagem pela janela. O peso em meu estômago desapareceu e a tensão em meu corpo diminuiu. Meu tom de voz suavizou:

– Admito que está certo. Para falar a verdade, estou impressionada!

Ele riu.

– Não precisou de muito para te impressionar!

– Pois é, olha só. Não sou o tipo de pessoa que dá atenção a grandes lições de moral, nem mesmo às pequenas. Meus colegas de trabalho me acusam de não dar atenção suficiente a eles.

O ar-condicionado defeituoso não dava conta do calor sufocante que fazia do lado de fora. Os amortecedores lutavam contra o asfalto desnivelado que parecia só ter sido jogado em cima de uma estrada de terra. Paramos para esticar as pernas e beber alguma coisa. Ainda faltava uma hora de viagem até o jantar e o início de nossa aventura. Karma estacionou o carro na beira da estrada. Uma nuvem de poeira se formou quando freamos, seguida por um bando de vendedores ambulantes que corriam para nos mostrar suas mercadorias. Shanti acenou para eles e me levou a uma pequena barraca de hortaliças, cuidada por uma dúzia de agricultores. Os produtos estavam organizados por cores. Esse arco-íris comestível fez com que me lembrasse do mercado orgânico do meu bairro: maçãs, laranjas, tomates, bananas e abobrinhas. Nada exótico. Por ser outono, as tangerinas estavam em destaque. Shanti comprou alguns quilos de frutas e legumes, depois experimentou algumas frutas secas antes de comprar e me entregar uma grande variedade. Karma estava sentado em um aterro de pedra um pouco mais adiante. Ele dividia um cigarro com um conhecido.

Acompanhei Shanti até uma casa improvisada, construída com tábuas e lençóis remendados. Na entrada, uma mulher maltrapilha deu um tapinha no ombro do meu guia e depois se virou para apertar minha mão. Ela nos convidou a sentar à única mesa, feita de três troncos de árvore, entrou na cabana e voltou com duas xícaras fumegantes. Shanti trocou algumas palavras com ela em tibetano. Eu ouvia sem entender, examinando com repugnância a xícara cheia de água verde e turva que colocara à minha frente. Se bebesse isso, com certeza morreria. Mesmo tentando me entregar de corpo e alma ao desafio de Maya, não queria correr o risco de acabar envenenada.

Shanti bebeu tudo de um só gole e então se deu conta de minha hesitação:

— Pode beber sem medo, é uma mistura de ervas que fica fervendo durante horas. Vai ajudar com o calor.

Ainda cheia de dúvidas, aproximei a xícara do rosto e senti o cheiro do chá, provando com a ponta da língua. Coloquei um pouco na boca, pronta para cuspir se necessário.

Fiquei surpresa com a delicada combinação de ervas e o intenso gosto de sálvia que predominava. Bebi um segundo gole com mais gosto e os seguintes com verdadeiro deleite e, no fim, acabei aceitando uma segunda xícara. Shanti me disse que aquela mulher sabia tudo sobre os benefícios das ervas da montanha. Ela tratava os habitantes da vizinhança com medicamentos fitoterápicos. Algumas pessoas vinham de muito longe para provar suas infusões.

Senti-me envergonhada por meus preconceitos. Desejava viver essa aventura sem fazer comparações. Mesmo longe do meu cotidiano, tinha que admitir que a vontade de descobrir esse país, sua cultura e sua mentalidade me dava um certo prazer. Eu não checava meu celular havia uma hora!

Shanti nos avisou que logo partiríamos. Karma deu uma longa tragada em seu cigarro e acenou para seu amigo. Enquanto dirigíamos, Shanti me entregou um punhado de amendoins e acabei cochilando novamente.

Acordei com as reclamações acaloradas do nosso motorista e perguntei para Shanti o que estava acontecendo, enquanto Karma continuava a resmungar. Shanti conversou com ele um pouco e conseguiu acalmá-lo. O motorista perdera a saída e precisaríamos fazer uma volta que nos atrasaria meia hora. Eu, por minha vez, tentei processar a notícia. A viagem já era tão longa que tinha dificuldades em imaginar como poderia durar ainda mais tempo. Resolvi não falar nada, Karma já parecia chateado o suficiente com seu erro. Sempre equilibrado, Shanti percebeu meu desânimo e me contou uma história:

> *Em um vilarejo, um homem pobre tinha um belo cavalo. O cavalo era tão bonito que os senhores do castelo queriam comprá-lo, mas o homem sempre recusava:*
> *— Para mim, este cavalo não é um animal, é um amigo. Como poderia vender um amigo?*
> *Certa manhã, ele foi ao estábulo e o cavalo desaparecera. Todos os aldeões disseram a ele:*
> *— Nós lhe avisamos! Você deveria tê-lo vendido. Agora ele foi roubado... Que azar!*
> *O velho respondeu:*
> *— Sorte ou azar, quem sabe?*
> *Todos riram dele. No entanto, quinze dias depois, o cavalo voltou, acompanhado de uma manada inteira de cavalos selvagens. Ele havia fugido e seduzido uma égua. Agora estava de volta com o resto do grupo.*
> *— Que sorte! — exclamaram os aldeões.*
> *O velho e seu filho começaram a treinar os cavalos selvagens. Mas, uma semana depois, o filho quebrou a perna durante o treinamento.*
> *— Que azar — disseram seus amigos. — Como vai se virar, você que já é tão pobre, se seu filho, seu único ajudante, está com a perna quebrada?*
> *O velho respondeu:*
> *— Sorte ou azar, quem sabe?*
> *Algum tempo depois, o exército do suserano chegou à aldeia e alistou à força todos os jovens. Todos, exceto o filho do velho, que estava com a perna quebrada.*
> *— Que sorte a sua, nossos filhos foram para a guerra e o seu é o único são e salvo. Os nossos morrerão, provavelmente!*
> *O velho respondeu:*
> *— Sorte ou azar, quem sabe?*

– E então, essa saída que perdemos, sorte ou azar?

Comecei a rir.

– Quem sabe, Shanti?

De fato, quem saberia? Talvez estaríamos todos mortos se Karma tivesse pegado o caminho mais curto. Isso me fez lembrar dos metrôs que às vezes perdia de manhã: no momento que eu chegava à plataforma, as portas se fechavam, deixando-me furiosa. Talvez essa fosse a razão pela qual ainda estava viva.

Karma pegou uma estrada de terra esburacada. Um trecho em aclive, e eu tinha a impressão de que a van perdia força. Depois de umas três ou quatro curvas fechadas, chegamos ao topo da colina. A estrada era tão estreita que só havia espaço para o nosso carro. Com sorte, não havia ninguém vindo no sentido contrário.

No final do caminho, o terraço de um restaurante oferecia uma vista espetacular do vale de Pokhara até a cordilheira do Himalaia, que englobava o horizonte. Fiquei parada por um momento contemplando a paisagem, ignorando os barulhos de fome do meu estômago, causados pelos aromas que vinham do restaurante. Shanti me ofereceu uma mesa perto das árvores.

– Você vai poder provar o melhor *dal bhat* que conheço por aqui! É o prato típico do meu país, à base de arroz e lentilha, *dal* em nepalês, que comemos duas vezes por dia. Os mais abastados adicionam curry e legumes. Geralmente é um prato vegetariano, porque a carne é cara, mas aqui colocam carne de iaque. Vem, você vai a-do-rar!

Ele se levantou e me levou até a cozinha. Em uma bancada, os ingredientes que Shanti acabara de listar estavam separados em grandes recipientes de metal, suspensos sobre uma chapa aquecida: arroz e lentilha cozidos, os legumes marinados no vinagre e o curry, com seus aromas fortes e picantes, e, em seguida, iaque cozido em um molho marrom prateado. Inspirei os aromas das panelas fumegantes, que se misturavam para formar o prato tradicional. Dois homens jovens aguardavam meu pedido:

– Vou querer um *dal bhat* digno de uma rainha!

Seus olhares, antes preocupados, se encheram de alegria. O primeiro me entregou um prato de metal contendo quatro tigelas vazias. Ele apontou para as panelas e Shanti me ajudou, indicando que o arroz deveria estar no centro e que cada tigela deveria conter um ingrediente. Eles me serviram com gosto, adicionando uma salada de repolho, cenoura e pepino. Em seguida, uma panqueca fina e frita, temperada com cominho. Shanti juntou-se a mim, mas Karma preferiu comer na cozinha.

Mergulhei meu garfo em cada uma das tigelas para apreciar as diferentes fragrâncias e então imitei meu companheiro de viagem, que misturava os ingredientes no centro de seu prato. Após cada garfada, ele repetia a ação. Os legumes sutilmente adocicados e o arroz branco suavizavam a agressividade da pimenta utilizada no cozimento do iaque. As lentilhas, delicadas e saborosas, realçavam todos os sabores. Eu me fartava enquanto contemplava uma paisagem sem precedentes. O sol, agradável e tranquilo, nos acompanhou em nossa pausa.

Novas prioridades

"Reflitamos sobre o que realmente tem valor na vida, o que dá sentido à nossa vida, e estabeleçamos nossas prioridades de acordo."

Tenzin Gyatso, 14º Dalai Lama

Depois de um rápido cochilo, partimos mais uma vez e chegamos em Kande, perto de Pokhara, no meio da tarde.

O restante da equipe já estava lá, aguardando nossa chegada. Shanti nos apresentou: Goumar, o mais alto dos três, foi o primeiro a avançar e me estender a mão com vigor. Seus olhos risonhos me fizeram sorrir em retorno; cabelos pretos cobriam sua nuca; um bigode ralo e alguns poucos pelos no queixo formavam um cavanhaque. Ele parecia ser chinês. Sob o anoraque escarlate, sua barriga saliente confirmava seu papel na equipe.

Os outros dois homens não tinham mais que um metro e sessenta de altura. Nishal, mais reservado, aproximou-se de mim com a cabeça baixa. Parecia franzino, mas me surpreendi com a força de seu aperto de mão. Trajava um uniforme cáqui e bege, uma jaqueta azul e branca e sandálias. Um boné marrom ocultava seus olhos fugidios. Ele parecia ter uns 50 anos, com feições cansadas e o rosto curtido pelo sol. Um suave *"Namastê"* atravessou seus lábios. Inclinei minha cabeça em sinal de respeito e Nishal deu um passo para trás.

Thim apertou minha mão com entusiasmo. Muito menos tímido que seu tio, ele mal conseguia conter sua alegria. Vestindo calça jeans cinza, moletom marrom-claro com o brasão da polícia de Nova York, cachecol cor de vinho e um gorro de lã verde com um pompom, ele combinava a moda local e a estrangeira de maneira surpreendentemente tradicional.

Nishal dividiu as bagagens em duas pilhas de pesos iguais, preparando-as em seguida com a ajuda do sobrinho, que imitava todos os seus movimentos. Sua habilidade em organizar nossas coisas deixava claro que não era a primeira vez que fazia o trajeto.

Tomamos um último refrigerante na varanda de uma cabana de madeira, cujo beiral de chapa protegia uma mesa e dois bancos. Karma buzinou, desejando-nos uma boa viagem.

Shanti chamou Goumar, que fumava um cigarro. Em uma altitude de mil setecentos e setenta metros, começamos a caminhada. Os dois carregadores apoiaram suas cargas contra um muro baixo, passaram a alça sobre a cabeça, ajeitando-a na testa, e então içaram as bagagens nas costas. Shanti ordenou que Nishal subisse primeiro, seguido por Thim e Goumar. Eu caminharia atrás deles, com Shanti na retaguarda.

Segui os passos de Goumar. O caminho, cheio de pequenas pedras soltas, exigia vigilância. No meio de um pequeno vilarejo de quatro casas, senti-me atraída por uma cena. À minha direita, uma mulher lavava roupa em uma torneira improvisada, a água pingando lentamente, enquanto seu cachorro aproveitava os últimos raios solares ao seu lado. À minha esquerda, uma cabra esfregava o topo de sua cabeça contra o pilar de bambu de seu abrigo.

Envolvida com as atividades locais, demorei um pouco para perceber que ganhávamos altitude. A paisagem mudava: no vale, eu podia ver quilômetros de plantações em platôs cujas cores variavam de um andar para outro; as florestas de carvalho, bétula, bordo e pinheiro completavam essa abrangente paleta esverdeada e, lá em cima, o céu era um contraste de tons de azul e laranja, os raios de sol desenhando sombras âmbar.

O tempo estava perfeito. A temperatura agradável, impulsionada por uma leve brisa, motivava-nos a subir a trilha, que aos poucos se transformava em uma escadaria de pedra. Queria perguntar sobre os costumes e as tradições das populações nativas, mas estava sem fôlego.

Nishal e Thim já estavam longe, e não conseguia mais vê-los. Goumar e Shanti me acompanhavam como dois guarda-costas, seguindo o meu ritmo. Faziam pequenas pausas, fingindo que precisavam me explicar coisas, apenas para diminuir o ritmo da caminhada. Na subida, encontramos algumas pessoas ao redor das casas que cercavam o caminho. Essas habitações eram construídas de maneira semelhante: alicerces de pedra e tábuas de pinho mais ou menos regulares formavam a frente; os telhados de zinco se precipitavam em beirais, sombreando as varandas. As propriedades eram delimitadas por cercas feitas de troncos verticais e horizontais. Olhei para trás, atraída pelo riso de uma criança que perseguia uma ovelha, ziguezagueando entre as roupas coloridas que secavam em um varal.

Depois de duas horas montanha acima, Shanti fez uma segunda pausa e me apresentou aos primeiros picos do Himalaia. O cenário de tirar o fôlego capturou minha atenção, fazendo-me esquecer das dificuldades da subida. O sol de fim de tarde desenhava longas sombras nas cordilheiras.

Ainda precisávamos andar duzentos metros antes de chegar à nossa primeira parada: um vilarejo com cerca de vinte casas de dois andares, com placas nas portas indicando "Alojamento do Acampamento Australiano". A única diferença entre as casas eram suas cores. A última do vilarejo se destacava por seus tons de ocre e argila, mas acima de tudo por sua localização. Afastada, ela fora construída em uma pequena colina, proporcionando uma incrível vista da cordilheira do Himalaia. No jardim, mesas de plástico dispostas com cuidado em um gramado nos convidavam a apreciar a vista.

Nishal e Thim, já sentados, esperavam-nos com uma xícara de café. Haviam colocado a bagagem no chão, perto de uma escada de madeira que levava aos quartos. Eu não conseguia parar de olhar para a montanha, que mudava de cor a cada minuto. O sol estava prestes a se pôr. Shanti sugeriu que eu fizesse alguns alongamentos a fim de evitar dores musculares no dia seguinte. Segui suas recomendações, embora a única coisa que quisesse era me sentar em uma das cadeiras. Descobri que tinha músculos em lugares que sequer sabia que existiam.

Uma mulher de uns 30 anos saiu da casa. Sua pele bronzeada e seus cabelos pretos amarrados em um rabo de cavalo indicavam sua origem indiana. Um adolescente, concentrado na bandeja que carregava, a seguia de perto. Ele havia preparado duas xícaras de chá para nos dar as boas-vindas.

Shanti e Amita, nossa anfitriã, abraçaram-se e trocaram algumas palavras em nepalês antes que ele nos apresentasse. Shanti me convidou a sentar e virou sua cadeira para assistir ao pôr do sol. Os raios alaranjados rajavam as finas camadas de nuvens.

O nascer e o pôr do sol se tornariam momentos especiais em nossos dias. Shanti me disse que há anos vinha tentando assistir a esses dois momentos diariamente. Quanto a mim, não via nenhum dos dois havia muito tempo.

– Você não gosta de assistir ao pôr do sol?

– Sim, claro que gosto! O que poderia ser mais bonito do que isso? Mas não tenho tempo, e do meu escritório só consigo ver prédios.

Ficamos em silêncio. Sentíamo-nos atraídos pelo espetáculo. A mudança de cores era acompanhada pelos cantos celestiais dos pássaros ao nosso redor.

– Você é casada? – perguntou meu guia. Arqueei as sobrancelhas e inclinei a cabeça em sua direção. Ele sentiu o peso do meu olhar. – Desculpe, não quis me intrometer, e não é que eu esteja...

Seus olhos se arregalaram, ele fez uma pausa e depois continuou:

– Só estou tentando lhe entender.

Sua falta de jeito me fez sorrir:

– Antes de me casar, preciso encontrar a pessoa certa e, com tudo que já vivenciei, prefiro ficar sozinha. Os homens são todos iguais e não tenho tempo a perder com eles.

– Você também não quer ter filhos, então?

– Ah, eu até gostaria, mas não dá para ter um sem o outro. Uma mãe solo não é o ideal para uma criança.

– Você faz exercícios físicos?

– Sim, eu vou à academia, ou, na verdade, tento ir, mas por causa dos meus compromissos é difícil, então... raramente tenho um fim de semana livre.

– Seu trabalho ocupa toda a sua vida. Deve ser um trabalho bem interessante para fazer com que se esqueça do que realmente importa!

O tom de voz de Shanti pingava sarcasmo, o que não me agradou. Não entendi essa mudança de atitude. Como esse homem, que vivia em um país tão desolado, podia me julgar sem saber nada sobre mim? Peguei meu celular na esperança de me acalmar. Milagrosamente, eu tinha sinal. Verifiquei as mensagens. Finalmente, um sinal de vida de Romane: "Maelle, será difícil entrar em contato comigo nos próximos dias, mas não se preocupe, está tudo bem. Espero que também esteja bem. Sei que você está em ótima companhia. Aproveite este país incrível e espero que consiga encontrar o manuscrito. Um grande abraço, minha amiga. Estou pensando em você". Tentei entrar em contato com ela, mas a ligação caiu direto na caixa postal.

A noite se aproximava e Shanti continuava a olhar para as montanhas, agora quase invisíveis no escuro. Enfim, ele se voltou para minha direção. Olhando-me fixamente, disse com delicadeza:

– Não tive a intenção de ofendê-la. Não estou julgando, estou apenas tentando entender suas prioridades.

– Vamos falar de outra coisa – disse, decepcionada.

Ele concordou e pediu a Thim que levasse minhas coisas para o quarto da esquerda. Depois me entregou um cardápio e sugeriu que eu tomasse um banho quente enquanto esperava pelo jantar.

– Não estou com muita fome, estou cansada. Vou dormir.

– Teremos um longo dia amanhã. Precisa comer bem se quiser ter forças. Vou pedir para você.

Eu não queria começar uma briga, mas ele me irritava de tão certo que estava.

Com minha bolsa no ombro, Thim me acompanhou até meus "aposentos". Segui seus passos escada acima. Ansioso para me mostrar o quarto, ele pulava como uma criança. Quanto mais se empolgava, mais seu inglês se complicava:

– Você vai se sentir bem aqui. A proprietária reservou o quarto mais bonito só para você – disse, acrescentando com ênfase: – Com eletricidade!

Ele abriu a porta e acendeu a luz: uma lâmpada incandescente "iluminou" o quarto. A "suíte imperial" que me fora alocada tinha cinco metros quadrados, duas placas de compensado separando o barracão do lado, dois colchões sem lençol e um farrapo que servia de cortina.

– Que porcaria é essa? – murmurei.

– E então, o que acha? Incrível, não?

— Aaaah, sim, estou sem palavras de tão incrível que é! E o chuveiro fica onde, embaixo da cama?

Thim começou a rir:

— Não, né! É no final do corredor. Vou lhe mostrar como funciona.

Ele me entregou a chave de um cadeado que provavelmente foi encontrado na caverna de Ali Babá.

— Imagino que os banheiros também fiquem lá.

— Sim, os banheiros também ficam lá!

Não conseguia acreditar em seu entusiasmo, então só o segui, estupefata. E eu que achava que já havia visto de tudo no hotel em Katmandu, logo percebi que tudo poderia piorar... O chuveiro, para combinar com o quarto, era apenas uma mangueira em um cubículo xexelento. Quanto ao banheiro, era preciso muita abstração. Pasma diante deste espetáculo deplorável, olhei para Thim, que não parecia ver nada de errado. Ele continuou, admirado:

— Não é todo dia que temos água quente, então aproveite.

Ele me perguntou se eu precisava de mais alguma coisa. Gostaria de gritar que precisava de tudo, mas não queria estragar sua felicidade, então me forcei a apenas sorrir e agradecê-lo pela ajuda.

Depois que ele foi embora, procurei meu saco de dormir e tudo o que precisava para sobreviver à noite. Relutantemente, tomei um banho, lembrando-me do conselho de Thim sobre a efemeridade desses luxos. Apesar das condições terríveis, a água quente melhorou minha circulação e aliviou meus músculos doloridos. O calor me confortava. Vesti-me rapidamente para não sentir o choque térmico e voltei para o jardim.

O sol, já do outro lado do planeta, fora substituído por uma noite fresca. Agasalhada em um pesado casaco forrado de penas, observei as mesas iluminadas por pequenas velas. Shanti ainda estava sentado onde o deixara. Tomava uma cerveja enquanto olhava para o céu.

Sem tirar os olhos da Via Láctea, ele me ofereceu algo para beber. Aceitei uma xícara de chá de gengibre e ele se apressou em buscá-la. Sentei-me, olhando para o universo, e vi uma estrela cadente cortando a noite. Shanti, com a graça de um garçom, voltou com uma bandeja equilibrada em uma das mãos. Ele me entregou o chá e colocou duas xícaras e um pote de vidro vazio sobre a mesa. Depois andou um pouco pelo jardim, desaparecendo noite afora, e voltou com uma sacola, que deixou no chão, perto de sua cadeira. Ele colocou três pedras grandes dentro do pote.

– Maelle, o pote está cheio?

Olhei para ele com curiosidade, sem entender o que queria dizer. Sem explicar, ele pegou um punhado de seixos da sacola e os colocou no pote. Então o sacudiu, e os seixos encheram o espaço entre as três pedras maiores. Ele me perguntou novamente se o pote estava cheio. Eu me endireitei na cadeira. Intrigada pelo jogo, hesitei antes de responder que sim. Shanti pegou a sacola e despejou seu conteúdo dentro do pote: areia, que logo preencheu os espaços entre as pedras. Ele repetiu a pergunta. Sorri, achando graça:

– Agora, acho que sim!

Shanti passou a mão na mesa, limpando a areia que derramara.

– Imagine que esse pote é sua vida. As três pedras simbolizam as coisas mais importantes para você, as coisas sem as quais não poderia ser feliz. Pense nos seixos como prioridades secundárias, aquelas que vêm logo após as essenciais.

Fiquei olhando para ele sem entender o que estava tentando me dizer.

– Agora, imagine que a areia corresponda a todo o resto: os prazeres banais, as coisas que lhe fazem sentir-se bem, mas que são apenas complementos de tudo o que é "essencial" e "importante".

– Certo, e o que isso quer dizer?

– Se eu tivesse enchido o pote com areia, não haveria espaço para as pedras ou para os seixos. A mesma coisa acontece com sua vida: se você dedicar seu tempo e sua energia às coisas banais, não terá espaço para o essencial e perderá seu rumo. Você fica correndo atrás do superficial e ainda se pergunta por que não é feliz.

Bati palmas, sorrindo. Que bela demonstração!

– Só você pode definir suas prioridades. O que considera como as pedras em sua vida, o que é essencial? Quero dizer, tudo aquilo sem o qual não conseguiria viver. Ou tudo aquilo que mais gostaria de ter no mundo.

– Não sei... Difícil pensar quando estou tão cansada.

– Pense! – disse ele, firme.

Apoiei a cabeça nas mãos e comecei a pensar no assunto, olhando para o chão. Eu sabia, no fundo, o que era importante para mim, mas já havia sofrido demais para fazer disso uma prioridade. Meus olhos ardiam, tamanha a dor das lembranças. Com a cabeça ainda apoiada nas mãos, deixei as lágrimas rolarem soltas. Com pesar, admiti:

– É claro que eu gostaria de acordar todas as manhãs nos braços de alguém que eu ame, de ter tempo para mim, para meus amigos e minha família. De mostrar a eles o quanto os amo. Gostaria de rir por coisas bobas, de compartilhar momentos simples, de viajar...

Percebi que todas essas coisas eram prioridades para mim e que nenhuma delas fazia parte do meu dia a dia. Estava desperdiçando minha vida.

Shanti colocou a mão sobre a minha e disse com compaixão:

– Pare de encher seu pote com areia, Maelle. Torne seus sonhos realidade, cuide de si mesma, de seu coração, de seu corpo, de seus desejos e das pessoas que ama. Preencha-se com o que é e pare de ter medo de sofrer, é esse medo que a está impedindo de ser feliz, impedindo suas feridas de se fecharem. – Ainda chorando, olhei para Shanti. Ele continuou: – Tenha coragem de se tornar o seu eu verdadeiro. Encha seu pote, pedra por pedra, seixo por seixo, grão de areia por grão de areia, considerando cada uma de suas prioridades. Cada elemento que adicionar ao pote vai se sobrepor ao anterior. Escolha uma primeira pedra, depois acrescente uma segunda, tendo em mente que nunca sacrificaria a primeira pela segunda. Continue assim, até o último grão de areia. Mas cuidado com o que deseja!

Shanti esvaziou o pote sobre a mesa e me entregou as três pedras grandes. Pensei em qual delas colocar primeiro. Obviamente, meu trabalho parecia ser a coisa mais importante, minha prioridade número um na vida. Mas Shanti tinha razão: será que eu não transformara o trabalho em prioridade porque parecia ser a coisa óbvia a se fazer? Por que tinha tanto medo de me apaixonar? Será que tivera tempo para cuidar de mim mesma, dos meus amigos e da minha família nestes últimos meses? Tempo para pensar em meus valores, no que me faz feliz? Eu me sentia diminuta. Era apaixonada pelo meu trabalho, mas será que não era só para esquecer do quanto minha vida era vazia?

Brinquei com as três pedras, sem conseguir atribuir significado a elas. Shanti percebeu que eu estava confusa.

— Se tivesse uma varinha mágica, qual seria sua vida perfeita?

— Eu viveria com um homem extraordinário que me entenderia, que ficaria ao meu lado e a quem eu apoiaria. Viajaria, descobriria o mundo com ele! Passaria as noites e os fins de semana com minha família e meus amigos, teria um dia a dia simples, cheio de pequenos prazeres: um passeio no campo, um pôr do sol, uma taça de vinho, conversas até tarde da noite, atenção e amor. Isso tudo é muito bonito, mas só existe nos contos de fadas.

— Não, isso é uma realidade para as pessoas que fizeram disso uma prioridade. No momento, esse não é o seu caso, porque apenas seu trabalho é essencial para você.

Nervosa, eu brincava com as pedras e espalhava a areia sobre a mesa, tentando me justificar sem muita convicção. Já que não tinha tudo o que queria, eu me agarrava com força ao que tinha.

— Pense assim: se definir suas prioridades, elas se tornarão realidade, já que toda a sua energia estará concentrada no que é essencial.

Escolhi a primeira pedra e tentei aquecê-la com meu sopro enquanto pensava no que ela representaria. Olhei para o meu guia.

— E você, Shanti, qual a sua prioridade?

Sem hesitar, ele respondeu:

— Minha saúde.

— Claro! Sem saúde, não podemos fazer nada, sua resposta é muito simples.

— Muito simples? Não! A saúde é um luxo para mim e sei bem como ela pode ser frágil. Todos os dias presto atenção ao que como a fim de manter meu corpo são e controlo meus pensamentos a fim de manter minha alma sã. É um monitoramento constante, não podemos pressupor que estaremos sempre saudáveis. Minha saúde é a minha maior prioridade e eu não a trocaria por nenhuma outra coisa em meu jarro.

Tomei um gole de chá. Mais uma vez, Shanti tinha razão. Pensei em Romane, no que ela vivenciava há meses e na sorte que eu tinha em estar saudável. Percebi que esta era minha pedra preciosa. Peguei a maior pedra da mesa e a coloquei no fundo do pote. Essa seria minha base: "saúde". Em seguida, sem hesitar, coloquei a segunda pedra. Essa seria "amor", fosse minha vida amorosa, fossem minha família e meus amigos. A terceira seria "comunhão e felicidade". Essas duas palavras ecoavam em meu coração como uma prioridade. Shanti não se surpreendeu com essa escolha, mas sim com a ausência de uma outra.

— E o trabalho? E o dinheiro?

— Acho que não são dignos de estarem em meu pote. Boa resposta, não?

— Não existe resposta certa, Maelle. Somente seu coração sabe o que é importante. Se ouvir o que ele tem a dizer, descobrirá o seu verdadeiro eu.

Repeti o exercício com os seixos. Associei-os aos meus desejos, ao meu trabalho, às minhas ambições, aos meus sonhos, às minhas viagens, aos meus conhecidos e ao meu apartamento. Depois, sem interromper meu fluxo, nomeei os grãos de areia que encontraram seu lugar na dimensão material, na aparência e no superficial.

Shanti me observava em silêncio enquanto eu sacudia as mãos para limpá-las da areia. Estava certa quanto as minhas prioridades, mesmo que não correspondessem à minha realidade nos últimos anos, porque meu coração se emocionava como há muito não o fazia. Olhei para Shanti, cheia de gratidão.

— Seu pote está cheio? — ele perguntou.

— Agora, tenho certeza que sim. E bem organizado!

Antes de devolver a ele, sacudi o pote e observei o relevo que as pedras, os seixos e a areia formavam. Ele o colocou sobre a mesa e despejou dentro o restante do chá que trouxera mais cedo. Comecei a rir.

— E o líquido, representa o quê?

— Nada. Apenas um lembrete de que, não importa o quanto você esteja ocupada, sempre há tempo para compartilhar uma bebida com um amigo!

Espírito positivo

*"Nós somos aquilo que
fazemos repetidamente."*

Aristóteles

Abri os olhos antes de o despertador tocar às seis da manhã. As dificuldades da noite não afetaram meu sono graças ao *raksi*, uma aguardente de arroz que Goumar nos ofereceu antes de irmos dormir. Assim que o líquido tocou meus lábios, já me senti tonta. Agora de manhã já estava tudo bem. Sentindo-me corajosa, abri as cortinas. A vista espetacular, assim como o frio que fazia no quarto, me paralisavam. Sentei-me de pernas cruzadas em frente à janela, agasalhada em meu saco de dormir. O céu, ainda com um azulado noturno, esperava que os primeiros raios de sol iluminassem sua vastidão.

Minha respiração quente contrastava com as baixas temperaturas do quarto e fazia com que me lembrasse de minha infância na casa da minha avó no interior. Margot e eu costumávamos nos divertir expirando vapor, fingindo que estávamos fumando. A brincadeira favorita da minha irmã era criar histórias fantasiosas nas quais fazíamos o papel de grandes damas, um palito entre os dedos como se fosse um cigarro, exalando com vontade. Margot! Se lhe contasse o que estava acontecendo, ela nunca acreditaria em mim! Eu podia ouvi-la: "Pare de brincadeira... Você? Nas montanhas? No Himalaia? Sem salto alto e maquiagem? Quer que eu acredite que você poderia sobreviver mais de uma hora sem seu celular, sem seus e-mails, ouvindo verdades que não saíram desse seu cérebro prodigioso? Até parece, irmãzinha!".

Comecei a rir. Margot costumava me presentear com livros de aperfeiçoamento pessoal, que eu guardava no fundo da estante para logo ignorá-los. Ela sempre me inscrevia em cursos que me ajudariam com isso ou aquilo, mas eu nunca ia. De tempos em tempos, usava de provocação para tentar me fazer entender, à sua maneira, que estava desperdiçando minha vida. Julgava-a excêntrica, mas a amava. Acho que era a sua benevolência para com o mundo que mais me tocava.

À minha frente, o Machapuchare começou a cintilar. Esse monte gigante sagrado com dois cumes fazia jus ao seu apelido de "rabo de peixe". O tempo, suspenso, parecia não mais existir. Eu pensava sobre o que estava fazendo ali, sobre Romane, sobre aquela jornada, sobre minha missão e o encontro com Shanti quando um forte brilho capturou meu olhar. Os colossos cobertos de neve mudavam de cor, acompanhando o movimento solar: de um laranja fluorescente a tons de amarelo e finalmente de volta ao branco. Fora dada a largada, um novo dia estava começando.

Vindo do térreo, a agitação matinal se fazia ouvir. O cheiro de café chegava até mim, aguçando meu olfato. Respirando fundo, criei coragem de sair do meu casulo noturno e vesti roupas de inverno. Sentia-me leve. Nada me prendia. Pensei no que Maya e Shanti haviam dito sobre minhas prioridades.

Desci as escadas e encontrei todos já acordados. Amita me entregou o cardápio para que pudesse escolher o café da manhã. Estava faminta e pedi a opção completa: omelete, panquecas com mel montanhês e mingau de aveia. O suficiente para me sustentar por algumas horas. Um grande fogão aquecia o cômodo. Thim, Goumar e Nishal se arrumavam em frente ao único espelho da cozinha. Shanti sentou-se ao meu lado, desdobrando um mapa:

– Esta manhã, subiremos até o Passo Deurali, a dois mil e cem metros de altitude, e depois desceremos pelo outro lado até a aldeia de Landruk.

A jornada parecia interminável para um primeiro dia, mas me concentrei em minhas novas resoluções:

– Vou acompanhar seu passo, ou no mínimo tentar! – respondi de boca cheia.

— Partiremos em meia hora, o sol estará mais alto, o que amenizará a temperatura.

O silêncio que se seguiu me fez pensar naquilo que mais me preocupava. Desde minha chegada a Katmandu, ninguém conseguira me explicar com clareza o que continha aquele manuscrito que parecia ser bom demais para ser verdade. Como poderia ter sido ignorado e mantido em segredo quando milhões de pessoas sofriam de câncer?

— O que você acha do manuscrito que estamos procurando, Shanti? Já ouviu falar dele?

— Não, mas o Himalaia guarda muitos segredos, muitos dos quais foram objeto de guerras entre a China e o Tibete e ainda hoje são fontes de conflito. Se tiver a sorte de chegar ao final de sua jornada, você terá sua resposta.

— Sorte por quê? Você está me preocupando.

— Porque o caminho é longo, e só Deus sabe se chegaremos sãos e salvos.

Shanti permaneceu reticente sobre o assunto, o que não me tranquilizava. Eu sentia que havia recebido uma missão muito mais importante do que podia imaginar.

— Mas você acredita que o manuscrito pode curar o câncer?

— Para isso, precisaria saber o que ele contém. Não se preocupe, uma coisa de cada vez. No momento, estamos a caminho, mas na hora certa teremos nossas respostas.

Terminei de comer e fui esticar as pernas, doloridas da caminhada do dia anterior. O vento, frio e com cheiro de floresta, congelou o ar em meus pulmões. Caminhei pelo vilarejo e parei várias vezes em frente às montanhas imponentes antes de voltar para o alojamento.

Estava na hora de partir. Nishal, sentado em um muro baixo ao lado da bagagem, terminava de fumar um cigarro enquanto Thim corria atrás de uma borboleta.

Goumar estava na dianteira, seguido por mim e Shanti. Subimos pelas intermináveis escadas em silêncio, passo a passo sob os raios fracos que coloriam a paisagem com seus brilhos dourados. Voltei minha atenção para os gigantes que pareciam estar cuidando de nós, dando-me forças para seguir. Forcei meus músculos doloridos a se contraírem; como esperado, eles já estavam doendo após os primeiros metros.

O esforço superaquecia meu corpo. Assim que fizemos a primeira pausa, retirei algumas camadas de roupa enquanto Nishal acendia outro cigarro: era de se esperar que ele começasse a sentir o oxigênio ficar mais rarefeito devido à altura. Aproximei-me de Shanti, que examinava o vale.

— Estive pensando no que me disse ontem sobre prioridades. O que falou é verdade, mas nem tudo depende de mim. Uma de minhas grandes metas é vivenciar o amor. Para tanto, é preciso encontrar a pessoa certa, mas, até agora, não tive sorte.

— Você tem razão, oportunidade é tudo, mas será que está pronta para isso? Para qualquer tipo de encontro? Nomeou suas prioridades, mas agora precisa mudar sua mentalidade e encarar novas possibilidades sem repetir os mesmos erros. Para ser feliz, você terá de pensar diferente, ser positiva, acreditar em seus desejos e na Vida, porque atraímos aquilo que somos.

— Mas eu sou uma pessoa otimista!

— Já é um começo. Mas ser positivo significa abrir-se para o mundo. Vejamos um exemplo: imagine que precise perguntar as horas a alguém na rua. Você falaria com a pessoa que está apressada, no meio de uma ligação, ou com a que está sorrindo em sua direção?

— Com a que está sorrindo para mim. Eu não gostaria de incomodar a outra pessoa.

— Eu faria o mesmo! Mas isso não significa que a pessoa que está no celular não seja otimista, certo?

— Ok, entendi. Mas como faço para me abrir para o mundo?

— O mais importante é se sentir completa por dentro. Se der ouvidos aos seus pensamentos tóxicos, vai acabar exalando negatividade e isso será visível em seu corpo: seus músculos se tensionam, seu rosto se contrai, você se sente incapaz de aproveitar novas oportunidades. Por outro lado, se estiver repleta de pensamentos positivos, seu corpo relaxa e você se torna uma pessoa acolhedora. As pessoas vão querer vir ao seu encontro.

Shanti tirou o moletom e o amarrou na cintura. Quando retomamos a caminhada, ele continuou:

— Você diz que uma de suas prioridades é encontrar o amor, mas eu a ouço dizer que não foi feita para relacionamentos, que isso não é para você. Que já sofreu o suficiente. Enquanto permanecer nesse estado de espírito, nada mudará. A felicidade está à sua porta, mas você precisa abri-la.

– Coloque-se no meu lugar. Já encontrei tantos homens que não valiam um segundo do meu tempo.

– Por que perdeu tempo com eles, então?

– Porque só percebi que não valiam a pena depois de terminarmos.

– É importante aprender através de suas experiências, caso contrário, está fadada a cometer os mesmos erros.

– Eu sei. É por isso que não vou cair nessa de novo tão cedo, pode acreditar.

– Os erros reais são aqueles que cometemos repetidas vezes, os outros são apenas oportunidades de aprendizado. Seja ousada, o amor envolve riscos. Se continuar uma pessoa fechada, ninguém virá lhe perguntar as horas.

– Não é fácil manter a mente aberta o tempo todo.

– Assim como o corpo, a mente também precisa ser exercitada. Se quiser ter um físico bom, precisa fazer exercícios e prestar atenção aos seus hábitos. Meia hora de exercícios físicos por mês e se entupir de gordura não lhe trarão os resultados desejados. O mesmo vale para a sua mente. É preciso monitorar os pensamentos diariamente e tentar não deixar que a negatividade a contamine. Ser positivo significa controlar seus medos, acreditar em seus sonhos, visualizá-los e permitir que as oportunidades venham até você. O mais importante você já fez: deu rumo à sua vida ao priorizar o que realmente importa. É mais fácil pegar a estrada quando sabe aonde está indo.

– Sim, mas é difícil acreditar nos sonhos quando eles podem nos magoar – suspirei.

Dois gansos-de-cabeça-listrada voaram sobre nós. Surpreso, Shanti os observou se afastarem, explicando que era raro vê-los nessa época do ano. Ele continuou:

– Rejeitar o amor porque você sofreu é uma escolha, mas então terá de abrir mão desta prioridade. Cada situação é diferente, não? Cada pessoa é única, não é?

– Sim, claro, mas sinto como se não soubesse como amar e todas as pessoas que encontro acabam me magoando.

— Você atrai o que pensa. Você não nega acesso ao seu mundo por causa do seu medo de sofrer. Ao fechar-se para o mundo, fecha-se para si mesma.

Suspirei alto. Mais uma vez, Shanti tinha razão: sofria por causa de barreiras que eu mesma ergui. Inventava desculpas a fim de não admitir esta verdade e me afogava no trabalho para me esquecer dos meus sonhos.

— O que preciso fazer para realizar a versão perfeita da minha vida?

— Eu já lhe disse: mude sua mentalidade. Isso significa que precisa analisar cada pensamento que tem e ter certeza de que se alinham com a sua meta. Assim que um deles se desviar, precisa colocá-lo de volta nos trilhos. Você não precisa se esquecer dos términos dolorosos do passado. Aprenda com eles e pare de usá-los como desculpa. Visualize sua meta: se sua prioridade é conhecer alguém, que tipo de homem ele é? O que deseja compartilhar com ele? Que tipo de vida quer ter? Tenha certeza de que nenhum pensamento negativo a distraia dessa manifestação que logo se concretizará. O resto é com o universo, ele cuidará de tudo!

Enquanto procurava minha garrafa de água na mochila, comecei a sonhar com meu príncipe encantado, caminhando de mãos dadas pelas margens do Sena, fazendo planos para uma vida a dois, jantares românticos ao redor do mundo, risadas e nossos corpos se fundindo. Meu coração se encheu de esperança. Enquanto sonhava acordada, Shanti sentou-se em uma pedra. Sentei-me ao seu lado, tomei um gole de água e confessei:

— Estou começando a entender.

— E como você se sente?

— Feliz.

— Percebe essa energia fluindo através do seu ser?

— Sim, uma energia calma. Tenho a sensação de que estou começando a me abrir para o mundo.

— Precisa aproximar-se o máximo possível desta mentalidade. Pense em como ela faz você se sentir bem, revisite-a sempre que for preciso.

Senti meu coração acelerar e a emoção tomar conta de mim. Fiquei surpresa com o quanto meu cérebro estava silencioso; não conseguia mais pensar, eu me sentia bem. Uma a uma, minhas correntes se quebravam.

Nossos companheiros de viagem nos alcançaram e se sentaram a alguns metros de distância. Meu guia se levantou. Fiz o mesmo, me sentindo atordoada com essa nova energia. Uma sensação de leveza acompanhava meu sorriso, o que fez os quatro homens rirem. Com o coração feliz, partimos novamente.

Galante, Goumar deu um tapinha no meu ombro e, com um gesto, pediu que eu caminhasse com ele. Andamos juntos por um tempo. Ele falou sobre sua família e me mostrou uma foto dos três filhos. Essa era a primeira vez em vinte e quatro horas que eu conversava com ele, até então o vira apenas como um observador.

Thim subia à minha frente. Pulava como as cabras pelas quais passamos nas fazendas, feliz por compartilhar esse momento especial. Meus quatro guarda-costas pareciam sentir minha felicidade e o quanto ela melhorara o equilíbrio de nosso pequeno clã. Shanti, silencioso, era o último do grupo e caminhava com um sorriso no rosto. De vez em quando, eu me virava para ter certeza de que ele ainda estava lá, e ele confirmava sua presença com uma piscadela.

Ao longe, eu conseguia ouvir um barulho de cascos acompanhado pelo tilintar de sinos. Uma caravana de burros, com generosos sacos de mercadoria em seus lombos, avançava em fila única, guiada pelos gritos de um adolescente. Os animais, inquietos, apressaram-se ao passar por nós. Observei a récua seguir e continuei a subida ao lado de Shanti.

– Está decidido, vou mudar minha mentalidade assim que voltar para Paris.
– Por que esperar até voltar para a França?
– Ora, Shanti... Não é como se eu fosse encontrar alguém aqui.
– E por que não?

Eu ri alto.
– Estou falando da minha vida amorosa.
– Sim, eu sei. O futuro será sempre o futuro, Maelle, apenas o presente é real. Se deseja ser feliz e realizar seus sonhos, não espere, mude sua mentalidade agora. Esteja aberta às oportunidades e aos encontros. A vida é a soma dos momentos presentes. Cada segundo desperdiçado é um segundo perdido para sempre.

O tom de Shanti mudara. Sua convicção não deixava espaço para dúvidas. Percebi que ainda estava presa em minha antiga forma de pensar e que precisava redirecionar meus pensamentos em vista de meus novos objetivos. Como poderia fazer isso? Shanti respondeu antes mesmo que pudesse expressar minhas dúvidas:

— Você sabia que para formar um hábito são necessários vinte e um dias repetindo o mesmo exercício?

— Quer dizer que em três semanas vou conseguir evoluir?

— Não! Você pode mudar em um segundo. Aquele é o tempo que normalmente levamos para substituir nossos antigos automatismos.

— Mas como posso mudar meus pensamentos? Eu não os controlo, eles só acontecem. Como identificá-los?

— Não posso entrar na sua cabeça. E saiba que não conseguirá controlar todos os seus pensamentos, pois a cada dia sessenta mil circulam em seu cérebro. No entanto, pouco a pouco, conseguirá silenciar tudo aquilo que é negativo. Esses pensamentos tóxicos são seus piores inimigos, são eles que impedem que mudanças aconteçam. Não dê ouvidos a coisas como: "Isto nunca acontecerá, nem adianta tentar" ou "Eu tentei, não deu certo, perdi meu tempo, o que estou fazendo é inútil, pare de confiar em qualquer um, você sabe o que está em jogo…".

Claro que ele tinha razão. Era como se Shanti tivesse mesmo entrado na minha cabeça.

— Você não tem ideia do poder que esses pensamentos têm sobre nós. Eles controlam a nossa vida.

— Bem, digamos que eu consiga identificar os pensamentos ruins entre os sessenta mil diários, o que já não é tarefa fácil; o que posso fazer para ignorá-los?

— Para cada pensamento negativo que surgir, por mais insignificante que seja, tente substituí-lo por um positivo e, em seguida, dê preferência ao último. Por exemplo, imagine que você acorda de manhã e vê que está chovendo. Qual o primeiro pensamento que lhe vem à cabeça?

Imaginei a cena e, automaticamente, respondi:

— Mais um dia de m…!

Shanti começou a rir.

— Está vendo? Você começa sua manhã sem perceber o quanto essa única frase sabota sua felicidade.

— Sim, mas não posso fazer nada em relação ao clima!

— Eu sei! Mas você pode mudar o seu jeito de pensar. A água é um elemento vital. Ao se lembrar dos benefícios da chuva para florestas, gramados, flores, campos, ruas e assim por diante, todo o ressentimento vai evaporar e só restará um sentimento de gratidão pelo tesouro que lhe foi oferecido. Esses ciclos são necessários para o seu equilíbrio e você se sentirá feliz e protegida. Uma nova forma de pensar dará lugar à agressividade que lhe dominava ao sair de casa. Para controlar seu caminho, precisa primeiro controlar seus pensamentos.

— Sem querer ser pessimista, mas triar e catalogar sessenta mil pensamentos por dia parece impossível!

— Olhe para a montanha atrás de você, pense no caminho que percorremos hoje, tudo isso não parecia impossível ontem?

Olhei para trás e me surpreendi.

— Passo a passo, nós a conquistamos. Passo a passo, pensamento a pensamento, você irá mais longe do que poderia imaginar. Você sabia que oitenta por cento das coisas que pensamos num dia são referentes a acontecimentos do dia anterior?

— Você me enche de esperança! Se eu continuar a apagar os pensamentos tóxicos, só os pensamentos bons restarão.

— Exato.

Para não pensar no esforço necessário para a caminhada até o Passo Deurali, concentrei-me na paisagem impressionante ao nosso redor. Apoiando-me contra um *chörten*, uma espécie de promontório com vista para o vale, observei os fazendeiros nas plantações em terraços, ocupados com seus arados. Após essa pequena pausa, continuei a pensar em como triar meus pensamentos até que paramos para almoçar.

Uma família de camponeses nos serviu arroz com legumes cozidos e, em seguida, saímos para tomar um pouco de sol e descansar até a hora de partir.

Eu nunca me dera conta de como esses pensamentos nocivos podiam ser barulhentos. Tentei integrar essa nova forma de pensar com tudo o que vinha à minha mente. Estava tentando cortar o mal pela raiz, espreitando todos os meus pensamentos como um gato observa um rato. Porém, quanto mais me esforçava, menos conseguia pensar. Era só me distrair por um segundo que uma barragem de imagens tomava conta de mim: o trabalho, o câncer de Romane, minhas metas de vida e a culpa de ter viajado e deixado meus colegas de trabalho na mão. E se Romane não sobrevivesse, e se o amor não fosse para mim, e se estivesse condenada a viver sozinha, e se... e se... e se...?

Shanti interrompeu meu drama interior e me trouxe de volta à realidade.

— Terra para Maelle? Está vendo como seus pensamentos podem ser uma prisão?

— É incrível, estava tentando prestar atenção neles, mas nada. Assim que me distraí, fui bombardeada por minha maneira antiga de ver o mundo. Se não tivesse me chamado, medos e pensamentos continuariam a se fundir.

— Você acabou de entender uma das principais lições. Quando você está presente, aproveita o momento e tira proveito das oportunidades. Mas se você se torna prisioneira de seus próprios pensamentos, fica presa no passado ou se preocupa com o futuro.

— Eu não sei em que momento perco o controle, é como se estivesse hipnotizada.

— Quanto mais se conscientizar desse seu modo de pensar, menos poder ele terá sobre você. É esse processo de análise e triagem que a tirará desse círculo infernal. Comece com alguns segundos, já será o suficiente, depois um pouco mais a cada dia e, no final, isso se tornará um hábito.

— Mas sem a sua ajuda, eu teria continuado presa. Como posso fazer isso tudo sozinha?

— Quando comecei esse processo, estabeleci metas para mim mesmo: toda vez que atravessasse uma porta, tentaria redirecionar meu modo de pensar. Percebi que, no começo, eu só me lembrava da minha meta uma vez a cada dez portas que atravessava, mas com o tempo fui melhorando. Você pode colocar um alarme de hora em hora no seu celular para lhe lembrar de redirecionar seu modo de pensar.

Imediatamente, coloquei um alarme no meu celular e escolhi o som de um gongo tradicional como toque. Tentar controlar meus pensamentos parecia um trabalho hercúleo, mas permaneci positiva. Uma coisa de cada vez. Desistir estava fora de questão.

Chegamos a Landruk no final da tarde, após uma lenta descida ao longo das plantações. Em um dos terraços, construído em forma de escadas, fazendeiros ceifavam painço e carregavam-no em cestos de vime até o terraço mais elevado. Lá em cima, o grão era espalhado em grandes lonas antes de ser peneirado. Por um minuto, observei uma mulher manejando a peneira com grande agilidade.

Meus companheiros retomaram a caminhada e me apressei em alcançá-los. Descemos por um caminho de pedra, acompanhando os afazeres dos fazendeiros durante uma hora, até chegarmos à vila em que passaríamos a noite.

O Annapurna Sul e o Hiunchuli, com mais de sete mil metros de altura, estavam à nossa frente. Tamanha beleza suavizou a brutalidade do esforço físico do dia. Desfrutei de um pôr do sol impressionante: a neblina recobria as florestas e os vilarejos e apenas os picos mais altos perfuravam aquele véu místico que pairava entre os rochedos. Os tons de ocre se chocavam contra a opacidade do vale abaixo.

Em frente à entrada do alojamento, sentado ao redor de uma placa redonda de bronze e de estatuetas do mesmo material, Nishal "desafiava" o proprietário em um jogo. Thim, ansioso, assistia à disputa. Shanti se aproximou de mim:

— Bagh Chal é um jogo tradicional do Nepal. "*Bagh*" significa "tigre" e "*Chal*", "movimento". É um jogo comum aqui. No tabuleiro há cinco linhas horizontais, cinco verticais e algumas na diagonal. Nishal começa com vinte cabras e o outro jogador, com quatro tigres. Nishal precisa imobilizar os tigres enquanto as feras tentam não ser bloqueadas. Para isso, sequestram as cabras como no jogo de damas, pulando de uma casa à outra no tabuleiro. As cabras vencem o jogo se nenhum dos quatro tigres puder se mover quando chegar a vez deles. Para os tigres vencerem, eles precisam comer cinco das vinte cabras.

O jogo parecia simples, mas logo percebi que era necessário ter muita estratégia. Não fiquei para assistir. O cansaço e a dor muscular haviam tomado conta de mim. Após um bom jantar, adormeci sem dificuldades.

Flutuando

*"Sempre parece impossível
até que seja feito."*

Nelson Mandela

Na manhã seguinte, cada movimento era um suplício. Além das terríveis dores que já me acompanhavam há dias, o desconforto só aumentava: na noite anterior, a cama fora apenas uma tábua de madeira coberta por um colchão fino. Pior que isso só dormir ao relento, na terra batida.

Com dificuldade e dores nas pernas, caminhei até a sala comunal para tomar o café da manhã. Os primeiros raios solares dissipavam a noite gélida. Ao longe, avistei Shanti sentado de pernas cruzadas em uma pedra. Alguns minutos depois, ele entrou na sala com a costumeira aparência gentil. Esfregou os braços vigorosamente a fim de se aquecer e, com os lábios entorpecidos, perguntou-me se havia dormido bem. Meu corpo inteiro doía. Queria dormir mais, mas, dado o estado da cama, era melhor continuar acordada. Shanti sugeriu que me alongasse depois do café, antes de continuarmos a caminhada.

A primeira subida do dia foi o suficiente para destruir minha moral, mas, graças aos meus companheiros, encontrei um bom ritmo de caminhada. Sentia-me fascinada pelos picos das montanhas Annapurna, o que me ajudava a aguentar todo o esforço físico. Subimos por mais de uma hora. Como Shanti dissera, meus músculos, já alongados e aquecidos, fizeram bom progresso. Mas, em um instante, tudo isso mudou. Minhas pernas começaram a tremer. Virei-me para o meu guia, mas não consegui dizer uma palavra sequer. Fiquei paralisada pela visão de uma ponte suspensa de uns cem metros à nossa frente, meu pânico de alturas era insuperável. Sentia-me fraca, a ponto de desmaiar. Shanti percebeu o meu desconforto e começou a zombar de mim:

– Qual é, Maelle! Não me diga que atravessar a Modi Khola a assusta!

Não conseguia me imaginar atravessando esse caminho suspenso a cinquenta metros de altura. Meu corpo enrijeceu-se, meu coração começou a bater forte e minhas pernas cederam. Shanti correu até mim e me ajudou a me sentar em uma pedra.

–Tenho pânico de altura, para mim é impossível atravessar essa ponte. Será que existe outro caminho?

– Receio que não. Este é o único caminho para o vale.

Thim observava a cena. Em uma tentativa de me tranquilizar, ele começou a pular e a sacudir os cabos que sustentavam a ponte, rindo em seu trampolim improvisado. A passarela, ondulante, parecia se multiplicar e eu via quatro cópias de Thim, subindo e descendo.

– Minha jornada termina aqui, Shanti. Precisamos voltar.

Não deixei espaço para interpretações. Minha determinação, no entanto, não dissuadiu meu guia. Ele acenou para que Thim parasse com suas travessuras e saísse da ponte. Shanti agachou-se ao meu lado e me perguntou gentilmente o que me assustava.

– Não consigo explicar, alturas me dão vertigem. Não importa o quanto eu tente, não conseguirei atravessar.

Levantei-me, decidida a voltar para o vilarejo. Shanti fez o mesmo.

– Eu entendo, mas não podemos desistir. O medo é algo subjetivo, baseado em nossas experiências prévias. Viu como Thim se divertia na ponte? Para ele, isso é uma brincadeira, mas para você, um risco de morte!

Da margem oposta, eu podia ouvir sinos se aproximando. Um jovem nepalês conduzia um rebanho de búfalos e vacas. Os animais carregavam fardos de comida no lombo. Em fila indiana, começaram a travessia. Eu temia pelo momento em que a ponte desabaria. Por uns bons cinco minutos, não conseguia nem mesmo respirar. A vida do jovem nepalês e de cerca de vinte cabeças de gado estavam à mercê de uma estrutura feita a partir de tábuas de madeira, cabos e arames.

A passarela ondulava sob o peso dos animais. Tive certeza de que desabaria. Após tropeçar em uma tábua bamba, o primeiro búfalo continuou seu caminho em nossa direção. Seguindo as ordens do fazendeiro, os animais atravessaram a ponte em uma sinfonia de sinos e mugidos. Abrimos espaços para o rebanho passar. Para eles, não havia diferença entre a ponte e a estrada.

Ainda tremendo ao pensar na catástrofe que poderia ter acontecido, tentei me recompor. Meus quatro companheiros de viagem esperavam, relaxados. Shanti me deu a mão.

— Está na hora de se dar conta de que o medo é apenas uma simulação. Você sabe que a ponte é capaz de suportar cargas pesadas; rebanhos a atravessam há anos. Ela pode até ondular, mas não vai cair. Você fica imaginando os piores cenários possíveis, mas eles são apenas simulações alimentadas pelo medo. Não são reais.

— Talvez, mas meu incômodo é bem real.

— Apenas outra simulação, como se você estivesse num sonho.

— Você quer dizer num pesadelo!

— Quando você dorme, sua imaginação parece ser a coisa mais real do mundo. Seu corpo reage às emoções: se sentir medo, ele se enrijece, o coração acelera, a respiração fica curta, mas, ao acordar, seu corpo sai desse estado de estresse porque seu cérebro entende que era apenas um sonho. É o mesmo com a ponte: está presa num pesadelo simulado. A realidade é completamente diferente.

— Eu sei disso, mas mesmo assim não consigo evitar o medo. Sinto-me paralisada só de pensar em atravessá-la.

— Você precisa se acalmar e controlar os pensamentos negativos para sair desse estado de pânico. Primeiro passo: respirar fundo.

Shanti respirou fundo três vezes. Encheu os pulmões de ar, exalando lentamente em seguida. Ele me pediu que fizesse o mesmo. Na primeira tentativa, mal consegui respirar; na segunda, meu peito se expandiu e, na terceira, senti meus pulmões encherem-se de ar.

— Ótimo, agora coloque as mãos nos ombros de Goumar e acompanhe os passos dele. Concentre-se em minha voz, estarei bem atrás de você.

Ele trocou algumas palavras com o cozinheiro e pediu a Nishal e a Thim que ficassem com a bagagem deste lado da ponte. Levantei-me e, como um robô, coloquei as mãos nos ombros de Goumar. Ele começou a andar e eu, tremendo, segui-o, concentrada em meus pés. Shanti, atrás de mim, segurava-me pelos ombros.

– Ótimo, continue assim. Inspire e expire lentamente.

Conseguia ouvi-lo respirando de maneira exagerada para que eu pudesse me concentrar em sua respiração. Ele inspirou e expirou várias vezes. Um passo depois do outro. Eu seguia o ritmo de Goumar, apertando seus ombros com força. À medida que avançávamos, a ponte começou a ondular. Conseguia ver o chão através das tábuas. Meu coração começou a bater mais forte e meus músculos se contraíram.

Shanti sentiu a mudança em meu corpo. Ele colocou pressão em minhas costas para evitar que eu parasse.

– Acorde de seu pesadelo, Maelle, nada vai lhe acontecer. Feche os olhos e respire fundo. Concentre-se em suas pernas, não pare de andar. Observe a situação de forma objetiva, não seja vítima das emoções. Vamos lá, respire mais uma vez!

De olhos fechados, eu não tinha mais controle sobre meu corpo. Conduzida por Goumar e empurrada por Shanti, sentia-me unida a eles, o que me tranquilizou por um momento. Do nada, Goumar começou a gritar. Abri os olhos e vi que ele acenava para um sherpa no outro lado da ponte, pedindo que aguardasse a nossa travessia. Estávamos no meio da ponte, em seu ponto mais maleável. Conseguia ver o riacho serpenteando nas rochas abaixo. Em pânico, minhas pernas cederam outra vez. Shanti me orientou a concentrar em outra coisa:

– Preste atenção na minha voz! Imagine que está num barco, no mar, andando pela proa. O vento em seu rosto, sentindo o balançar gentil das ondas.

Tentei imaginar a cena e recuperei meu equilíbrio, apoiando o peso nas pernas para permanecer estável. Continuei a andar, imaginando que estava na proa do barco, o melhor lugar para desfrutar da visão do mar. Quando Shanti me disse para abrir os olhos, já estávamos do outro lado da ponte, em terra firme. Ele sorriu para mim:

– Você conseguiu, Maelle.

Olhei para ele, perplexa. Abri as mãos suadas e relaxei os músculos, meu sangue voltara a circular normalmente e eu lutava para controlar minha respiração. Do outro lado da ponte, Nishal e Thim aplaudiam.

Em um instante estavam ao nosso lado, tendo corrido habilmente pela passarela. O sherpa acenou e continuou seu caminho. Antes de avançar com seu rebanho, ele se voltou para mim e disse algo em tibetano.

Perguntei a Shanti o que havia dito.

– "Se o medo bater à sua porta e tiver a coragem de abri-la, verá que não há ninguém esperando por você."

Sorri, observando o homem atravessar a ponte. Retomamos nosso caminho, mas precisei de vários minutos para voltar ao normal. Minhas pernas estavam fracas e sentia dificuldade em andar. Shanti permaneceu ao meu lado. Eu não conseguia tirar os olhos do caminho de pedras.

– Controlar minhas emoções parece algo impossível para mim.

– Não é fácil, mas você pode aprender. Os medos são alimentados pelos pensamentos. Se mudar sua forma de pensar, deixará de ser manipulada pelos seus medos e passará a controlá-los. Ao observar os acontecimentos de maneira lógica, acalmará a criança em pânico que habita em você. Vivemos num estado constante de malabarismo, entre a criança que habita a nossa mente e o adulto que somos. Ao darmos de cara com nossos medos, a criança assume a liderança, nos faz perder a lucidez. Essas emoções negativas são uma prisão, precisamos que o nosso eu adulto encontre as chaves e nos traga de volta à razão.

– Como podemos identificar esses estados?

– A criança vive no estado do medo, ela não tem autonomia. Seu alimento é a atenção dos pais. Sem isso, ela se sente abandonada. Busca o amor dos outros, mas não sabe como amar a si mesma. A fonte de seus problemas é sempre exterior e sua raiva é alimentada pelo orgulho. O seu eu adulto, por outro lado, sabe viver sozinho, sabe como se tranquilizar. Entende que seus problemas são de origem própria e encontra as soluções em si mesmo.

– Mas como passar de criança a adulto quando nos sentimos dominados pelo medo?

– É preciso identificar a situação em que se encontra, sem julgamentos. Quando a criança que habita em mim dá as caras, eu a tranquilizo, lembrando-a de que estarei com ela até o fim. Prometo a ela que ninguém lhe fará mal. O adulto que sou está equipado para tal tarefa.

Essa analogia entre a criança e o adulto parecia correta, já que eu alternava entre esses dois estados no meu dia a dia.

O declive da montanha atenuou-se, mas a subida continuava íngreme. Meus músculos, contraídos pelo medo, relaxaram pouco a pouco. Depois dos desafios da ponte, essa caminhada até parecia fácil. Paramos na vila de Jhinu Danda. Como de costume, Nishal e Thim chegaram antes de nós. Era apenas uma da tarde, mas nossos equipamentos e mochilas já estavam guardados.

— Vamos dormir aqui hoje?
— Sim, estava pensando em almoçar no terraço e depois descansar. Se quiser, podemos ir para as fontes termais e relaxar pelo resto da tarde. Que tal?
— Que surpresa maravilhosa! Mas como pode haver fontes termais por aqui?
— É um fenômeno estranho desta região do Himalaia. Está repleta de caldeiras geotérmicas, ou seja, energia térmica que vem da terra. A temperatura das rochas na crosta terrestre aumenta e, quando a água entra em contato, é aquecida por estas pedras quentes. É lá que se encontra a nascente dos gêiseres de Jhinu Danda.

A proprietária do alojamento e seus dois filhos, de 4 ou 5 anos, nos receberam. Menkhu apertou minha mão. As crianças se escondiam atrás de suas pernas, observando-me discretamente. Dei uma piscadela e elas correram para casa, rindo. Reapareceram pouco depois; um dos meninos segurava uma bola furada e a entregou para mim, enquanto o outro usava pedras para construir gols improvisados. Goumar e Thim observavam a cena, interessados. Eu os chamei para me ajudar, já que minha habilidade no futebol não me permitiria competir sozinha com dois jogadores tão "grandes". Eles não hesitaram. Um casal de turistas ingleses se juntou a nós. Estávamos prontos para a partida.

Vinte minutos depois, Menkhu apitou para encerrar o jogo. Ela carregava uma bandeja com quatro pratos fumegantes de *dal bhat* de dar água na boca. Shanti convidou os jovens ingleses para se juntarem a nós. Eles aceitaram, encantados. Originários de Londres, tinham tirado alguns meses de férias a fim de meditar no Nepal. Shanti ouviu com interesse o que tinham a dizer e transmitiu seu conhecimento sobre o assunto. Nick e Abby apreciavam as palavras do meu guia, e senti como se estivesse almoçando com três eruditos.

— Estou surpreso ao ouvir seus valores revolucionários – disse Nick.

— Revolucionários? Esses preceitos fazem parte de ensinamentos ancestrais – Shanti sorriu.

— Ao se espalharem mundo afora, suas nuances se perderam, então.

— Se quiserem, podemos unir nossas energias esta tarde, ao pôr do sol.

Eles aceitaram. Em seguida, os três aluados me encararam, obviamente esperando por uma resposta. Meio constrangida, comecei a gaguejar.

— Eu não tenho a menor noção de como isso tudo funciona, não quero atrapalhar a experiência de vocês.

— Não é tão complicado! A meditação não exige nenhuma qualidade especial. Sua presença será suficiente, pode ter certeza.

— E quem vai levar a maconha e o uísque?

Um silêncio profundo abateu-se sobre nós. Para não passar vergonha, fingi que estava brincando. Enquanto procurava o que dizer para me salvar da gafe cometida, Nick respondeu:

— Perfeito, está combinado então! Nos encontraremos aqui, às seis da tarde.

Ele e Abby partiram, sem esperar por nossa resposta. Aturdida, olhei para Shanti.

— Você pediu ajuda para identificar e triar sua forma atual de pensar, acho que esse exercício pode ser útil para você, mesmo que pareça absurdo.

— Só falta me dizer que, para conseguir unir nossas energias, preciso ir a um planeta de malucos! Sem ofensa, mas cada um na sua. Prefiro manter os pés no chão e a cabeça aqui na Terra, longe do cosmos.

Sem pensar, verifiquei meu celular. Ainda sem sinal.

— Não, não se preocupe, você não precisa ir a outro mundo. Quero apenas que expanda o seu. O que tem a perder?

Shanti apontou para o meu celular:

— Você tem algum compromisso marcado?

Ah, ele sabia como me persuadir! E me irritava, mas tinha que admitir que fascinava também. Comecei a sorrir.

— Admito que não tenho muitos compromissos marcados. Tudo bem, até mais tarde então.

Meu novo quarto era igual aos das duas noites anteriores: espartano. Depois de fazer a cama, tirei um cochilo sob o sol, no jardim. Acordei com o choro de Yanhi, o filho mais novo de Menkhu, que caiu enquanto corria. Seu irmão mais velho o ajudou a se levantar. Ele continuou a chorar, mas a mãe não parecia se importar. Após ter certeza de que não fora nada sério, coloquei-o em meu colo. Suas roupas pretas estavam cheias de poeira. Ele me mostrou onde havia se machucado, mas sua pele estava apenas um pouco vermelha. Tirei um lenço do bolso e fiz com que assoasse o nariz.

Seu irmão observava meus movimentos. Contei uma história a Yanhi que minha mãe costumava me contar quando eu me machucava:

– A galinha da vovó pendurou seu coco ali em cima.

Segurando seu dedão, continuei:

– O primeiro viu o coco.

Depois, o indicador:

– O segundo pegou o coco.

Ele me entregou seu dedo médio:

– O terceiro cozinhou o coco. O quarto comeu o coco...

Por último, dobrei seu dedinho na palma da mão e, acariciando-a, disse:

– E o pequenininho, que não comeu nada, lambeu o prato.

Os dois meninos me olhavam, sem entender uma única palavra, mas minha voz os hipnotizara. Assim que comecei a contar a história, o menor parou de chorar e, no fim, os dois estavam rindo. Eles voltaram a correr.

Shanti nos observava, aguardando.

– A fonte térmica fica a meia hora de caminhada daqui. Se quisermos aproveitá-la, precisamos ir agora.

Eu mal reconhecia a mim mesma: a ideia de andar ainda mais não me perturbava! Em Paris, sempre pegava um táxi até para ir à esquina. Thim e Goumar juntaram-se a nós, mas Nishal preferiu ficar descansando. Thim, com seus chinelos de dedo, pulava de pedra em pedra no caminho que margeava a montanha, e Goumar o observava de soslaio. Shanti, de olho no grupo, liderava o caminho. Descemos um morro íngreme por cerca de um quilômetro, e perdia o ânimo só de pensar que teríamos que subir tudo isso de volta.

— Espero que valha a pena, porque subir tudo de volta não vai ser fácil.

— *Carpe diem*!

Meu guia falava latim agora! *Carpe diem:* aproveite o dia sem se preocupar com o amanhã.

— Por que está se preocupando com a subida se estamos descendo? Pare de pensar no futuro e aproveite o momento!

— Ah, é... Pensamento positivo!

— Não é só isso. O objetivo é aproveitar o momento sem se preocupar com o que o futuro nos reserva. Aproveite a caminhada, as árvores dançando ao vento, a vida que nos sorri a cada instante. Deixe seus ouvidos ouvirem as canções que nascem do silêncio, seu nariz sentir os diversos aromas, seus músculos se contraírem e relaxarem ao ritmo de seus passos e sinta seu coração se encher de amor.

Meu coração começou a acelerar, bombeando sangue a fim de despertar meus sentidos.

— Felicidade é isso, Maelle. Não perca tempo procurando, ela está no aqui e no agora. Nada além do que está experimentando neste momento é real.

Chegamos a um rio. A água morna fluía da montanha e enchia grandes piscinas esculpidas na rocha. Em uma delas, um casal de mãos dadas sussurrava juras de amor. Pareciam não ver mais ninguém, desfrutando desse refúgio de paz.

Shanti trocou algumas palavras com a responsável pelas fontes termais, que nos convidou a nos lavar com um sabão natural antes de nos guiar até a maior piscina. Cinco árvores de bambu separavam o fluxo da água em pequenas cascatas de um metro de altura. Thim e Goumar não hesitaram e logo estavam só de cueca sob uma das duchas de água quente. Shanti os acompanhou. Os três homens, alinhados contra a parede de pedra, esfregaram a pele por um longo tempo. Hesitei por um momento, pensando nas roupas de baixo que estava usando, mas, ao ver o prazer que meus três companheiros sentiam, deixei meu pudor para trás.

Esta saudável ablução escorreu pela minha cabeça, levando consigo uma espessa camada de poeira e desembaraçando meus cabelos emaranhados. Em seguida, entrei com os outros na piscina que nos fora reservada. Nadei por um momento, deixando a água penetrar cada poro de minha pele. Que felicidade!

Shanti, sozinho em um canto, flutuava. Ele parecia ter adormecido. Depois de alguns minutos, boiou em minha direção.

— Você está dormindo?

— Não, estou apenas com o coração *em paz*. Se também quiser se sentir assim, é só tentar. Deite-se de costas na água e escute...

Meu corpo tentava encontrar um equilíbrio na superfície da água, o que me lembrava das competições que fazia com um primo quando éramos adolescentes. Quem permanecesse em pé sobre uma prancha dentro da água por mais tempo, ganhava. Flutuar no mar era mais fácil, a impulsão da água não era tão boa aqui, mas, depois de algumas tentativas, consegui me estabilizar. Tentei fazer o que Shanti me indicara, mas não consegui escutar nada. Não consegui entender o que estava tentando ouvir. Voltei a nadar e disse a Shanti que não havia sido bem-sucedida.

— Não tente flutuar, deixe que seu corpo encontre a posição certa.

Tentei novamente. Meus pulmões cheios de ar me elevaram até a superfície. Minhas pernas se alinharam sem esforço. Meu corpo submergia e emergia acompanhando o ritmo da minha respiração. Tentei escutar, mas só consegui ouvir alguns ruídos abafados. Levantei-me.

— Flutuar é fácil, mas ainda não consigo ouvir nada.

— Não é uma questão de ouvir, e sim de sentir o fluxo interior e exterior ao seu corpo. Distancie-se de si mesma. Imagine que está sentada na borda da piscina, observando a si mesma.

Que papo de maluco! Será que ele não batia bem? Por curiosidade, tentei outra vez. Voltei a flutuar facilmente. Meus músculos relaxaram. Fechei os olhos e tentei focar em meu corpo. Escutei minha respiração, meus pulmões se enchiam de ar. Percebi que isso era algo que eles faziam desde que eu nascera. Acompanhei o fluxo de ar em meu peito sendo distribuído em minha corrente sanguínea por meio dos alvéolos pulmonares. Visualizei o oxigênio sendo transportado pelos glóbulos vermelhos até o coração, sendo distribuído para o cérebro e para o resto do corpo. As artérias, divididas em vários vasos, alimentando as células. Imaginei o plasma transportando o dióxido de carbono até os pulmões, liberando-o e reabastecendo meu corpo com oxigênio.

Por trinta e cinco anos, minha anatomia fizera tudo por conta própria, criando algo milagroso a cada respiração enquanto eu mexia com papelada o dia todo, certa de que tinha uma inteligência sem precedentes.

De repente, meu cérebro silenciou e eu não conseguia mais conceber nada. Um alçapão abriu-se em minha garganta e tive a sensação de habitar meu corpo pela primeira vez. Algo estranho aconteceu: não conseguia mais distinguir entre meu corpo e a água. Eu me fundia com a seiva das montanhas. Tive a sensação de que meu ser se estendia em todas as direções: direita, esquerda, abaixo e acima, alcançando o centro da Terra e tocando o universo. Sentia como se fizesse parte do todo. Nunca sentira uma força dessas dentro de mim, nem mesmo teria imaginado como seria poderosa. Não podia voltar ao que era. Tudo desapareceu. Meu coração ecoava no vácuo do infinito, como se nada mais existisse.

Desestabilizada, sentei-me abruptamente. Shanti sorriu para mim. Ele já sabia. Tentei explicar, mas as palavras não saíam. Ele olhou em meus olhos perturbados.

– Apenas nosso coração tem a capacidade de entender o que aconteceu. Nossa mente ou as palavras nunca serão capazes de explicar esta experiência.

Recuperei meus sentidos.

– Não foi um sonho? Senti como se estivesse me fundido ao universo. Que loucura, será que é por causa da altitude?

– Não, não foi um sonho, você realmente é o Todo. Acessou a fonte, o amor primordial.

– Pare com isso, você está me assustando. Não entendo nada do que está dizendo.

– Isso porque está tentando racionalizar de novo, e nada do que estou dizendo pode ser racionalizado. Pense na harmonia que sentiu. Você sentiu alguma dor?

– Não, nem um pouco. Pelo contrário, senti uma força indescritível.

– Você acabou de vivenciar a vastidão do infinito. Pode sempre voltar a este momento, se silenciar sua mente.

– Você está falando de Deus, não é mesmo?

– Chame do que quiser.

— Eu não acredito em Deus nem nessas histórias que atraem pessoas que não têm coragem de enfrentar a vida por conta própria.

— Por que você sente a necessidade de acreditar em alguma coisa? Apenas viva! Experimente! Ao dar nome às coisas, você as limita. Estou falando daquilo que é todo-poderoso, ilimitado e eterno.

Nunca experimentara nada parecido antes. Esse bem-estar que me cercava proporcionava uma felicidade que eu nunca havia sentido.

Não havia mais ninguém ao nosso redor. Thim e Goumar tinham ido embora. O ar estava mais fresco. Depois de me secar e colocar minhas roupas de volta, subi o morro até o alojamento sem dificuldades. Completamente absorvida pela experiência que acabara de ter, podia sentir a vida pulsando dentro de mim e ao meu redor. Estava presente no momento.

Raiva, querida raiva

"A verdadeira liberdade requer libertar-se da ditadura do ego e das emoções que o acompanham."

Matthieu Ricard

Nishal e Thim lavavam roupa enquanto Nick e Abby conversavam com um homem usando uma mochila, de pernas longas, musculosas e bronzeadas. Alguns fios de cabelo branco em suas têmporas indicavam que devia ter seus 40 anos.

Os meninos correram para fora da casa e o abraçaram com força. O homem colocou a mochila no chão e segurou uma criança em cada braço. Elas riam alto. Ele as colocou no chão e se curvou diante de Menkhu, com as mãos postas. Em seguida, falou *"Namastê"* e acariciou a cabeça das crianças agarradas às suas pernas. Nick acenou para nós. Shanti aproximou-se do grupo e apresentou-se. O homem o recebeu com alegria.

– Muito prazer. Meu nome é Matteo.

Em seguida, ele virou-se para mim e estendeu a mão. Suas sobrancelhas grossas e uniformes reforçavam seus olhos castanhos e calmos. Seu nariz aquilino marcava suas bochechas e maçãs do rosto proeminentes. Seus lábios desenhados com precisão harmonizavam seu queixo angular, marcado por uma covinha. Ele hipnotizou a todos. Apesar de seus shorts empoeirados e sua roupa de mochileiro, tinha uma aura particular. Matteo era alto, de rosto alongado, uma barba rala que lhe concedia virilidade. Seus olhos me imobilizavam. A suavidade da sua palma contra a minha produzia um efeito anestesiante.

Fazia tempo que não sentia tal magnetismo... Ele sussurrou, sem tirar os olhos dos meus:

— Você não me disse seu nome.

Apesar de seu inglês fluente, os "erres" carregados denunciavam sua origem. Identifiquei a Itália, país que conhecia tão bem e que me deixara tão infeliz alguns anos antes. A lembrança de um caso de amor doloroso me trouxe de volta instantaneamente. Afastei-me com um movimento brusco.

— E nem vou dizer.

Os dois meninos voltaram a segurar as mãos de Matteo. Eles o guiaram até o seu quarto, que ficava ao lado do meu. Dei de costas e saí andando enquanto todos me olhavam estupefatos.

Abby me alcançou e sugeriu que Shanti e Nick se juntassem a nós.

— Já são seis e quinze e o sol está se pondo, deveríamos começar.

Esquecera-me do nosso encontro místico. Não estava a fim de participar desse teatro, mas Shanti não me deu escolha. Sentei-me com as pernas cruzadas e completei o círculo formado pelos outros três. Meu guia explicou:

— Não é difícil, a única coisa a fazer é permanecer presente.

O silêncio logo começou a me incomodar. Eu os observava: seus olhares perdidos no nada, seus corpos imóveis, concentrados em não sei o quê. Continuava a me mexer, incomodada. Senti que estava perdendo tempo. Depois de alguns minutos, decidi sair do grupo. Ninguém percebeu: eles continuaram sem mim.

Passei uma hora em meu quarto e depois fui para a sala comunal para me aquecer perto fogão enquanto esperava pelo jantar. Shanti conversava com Matteo. Ele acenou para mim, mas preferi ignorá-lo. Troquei algumas palavras com Abby, que abandonou o livro que estava lendo a fim de me explicar sua jornada. Eu ouvia sem prestar atenção.

Menkhu nos convidou para sentar à mesa, colocando uma dúzia de pratos diferentes à nossa frente. Shanti guardou um lugar para mim ao lado de seu novo amigo, o que me irritou. Fiquei calada durante toda a refeição. Matteo me fez algumas perguntas e dei respostas secas e curtas. Comi depressa.

Por causa de uma dor de cabeça e alegando cansaço, dei boa-noite a todos. Saí para tomar um pouco de ar fresco. Como um garimpeiro à procura de ouro, andei de um lado para outro com o celular na mão, procurando sinal. Nada ainda! Sentei-me em uma cadeira. O céu chamou minha atenção: milhões de estrelas iluminavam as montanhas e, no centro, a lua crescente anunciava a chegada de um novo ciclo.

Matteo saiu da sala comunal, veio em minha direção e me entregou uma xícara de chá. Recusei-a, exasperada.

— Vou deixá-la aqui para você — disse ele, colocando a xícara no chão. — Talvez mude de ideia, hoje está frio. Desejo-lhe uma boa noite.

Ele voltou para seu quarto sem dizer mais nada. Shanti nos observava da porta. Ele se aproximou.

— De onde vem esta atitude toda?

— Estou com dor de cabeça. Queria descansar.

— Para alguém que quer descansar, você parece bastante agitada!

— Os italianos me deixam nervosa, são todos superficiais. Não são confiáveis. Eu os conheço bem, trabalhei em Milão por três anos, faz parte da cultura deles serem mentirosos, eles nunca cumprem com a palavra! São encantadores e só pensam nas artes da sedução. Não gosto da mentalidade deles, não quero perder tempo com esse cara.

Shanti permaneceu em silêncio enquanto eu desabafava. Observou as montanhas que se fundiam com o céu. Sem desviar o olhar da escuridão, ele colocou a mão em meu braço e começou a contar:

Uma mulher branca vai ao supermercado. No caixa, ela compra uma sopa. Em seguida, senta-se numa mesa para comer e percebe que se esqueceu de pegar uma colher. Ela se levanta para buscá-la.

Ao voltar para seu assento, ela encontra um homem de pele negra tomando sua sopa. "Que homem sem vergonha! Mas ele parece alguém de bem. Vou tentar ser gentil", ela pensa.

— Com licença — disse, pegando a sopa.

O homem apenas sorri. Ela começa a tomar a sopa. O homem, por sua vez, pega a sopa e a coloca no centro da mesa. Ele continua a tomar a sopa com um olhar tão amigável que a mulher, sem saber o que fazer, não fala nada. Eles acabam dividindo a sopa. A mulher ainda não sabe o que fazer.

Sua indignação dá lugar à surpresa e ela até se sente um pouco cúmplice.

Depois de terminarem a sopa, o homem faz sinal para que ela permaneça sentada e volta com uma grande porção de batatas fritas, colocando-a no centro da mesa. Ele a convida a comer. Ela aceita e eles comem juntos. Em seguida, ele se levanta e se despede com um aceno de cabeça, falando pela primeira vez:

– Obrigado!

Pensativa, ela só quer ir embora. A mulher procura sua bolsa, que pendurara no encosto da cadeira. Ela sumira! "Que tola! Aquele homem negro era apenas um ladrão, obviamente!"

Ela está prestes a chamar a segurança quando vê um prato de sopa, intocado e frio, na mesa ao lado e, na cadeira, sua bolsa pendurada. Nenhuma colher à vista.

Shanti ficou em silêncio, olhando para o nada.

– Que história bonita, mas não tem nada a ver com minha situação.

– Você acha que todos os negros são pobres e ladrões? Que todos os italianos são sedutores e superficiais? Que todos os franceses são iguais?

– É claro que não!

– Então por que está tratando o Matteo desta maneira?

– Ele me faz lembrar de coisas ruins.

– Se quiser seguir suas prioridades, precisa mudar sua forma de pensar a fim de encontrar novas pessoas sem carregar as mágoas do passado nem criar cenários absurdos para o futuro. Veja Matteo como alguém completamente desconhecido. Esqueça o que sabe sobre os homens e sobre os italianos. Ouça seu coração, deixe que ele a guie. Como já disse, não deixe que seu ego te engane. Alguém que toca seu coração é um inimigo do seu ego. Você sente algo especial por Matteo?

– É claro que não! Acabei de lhe dizer que fujo desse tipo de homem.

– Então por que recusar uma conversa, um momento agradável e uma informação que poderia ser útil para você? Ele não a pediu em casamento, apenas lhe ofereceu uma xícara de chá. Maelle, ele não é o homem com quem você trabalhou e que a traiu. E também não é nenhuma das outras pessoas com quem compartilhou sua vida e que a magoaram. Ele é diferente e único.

— Você o conhece para falar assim dele?

— Descubra por si própria. Veja-o não como um italiano, mas como alguém que fez seu coração bater mais forte. Você saberá se ele vale a pena ou não. Boa noite, Maelle. Até amanhã.

Ele foi para a cama. Fiquei sozinha sob as estrelas por alguns minutos. Tremendo de frio, decidi voltar para meu quarto. No caminho, passei pelo quarto do tormento chamado Matteo. Através das cortinas, pude ver uma luz acesa, ele ainda estava acordado. Shanti tinha razão, Matteo não fizera nada de errado e ele fazia meu coração se acelerar. Ele até tentara ser educado, eu é que fora injusta com ele.

Parei em frente a porta de seu quarto, pensando em pedir desculpas. Mas não consegui. A situação era estúpida. Eu não iria me rebaixar a esse tipo de coisa! Corri para o meu quarto, feliz por não ter encontrado ninguém no caminho.

— O café da manhã está servido, Maelle. Partiremos em meia hora.

Abri um olho e senti dor por todo o meu corpo. Coloquei o braço para fora do edredom e procurei meu relógio. Já eram sete e meia da manhã! O sol, que iluminava o céu, não tinha esperado por mim. Antes de me levantar, respirei fundo a fim de criar coragem para enfrentar a temperatura abaixo de zero. Coloquei várias camadas de roupas e saí do quarto. A porta ao lado estava aberta. Dei uma investigada discreta, mas não havia ninguém. Nenhuma mochila, nada. Corri para a sala comunal, nada. Corri para o jardim, nada.

Passei por Shanti.

— Dormiu bem?

— Onde ele está?

— Quem?

— Matteo!

— Ele partiu ao nascer do sol, há cerca de vinte minutos.

— Por que você não me acordou?

— Por que deveria tê-la acordado?

Senti minha frustração aumentar e a raiva me dominar.
– Porque... Ah, deixa pra lá, você não entende nada.
Sentei-me sozinha em uma mesa. Menkhu me serviu um café da manhã farto, mas eu perdera o apetite. Meu coração se contraía e eu sentia um nó em meu estômago. Shanti serviu-se de uma xícara de café e sentou-se ao meu lado.
– Você está com raiva de mim porque procura por um bode expiatório. Seu ego não consegue aceitar o motivo de sua infelicidade.
– Aaah... é bem a sua cara, essa historinha! Além do mais, não estou com raiva. Deixe meu ego em paz e concentre-se no que está sendo pago para fazer.
– Tem razão, quem está falando é o seu orgulho e não estou interessado nele. Recuso-me a perder meu tempo com isso. Partiremos em dez minutos, esperarei por você lá fora.
Ele levantou-se e saiu para ajudar Nishal e Thim a terminar de arrumar a bagagem. Senti minha raiva aumentar. Levantei-me e gritei:
– É isso aí, sai correndo! Você é um covarde, como todos os homens! Quando se trata de assumir responsabilidades, todos caem fora.
Shanti enfiou a cabeça de volta na sala e, rindo, disse:
– Opa! Eu estava errado, você ainda está com raivinha!
Nick e Abby, que tinham acabado de entrar na sala, olhavam-me preocupados.
Com os dentes cerrados, eu ainda estava reclamando quando Yanhi me entregou um desenho no qual um enorme coração conectava um casal. Sentei-me no banco e o abracei. Ele sentou-se em meu colo, disse algumas palavras em nepalês e pegou minha mão. Segurando meus dedos de um a um ele recontou, à sua maneira, a história que eu lhe contara no dia anterior, depois olhou para mim com a pureza de alma que só as crianças são capazes de ter. Minha agressividade se desvaneceu, minhas lágrimas começaram a escorrer. Abracei com força a ele e ao seu irmão, que permanecera em silêncio ao nosso lado.
Cumprimentei Nick e Abby e pedi desculpas por meu comportamento. Eles me desejaram uma boa viagem. Menkhu e as crianças me acompanharam até a saída e me abraçaram, sussurrando em meu ouvido palavras que não entendi, mas que ficaram gravadas em meu coração.

Olhei em seus olhos e os agradeci. Essas pessoas aparentavam não ter muito, mas na realidade tinham o essencial. Embora não me conhecessem, deram-me tudo: sua presença, seu silêncio, sua paciência, sua generosidade, sua compreensão, seu olhar, sua bondade, seu perdão e seu amor. E aqui estava eu, indo embora logo após ter dado um vexame. Gostaria de me explicar, mas não sabia o que dizer. Eu estava envergonhada.

Shanti liderava o caminho, comigo seguindo-o de cabeça baixa e Goumar atrás de mim. Virei-me para despedir-me das crianças e de Menkhu. Yanhi e seu irmão acenaram para mim e voltaram a brincar. Menkhu ficou nos olhando por um longo tempo. Sentindo a sua bondade nos acompanhar, dei-lhe um último aceno.

O dia começou com uma subida íngreme. Era impossível conversar, tamanho o frio e o esforço. Minhas pernas doloridas aqueciam-se aos poucos, como todas as manhãs. Segui os passos de meu guia. Minha respiração ficou mais curta, eu não estava em forma e a atmosfera continuava pesada. Shanti estava me ignorando desde que saímos. Devo ter passado dos limites. Mas, também, ele estava cheio de frescura! Não havia motivo para ficar chateado.

Meus pensamentos eram tumultuosos: eu não conseguia contatar Romane e ninguém parecia conhecer esse tal de manuscrito milagroso. Sem meus e-mails, não tinha notícias do que estava acontecendo de importante em minha vida. De repente, duvidei de minhas escolhas. Por que concordara em vir? Que loucura me convencera a dizer sim? Será que não era hora de voltar para casa? Olhei para Shanti, buscando por respostas. Ele olhou para as montanhas, ignorando-me.

Continuamos a subir até o vilarejo de Chomrong. Thim me informou que havíamos ultrapassado a marca dos dois mil metros de altitude. Continuei a caminhar em silêncio, observando o vilarejo à distância. Minhas perguntas sem resposta estavam me enlouquecendo. Estava sufocando, e meu guia continuava amuado. Eu não dissera nada de errado. Afinal de contas, foi ele quem saíra correndo. Shanti assobiou para Nishal e Thim e fez sinal para que parassem. Ele pegou uma sacola cheia de frutas secas, apanhou um punhado para si mesmo e me entregou o resto. Depois sentou-se em uma pedra a alguns metros de nós, de frente para a montanha. Estava obviamente irritado.

Tentei me lembrar do que poderia ter dito para ofendê-lo tanto. Só conseguia pensar em seu rosto zombeteiro me chamando de orgulhosa. Fui até ele, nervosa, e sentei-me na mesma pedra.

– Você está irritado? Está quieto desde que saímos.

– Não tenho tempo a perder com emoções que não me convêm. É muito cansativo conversar com alguém dominado pelo orgulho. Eles sempre tentarão ter razão, especialmente quando estão errados. Desculpe-me, mas prefiro que converse com outra pessoa.

– Mas, Shanti, já estou deixando meu amor-próprio de lado, conversando com você.

– Então prove! Peça desculpas, por exemplo.

Suspirei, exasperada.

– Desculpe-me, tá bom!? Você está feliz agora?

– Não, não quero papo com você. Seu orgulho ainda está presente.

– Pare de agir como uma criança, Shanti!

– Não quero desperdiçar minhas energias e pronto! Continue a ouvir o que seu ego tem a dizer, já que ele é tão importante, e deixe que eu me concentre no que estou sendo pago para fazer.

– Ah, pare com esse chororô!

Ele pareceu ainda mais irritado. Eu disse, levantando-me:

– Como quiser! Estarei aqui quando seu humor melhorar. Também não tenho energia para desperdiçar.

Comecei a me afastar, e ele disse:

– Está vendo, seu orgulho ainda a domina! Se não, seria sincera ao pedir desculpas. Você se sentiria afetada pelo que disse esta manhã.

– Não é como se você me quisesse por perto também! Acabei de pedir desculpas. Fique aí emburrado o quanto quiser; como eu disse, estarei aqui quando seu mau humor passar.

– Prefiro ficar em silêncio a vê-la prisioneira de suas próprias emoções. Seu ego se vangloria e se alimenta da atenção que dá a ele. Você é tão fraca que nem percebe o que está acontecendo. Seu ego ocupa cada centímetro do seu corpo. Você deixou a porta aberta e, obviamente, ele entrou correndo e passou o cadeado. Ele te deixa dopada, apenas sobrevivendo. Olhe como está respirando: de maneira curta e rápida, ocasionando dores no peito. Logo mais, se isso ainda não aconteceu, seu ego e sua raiva começarão a bailar juntos, procurando alguém para culpar, a fim de justificar sua mesquinharia. A melhor coisa que posso fazer é permanecer calado. Estou apenas esperando que ele se canse ou que você tome a iniciativa. Se continuar a alimentá-lo, é claro que ele ficará mais forte. É cada vez mais difícil lutar contra ele. Por outro lado, assim que perceber o que está acontecendo, assim que você tomar iniciativa, ele morrerá. O ego é tão vulnerável quanto a escuridão diante da luz. Se você ainda é capaz de pensar, repita a cena desta manhã sem levar seu ego em consideração.

Após seu discurso, Shanti retomou a caminhada. Goumar o seguiu, comigo logo atrás. Nishal e Thim caminhavam atrás de nós. O sol aquecia o dia, amenizando a temperatura do ar. Caminhei em silêncio, pensando. Era verdade que eu tinha dificuldades em respirar desde o dia anterior, meu peito doía. Meu estômago também, impedindo-me de comer. No entanto, precisava encarar a verdade: por que Matteo esperaria por mim depois de eu tê-lo tratado tão mal? Quanto à Shanti, é verdade que eu não pedira que me acordasse antes de Matteo ir embora. Por que estava com raiva dele?

Alcancei Shanti e segurei-o pelo braço:

– Desculpe-me. Eu não devia ter falado com você do jeito que falei.

Com uma piscadela, ele aceitou minhas desculpas. O nó em meu estômago começou a se desfazer e minha respiração começou a voltar ao normal.

– Parece que a festa acabou! – disse ele, com certa cumplicidade. Desviei o olhar, envergonhada. – Certo. Ainda há copos quebrados, garrafas vazias, buracos no carpete e um cheiro horrível. O excesso de emoções deixa um gosto amargo na boca por várias horas. – Com compaixão, ele continuou: – Que festança, hein! Posso ajudá-la a arrumar a casa?

– Olha que eu aceito! A bagunça é tanta que nem sei por onde começar.

– Comece olhando ao seu redor. À sua frente, o Annapurna Sul; aqui sob nossos pés, o Hiunchuli; e à nossa direita, o Machapuchare. Admire-os e respire! – Ele respirou fundo, fechando os olhos. Imitei-o. – Mais uma vez – Shanti insistiu, falando mais alto. – Inspire, sinta a energia emitida pelas montanhas e, em seguida, expire. Livre-se de sua dor. Inspire a vastidão que elas contêm e expire sua frustração, inspire pureza e expire raiva. Mais uma vez... inspire e expire.

Continuei a seguir seu ritmo, respirando cada vez mais profundamente. Senti o frescor do ar em minhas narinas, minha garganta, meus brônquios e minhas veias, como se o poder das montanhas transformasse minhas tensões em força.

— Inspire até sentir que o ar que entra é tão puro quanto o ar que sai, e que nada além de perfeição está sendo liberado pelo seu corpo.

Respirei até não conseguir mais distinguir entre inspiração e expiração.

— Deixe que o oxigênio seja absorvido por seus poros e então distribua-o por todo o corpo. Inspire as montanhas, as árvores, o céu, o universo e... expire.

Visualizei essa força que me anestesiava e me senti como se fosse uma com tudo ao meu redor, como no dia anterior. Abri os olhos e percebi que uma profunda calma tomara conta do lugar. Shanti olhava para o horizonte, Nishal estava sentado fumando um cigarro, e Goumar e Thim estavam deitados sob o sol.

— Como você se sente?

— Vazia! Estática. Não consigo explicar.

— Não é algo que possa ser explicado, apenas sentido. Como nas fontes termais, você silenciou seu cérebro e encontrou-se completamente presente no aqui e no agora. Sem passado nem futuro, seus pensamentos não mais te dominavam. Você se abriu para as futuras possibilidades.

— O único problema é que não posso respirar assim o tempo inteiro.

— Você respira desde que nasceu. Um pouco de concentração permitirá que se liberte de suas amarras. Você ampliará sua consciência e liberará espaço para algo além de seus problemas. É um bom exercício para acalmar o tumulto em sua mente. Falando nisso, agora que estamos todos acordados para a vida, precisa arrumar a bagunça que fez.

Retomamos a caminhada, próximos uns aos outros. Shanti continuou:

— Como lhe expliquei no dia em que nos conhecemos, apenas dois sentimentos são fundamentais: o amor e o medo. Não podemos vivenciar os dois simultaneamente. O amor reside em sua consciência, num estado de lucidez. Assim, quem comanda é o coração, é ele que dita o nosso ritmo e impede o ego de se expressar. Por outro lado, toda vez que cede controle ao ego, as ansiedades ligadas ao passado e ao futuro tomam conta, e você entra na zona do medo, o reino do ego. Ele inventa estratagemas a fim de impedi-la de agir, fazendo com que mudanças lhe assustem. Ele não gosta de coisas que não pode controlar. Foi isso que aconteceu com você ontem à noite.

– Espere! Não sei se estou entendendo. Ontem à noite eu não estava com medo ou presa no passado.

– O cérebro é muito perspicaz, ele assume o controle sem que você perceba. Conte-me como se sentiu quanto estávamos nas fontes termais.

– Senti-me incrível, como se uma força impressionante habitasse em mim.

– Você escutou seu corpo, sua alma e seu coração. Sua mente e seus pensamentos negativos foram silenciados. Você se lembra do que aconteceu depois?

– Sim, o caminho de volta, que eu tanto temia, exigiu muito menos esforço do que imaginara na ida.

– Você habitava o presente, e a vibração do que acabara de descobrir ainda ecoava em seu corpo. Estava cheia de energia. Mais tarde, tudo mudou. Sua mente assumiu o controle novamente. Ela a encheu de dúvidas.

– Sim, quando voltamos ao alojamento.

– Quando, exatamente?

– Não sei. As memórias não se alinham.

Tentei reviver a cena, mas nenhuma imagem me veio à mente. Sentia-me como um buraco negro.

– Não sei... Acho que aquela história de meditação com o Nick e a Abby me irritou.

Do nada, Shanti parou de caminhar.

– Está vendo como sua mente é poderosa, como ela brinca com você? Ignora acontecimentos que lhe poderiam ser úteis no futuro. O ego tem pavor de que o silencie. Deixe-me refrescar sua memória: você ficou de mau humor assim que encontrou Matteo. Talvez estivesse com medo de se apaixonar, então sua mente assumiu o controle. Ao concentrar-se em ter sido magoada no passado, ela fez de tudo para bloquear o caminho até seu coração. O término dos relacionamentos e sua má experiência de trabalho na Itália vieram à tona. No entanto, isso é apenas um estratagema. Você recusou tudo o que Matteo lhe ofereceu: um sorriso, uma conversa e uma xícara de chá. Seu coração lhe enviou sinais discretos, começou a bater mais forte no momento que seus olhos cruzaram os de Matteo, mas você preferiu ignorá-lo.

— Não é bem assim... quer dizer, talvez, mas eu estava com dor de cabeça. Ah, sei lá, Shanti.

— As dores são apenas uma consequência de seu conflito interno. — Meu guia não me deu escolha. Ele continuava a martelar verdades, olhando fundo em meus olhos. — Matteo continuou o mesmo: aberto e atencioso. Você, por outro lado, persistiu em sua teimosia.

Abaixei a cabeça. Shanti segurou meu queixo e me fez olhar em seus olhos:

— Ainda não terminei e você vai ouvir até o fim! — Atônita, permaneci em silêncio, olhando-o. — Ao acordar esta manhã, você se arrependeu. Seu coração lamentou a ausência de Matteo. E começou a nos atacar por causa de seu ego. Ele utiliza armas implacáveis: a raiva e o orgulho. Está sempre à procura de bodes expiatórios. Acha que o ego admitiria o erro? Jamais! Ele lhe oferece uma solução: a culpa é daquele que lhe magoou: Matteo. O belo italiano foi embora sem se despedir. Você ficou com raiva dele. Mas isso não foi o suficiente. Uma segunda pessoa a quem culpar seria melhor ainda, então me acusou de tê-lo deixado ir embora sem avisá-la. A realidade é bem diferente. Há apenas um culpado e não adianta procurá-lo em outro lugar: é o seu ego. Ao permitir que ele controle sua vida, você se torna cúmplice de suas ações.

Eu não sabia como reagir, tudo o que ele estava dizendo era a mais pura verdade.

— Você vai encontrar grandes obstáculos entre as suas metas e o seu ego. Ontem, você deu permissão ao seu coração para controlar suas prioridades e guiar suas novas experiências e encontros. Se resistir, sua vida se tornará o pior dos pesadelos. Mas se aceitar e confiar nas decisões feitas pelo coração, verá que todos os seus sonhos se realizarão. — Esfreguei os olhos com as mãos. — Ah, tenho outra notícia ruim! Se deixar seu ego controlar suas decisões, sua vida só lhe proporcionará situações dignas de sofrimento. Você tem duas opções: silenciar seu coração e ignorar suas metas ou silenciar sua mente e ver seus sonhos se realizarem. Qual vai ser?

— Como que eu vou saber! Estou perdida e você não para de me bombardear com filosofia!

— Não estou aqui para filosofar, apenas para ajudá-la. Então, qual é a sua escolha?

Suspirei.

— Quero continuar a honrar minhas prioridades, mas como posso desligar a minha mente?

— Viver no presente é a única maneira de controlar o ego. Comece observando os novos pensamentos e as novas emoções que surgem, como o que sentiu durante sua experiência na fonte termal.

— Mas não posso viver nesse estado, não posso passar meu tempo flutuando e esperando para escutar o que meu coração tem a dizer.

— Não se trata de viver inerte, apenas de ouvir. Ao estar ciente de seus pensamentos, ações e palavras, sua vida muda de direção e se alinha com a pessoa que você quer se tornar. É uma questão de desligar o piloto automático e retomar o controle da vida para não repetir os mesmos erros.

Compreendia o que Shanti estava me dizendo, mas não conseguia ver nenhuma solução. Parecia óbvio para ele, mas não conseguia internalizar tudo aquilo. Observar meus próprios pensamentos era algo difícil de se fazer, não é como se eu pudesse controlá-los. Meu guia me tranquilizou:

— Você não vai aprender a controlá-los em algumas poucas horas, mas, quanto mais tentar, mais isso se tornará um hábito. Alguns segundos por dia, depois alguns minutos e, finalmente, essa nova forma de pensar se tornará automática. Descobrirá o que ser feliz realmente significa. Não foi isso que se propôs a fazer com uma das pedras em seu pote?

Minha ansiedade se transformou em esperança e recuperei um pouco de confiança, apesar de ainda sentir uma profunda tristeza.

— Talvez eu tenha deixado o homem certo escapar, não?

— Nunca vi um ego tão rápido quanto o seu! Aí está você, já inventando histórias e criando decepções imaginárias.

Eu gostava do humor de Shanti. Mesmo desanimada, ele me fazia sorrir:

— Parece que você tem razão.

— Será? Você não consegue mesmo ver o que estou lhe explicando? Olhe ao seu redor, olhe onde estamos! Na aldeia de Sinuwa, a dois mil trezentos e sessenta metros acima do nível do mar. Olhe! A paisagem é linda, nós estamos em forma, felizes e... famintos. Isso é tudo o que importa!

Shanti passou o braço em volta dos meus ombros.

— Cá entre nós, ele nem era tão bonito assim, era só um cara qualquer... e italiano, ainda por cima! Você não perdeu nada! — Ri alto e o chamei de tudo quanto é nome. Ele continuou, agora sério: — Escute, se estiverem destinados um ao outro, ele cruzará seu caminho novamente. Nada poderá detê-lo.

— Como o encontrarei novamente no Himalaia? É como procurar uma agulha no palheiro!

— Não pense nisso! Creia nas possibilidades da vida. Visualize seus desejos e o universo tomará conta do resto.

Cartão de visita

"Sem perceber, você pode confundir sua identidade com várias coisas: seu corpo, sua raça, suas crenças, seus pensamentos."

Jack Kornfield

Um jovem casal nos serviu o almoço. Sentados em uma mesa de madeira do lado de fora, tínhamos uma vista espetacular do Annapurna Sul, do Hiunchuli e do Machapuchare. Eles dominavam o vale e, entre seus desfiladeiros, víamos a sombra de pequenas casas.

Shanti e eu comemos arroz e *momos*, uma espécie de bolinho recheado de vegetais, e banana de sobremesa. Nishal e Thim cochilavam na encosta da montanha. Goumar entrara na cozinha assim que chegamos e ainda estava por lá. A pausa foi curta, já que nos atrasáramos durante a caminha matinal. Ainda precisávamos andar três horas antes da próxima parada.

Após um breve cochilo, continuamos por um caminho que dava voltas ao redor de arbustos e samambaias. A subida nos levou à uma floresta a mais de mil metros de altitude antes de descermos quinhentos metros e darmos de cara com um bambuzal. Permaneci em silêncio, tamanho o esforço físico. Os quatro homens acompanhavam meu ritmo, trocando sorrisos amigáveis. De vez em quando, conversavam com os sherpas que cruzavam nosso caminho, encurvados sob seus fardos de comida, latas de refrigerante e folhagens. Eu mal conseguia me levantar, e esses homens carregavam nas costas o equivalente ao próprio peso.

As temperaturas amenas da tarde facilitaram a subida. Passamos por algumas pequenas torres de pedra budistas com bandeiras de preces fincadas nos cumes. Os mantras escritos nas bandeiras tremulavam ao vento, uma proteção sobre nós. Dali eu podia ver os dois picos da montanha Machapuchare.

Passamos pelo vilarejo de Bamboo Lodge na hora da saída da escola. Um grupo de crianças uniformizadas lotava as ruelas. À nossa frente, uma manada de burros carregando sacos de farinha e painço caminhava na escadaria de pedras que atravessa o vilarejo. Nosso alojamento, com uma varanda com vista para o vale, ficava à direita. As casas seguiam o mesmo estilo das construções nepalesas que havíamos visto: uma estrutura compacta, paredes de pedra e telhados de duas águas. O alojamento ficava ao lado de uma dessas casas. Fora construído com madeira e anexado à construção principal.

Nishal teve a delicadeza de colocar minha bagagem em frente à porta do meu quarto, no andar térreo. Acostumada com a situação dos alojamentos, já sabia o que esperar e rapidamente arrumei a minha cama. Depois, resolvi caminhar até a varanda e admirar a paisagem. Avistei Nishal um pouco mais abaixo e desci para encontrá-lo. Ele estava sentado em um banco colado a uma lojinha feita de quatro tábuas de madeira, uma das quais se abria para formar um balcão. Parecia uma banca de jornal. Olhando ao longe, Nishal fumava um cigarro de tabaco enrolado à mão. Contei algumas rúpias e perguntei se ele queria uma Gorkha, uma cerveja nepalesa. Ele aceitou de bom grado e me sentei ao seu lado. Ele me ofereceu um pouco de seu tabaco, mas recusei. Eu parara de fumar havia quatro anos.

Os raios de sol se dissipavam, cobrindo o horizonte com uma luz aveludada. Como todos os fins de tarde, a atmosfera que nos cercava parecia suspensa no tempo, nosso olhar incrédulo focado nas pirotecnias solares. Nishal comprou alguns maços de Pilot, os cigarros locais, por trinta rúpias cada, o equivalente a vinte e cinco centavos de euro. Comprei algumas guloseimas para o dia seguinte e andamos pelo caminho empoeirado até o alojamento.

Shanti me mostrou o cardápio: sopa de legumes acompanhada de *momos* e omelete. Voltei para o quarto e aproveitei para tomar um banho. Revitalizada, juntei-me a Shanti em uma mesa de frente para a montanha. O jantar logo foi servido. Adorava esses momentos agradáveis que dividia com o meu guia. Ele me perguntou como eu me sentia. Estava passando por uma grande mudança interior. Todos os pontos de referência de minha vida estavam se alterando.

Sentia-me apavorada com o que estava acontecendo. Shanti me tranquilizou, afinal de contas, encarava o meu verdadeiro eu. Minhas máscaras estavam caindo. Os artifícios e recursos que dominava em Paris não serviam para nada aqui. Para falar a verdade, meus conhecimentos anteriores não me eram mais úteis. Sentia-me vulnerável e sofria com todo o meu ser. Nossas conversas me desestabilizavam. Eu disse a ele que tinha medo desse buraco negro que continuava a avançar, bem à minha frente.

— Isso não é um abismo ou outro horror qualquer, é apenas o necessário para se livrar do que está te atrapalhando na busca por si mesma.

— Sinto-me frágil desde o início desta jornada. Eu não tenho mais a capacidade de controlar as coisas. Sempre achei que fosse forte... mas pelo contrário!

— Sua ideia de força era diferente da que você descobriu aqui.

Esfreguei as mãos, tentando aquecê-las com meu sopro.

— Condições climáticas extremas a forçam a usar reservas que você nem sabia que tinha. A potência das montanhas nos mostra como somos pequenos. O mais difícil para você, no entanto, é se relacionar com as pessoas que encontra, porque não consegue aplicar seu antigo modo de pensar, nem suas estratégias e seus mecanismos de defesa. É por isso que se sente desamparada. Desde a mais tenra idade, construímos uma armadura a fim de nos protegermos. Nós a moldamos a partir de nossa educação e de tudo aquilo o que a sociedade espera de nós, e no processo esquecemos de nossas necessidades mais básicas. No Ocidente, o dinheiro é o valor fundamental no qual todo o sistema de discernimento, consentimento, poder, reconhecimento e amor se baseia. Seus reflexos são condicionados assim. Mas esse modo de pensar não funciona aqui.

Coloquei as mãos ao redor de minha tigela de sopa. Shanti mastigou um pedaço de *momo* frito.

— Você foi moldada de acordo com a sociedade ocidental. Seu conhecimento, seus desejos e sua forma de pensar estão enraizados no poderio econômico. Se ama algo ou alguém, é porque isso lhe trará alguma vantagem.

— Você está fazendo conexões meio absurdas, não?

— Ser digno de respeito depende da quantidade de zeros na conta bancária — continuou ele. — As pessoas vivem com medo de perder o pouco que acumularam porque sabem que o amor está diretamente associado ao dinheiro. O mesmo acontece com os relacionamentos, as pessoas só conseguem traduzir seus sonhos por meio de projeções materiais: casa, carro e compras. Ninguém mais quer aprender com os mais velhos, ensinar aos filhos a arte da confiança ou estar entre amigos e compartilhar bons momentos em vez de fazer comparações mesquinhas! O sistema de valores ocidental é baseado na riqueza. Ninguém mais sabe como dar sem querer algo em troca. Pior ainda: as pessoas confundem quem são com as condições de vida que têm. Tornam-se um título, um bairro, uma propriedade, origens, nomes, trabalhos, relacionamentos; só conseguem existir por meio dessas coisas. Ninguém mais consegue conceber a ideia de ser amado pelo que é: um mero ser humano. No Himalaia, pensamos de uma maneira completamente diferente. Não temos dinheiro, vivemos na miséria. Para sobreviver, as pessoas se apegam a valores ancestrais e religiosos que dão sentido para a vida. Elas não correm o risco de perder sua essência na opulência, pois suas necessidades primárias sempre falam mais alto. O ego nunca é alimentado e isso aprimora a compaixão, a solidariedade, o otimismo, a atenção e os prazeres simples!

— É verdade, as pessoas que encontrei aqui me fizeram perceber que perdemos um pouco o rumo. — Suspirei e fiz cara séria. — Não consigo explicar essa fragilidade nem para mim mesma, pois deveria encontrar o meu verdadeiro eu.

— Você construiu sua vida focada na criação e na execução de planos. Seu cérebro está em sintonia com esquemas complexos que resultam em lucratividade. É uma questão de negociar e de vencer. Naquele mundo, o ego é rei. Aqui, ninguém pode comprar nada de você; vários gostariam, mas não têm dinheiro.

— Não estou tentando vender nada!

— Talvez seja esse o problema. Dia após dia, você se desfaz das camadas de armadura que confeccionou porque elas são pesadas demais para essa jornada. O mesmo vale para os mecanismos que criou a fim de atrair a energia, o olhar e o amor dos outros. Quando faz uma reunião e todos concordam com o que você tem a dizer, quando dirige o carro que todos gostariam de ter, quando deslumbra os olhares ao usar as roupas mais bonitas, não acha que está atraindo atenção e inveja?

– Não há nada de errado em prazeres materialistas.

– Certo, concordo, mas o problema está em não mais dissociar aquilo que você é daquilo que você tem. Você não sabe mais se o amor que as pessoas sentem por você está associado ao seu sucesso, ao que você representa ou ao que podem ganhar chamando-a de amiga. Você acha que aqueles que não são materialmente bem-sucedidos se sentem confiantes? Duvido. Eles estão sempre em busca daquilo que a sociedade lhes nega. O paradoxo é que as pessoas que alcançaram essa riqueza também não se sentem confiantes. Sempre querem mais: mais dinheiro, mais poder e mais reconhecimento, tudo isso sob o disfarce de acumular amor. Os sinais visíveis de riqueza são os símbolos representativos da amizade ocidental.

Ele tinha razão. Para Shanti, o sofrimento vinha do nosso "medo de ficar de fora". Ao esperar sermos notados por alguém, não percebemos que estamos respirando o ar impuro exalado por essa pessoa. Mais uma vez, a sabedoria de Shanti me deixou sem palavras.

– Então, por que se sente tão frágil? Porque, uma a uma, você está deixando as máscaras de seu ego caírem. Ao aceitar essa vulnerabilidade, descobrirá quem realmente é. Você se encontra nua, sem sua armadura, mas isso não significa que esteja fraca. Pelo contrário, você está dando de cara com o essencial.

As palavras de Shanti fizeram meu coração bater mais forte. Sabia que eram verdadeiras, mesmo me dando medo:

– Tudo em minha vida é extremamente controlado e calculado. Você quer dizer que preciso me abrir para o mundo, aproveitar o aqui e o agora, retirar minha armadura? Isso é impossível!

– Você nunca confeccionará uma armadura grande o suficiente para esconder quem realmente é. Lembre-se: já está vestida como uma rainha, por que não sentir orgulho do seu verdadeiro eu? Não se preocupe com a possibilidade de ser rejeitada ou de ficar sozinha, é este pedacinho de vulnerabilidade humana que atrairá as pessoas. O que vê como fragilidade é, na verdade, força. Sua armadura, seus disfarces, suas máscaras, tudo se desintegrará e apenas sua essência permanecerá.

De volta ao meu quarto, fiz algumas anotações em uma folha de papel, tentando organizar o que Shanti me dissera:

> *Veja a vida com outros olhos.*
> *Perceba que apenas dois sentimentos existem: o medo ou o amor.*
> *Somos os únicos culpados por nosso próprio sofrimento.*
> *Coisas que podem parecer negativas nem sempre o são.*
> *Certifique-se de que seus pensamentos estejam alinhados com suas prioridades; tome cuidado com suas reações e automatismos.*
> *Se sua criança interior entrar em pânico, tranquilize-a.*
> *Faça a distinção entre as mensagens que vêm do coração e as que vêm do ego.*
> *Remova sua armadura: sua proteção é superficial e ela acabará sufocando-a.*
> *Foque no que é essencial.*
> *Seja você mesma e sinta-se leve.*

À noite, o frio aumentava conforme avançávamos na caminhada. Ali, acima de dois mil metros de altitude, o termômetro indicava temperaturas abaixo de zero.

Adormeci recitando como um mantra a lista que acabara de redigir. Ou de digerir...

Realidade alterada

*"Não vemos as coisas como elas são,
mas como nós somos."*

Anaïs Nin

Acordei com a cabeça pesada, aliviada por voltar à realidade. Na noite anterior, meus pesadelos não me pouparam: perdi meu emprego, revivi minha infância e acabei pegando uma doença incurável e devastadora. Poucas vezes dormira tão mal assim. O frio ressaltava esse clima sombrio. Sentei-me de pernas cruzadas na cama e tentei alongar o pescoço e o tronco. Aparentemente, as dores musculares ficaram para trás no vilarejo anterior. Vesti-me depressa, prendendo a respiração como todas as manhãs, e fui enfrentar a geada do lado de fora.

Os raios solares começavam a emergir de trás do Hiunchuli. Todos os dias, o nascer e o pôr do Sol me proporcionavam uma alegria profunda. No dia anterior, eu avistara uma pedra chata de onde poderia assistir ao alvorecer. Caminhei até lá e vi que Shanti tivera a mesma ideia. Sentado em posição de lótus em frente à imensidão, com as mãos nos joelhos, ele orava com toda a sua alma. Aproximei-me dele em silêncio e sentei-me ao seu lado. O Machapuchare, cercado pelas outras montanhas, como apóstolos, mudava de cor a cada segundo. Consultei meu relógio, o astro-rei apareceria em breve. Essa pontualidade eterna inspirava em mim um profundo respeito. O laranja brilhante começou a iluminar nossos rostos. A beleza única da paisagem penetrou nosso âmago e as primeiras chamas solares começaram a nos aquecer. Meu guia se voltou para mim e me ofereceu um sorriso. Sem hesitar, sorri de volta. Depois de um longo silêncio, ele me perguntou com uma voz suave sobre as minhas metas para o dia. Surpresa com sua pergunta, precisei pensar por um momento.

– Quero completar minha missão logo, conhecer esse famoso Jason e pegar o manuscrito que vim buscar para Romane. Além disso, Goumar me prometeu uma vista excepcional dos treze picos mais altos do Himalaia. Não vejo a hora de vê-los. Será a concretização de todos os nossos esforços, não? – Meu sábio amigo parecia perdido em suas reflexões. – Você não concorda?

– O sucesso se encontra na jornada, e não no destino. Geralmente, o resultado é insignificante em comparação ao esforço de completar algo.

Depois do que ele me ensinara sobre o presente, eu procurava outras fontes de satisfação a curto prazo.

– Estou animada para atravessar a floresta de rododendros. Já ouvi falar sobre ela. E você, quais são suas metas para o dia?

– Eu tenho apenas uma. É a mesma de todos os dias: ser feliz.

– E você a realiza sempre?

– No mínimo, eu tento. A felicidade é um estado de espírito. Tento não me tornar um prisioneiro de meus pensamentos. Estou sempre à espera de um novo dia e das belas surpresas que me reserva.

– Você nunca me falou sobre si mesmo. Você é casado?

Shanti olhou para mim com malícia, arqueando uma sobrancelha. Eu corei. Ele riu. Lembrei-me de como reagira alguns dias antes, quando ele me fizera a mesma pergunta.

– Brincadeira! Obrigado por perguntar. Sim, tenho três filhos que não vejo muito. Sou casado, mas... Para ser sincero, o casamento é uma questão de casta aqui.

– Casamentos arranjados, então?

– Sim, para satisfazer a honra de minha linhagem. Sou brâmane, a casta mais alta no sistema indo-nepalês. O mais importante para mim é poder sustentar meus filhos para que possam escolher o melhor caminho para suas vidas.

– Você sempre foi guia?

– Não, comecei como porteiro, depois como chefe de portaria. Tudo isso enquanto aprendia inglês e estudava para virar guia. Sou feliz assim!

Shanti olhou para o relógio. Era hora do café da manhã. Seu estômago roncou, fazendo-nos rir. Sentia-me bem, rejuvenescida pela frequência criada por estas vistas excepcionais e pelas belas palavras do meu guia. Com frio e famintos, tomamos um café da manhã reforçado e, em seguida, Shanti anunciou que era hora de partir, mesmo que o clima ainda estivesse congelante.

O vento frio cortava meu rosto, e sentia que minhas bochechas e lábios congelavam aos poucos. Tentei me proteger o máximo possível, mas lágrimas ainda escorriam pelo meu rosto. Shanti virou-se para me tranquilizar e disse que estávamos entrando na floresta de rododendros, onde estaríamos protegidos do vento. O cenário mudava como em uma peça de teatro. Alcançamos um caminho onde árvores entrelaçadas formavam um dossel no alto, criando uma barreira natural contra o vento. Estava ansiosa para ver a floresta, já que esse lugar ímpar fora objeto de diversos relatos.

– Chegamos! Olhe essa floresta de rododendros, já viu algo assim em qualquer outro lugar?

– Onde? Não estou vendo nada!

– Tudo isso ao nosso redor. Todos estes arbustos...

– O quê? Isso é uma piada? Cadê as flores?

Shanti começou a rir. As flores só desabrocham na primavera! Fiquei irritada com sua atitude. Ele parecia não entender minha decepção. Não havia nada de mágico no inverno! Caminhamos em silêncio por uma estrada de terra, sentia-me desapontada por ter perdido esse momento único. Shanti parou e sentou-se em uma pedra à beira do abismo, me convidando para sentar com ele.

– Você imaginava a floresta diferente?

– Sim, eu gostaria de ter visto as flores, mas faz sentido, já que não estamos na primavera.

– Na verdade, elas florescem o ano inteiro. Posso mostrá-las a você.

Sem acreditar no que Shanti dizia, eu o observei. Seus olhos, semicerrados, procuravam algo ao longe, no emaranhado de trepadeiras. Tentei acompanhar seu olhar, mas não via nada. E tinha quase certeza de que ele também não. Ele concentrou-se e apontou para a floresta, descrevendo-me buquês de flores rosa-salmão e, em seguida, flores vermelho-sangue em forma de trombetas. Surpresa, o encarei.

Shanti não tirava os olhos da paisagem. Tentei olhar com mais atenção. Ainda não conseguia vê-las.

– Na sua frente, bem ali.

– Você está de conversa comigo!

Levantei-me, ofendida. Ele segurou minha mão e me fez sentar novamente. Em um tom de voz firme, disse:

– Preste atenção nos ramos que estão brotando. Eles têm um tom verde-claro ao nascer, mudando para marrom e depois para cinza à medida que envelhecem. Observe suas folhas estreitas, perenes e ovais.

– Sim! Estou vendo as folhas!

– Qual é o tamanho delas?

– Não sei... Uns doze ou treze centímetros.

– Isso. Em dias ensolarados, elas são verde-claras. Já durante o inverno, o verde escurece. Elas podem até apresentar um tom avermelhado como essa aqui, veja. Os botões de flores são redondos e se formam no fim do verão. Ainda podemos vê-los durante a estação fria.

Finalmente notei as mudas das quais ele falava, centenas delas.

– Geralmente, os cegos enxergam melhor do que aqueles com a visão perfeita. Feche os olhos e deixe eu te mostrar.

– Como vou conseguir enxergar alguma coisa de olhos fechados?

– Acredite em mim. Feche os olhos e imagine flores rosa fúcsia em forma de sino. Elas são pequenas, apenas cinco centímetros de diâmetro, mas juntas formam um buquê. – Shanti permaneceu em silêncio por um momento para que eu pudesse visualizá-las, depois continuou. – Olhe mais de perto: o receptáculo encapsula a flor, composta de cinco pétalas emaranhadas. Elas protegem o ovário no qual o óvulo é formado. O estigma ocupa o espaço central. Os filamentos rosa-claro dançam ao redor, liberando pólen amarelo vivo, carregado ao seu destino pelo vento. Você pode ver ondas e ondas de pólen flutuando no ar.

Ele ficou em silêncio. Sua descrição fora tão precisa que, para meu espanto, os botões começaram a se abrir um a um. O verde com tons amarronzados que dominava a folhagem e as árvores deu lugar aos suntuosos buquês de pétalas que meu guia acabara de descrever. Eu nunca havia visto algo tão maravilhoso! Sorri para Shanti.

– Elas são lindas!

Contemplamos a floresta florida. O canto dos pássaros amplificava essa primavera simulada. De sussurro em sussurro, uma orquestra inteira formou-se a fim de apreciar a cena. O vento constante contribuía com o concerto ao perfurar o espesso teto de ericáceas que nos cobria. O sol, um holofote natural, brilhava entre os galhos emaranhados. Shanti deu um tapinha em minha perna. Era hora de retomar a caminhada até Deurali.

Meu estado de espírito mudara. Meu coração transbordava de emoções. Caminhava sem esforço, absorvida por essa sensação de bem-estar, presente na quintessência do momento. Não encontramos vivalma por mais de uma hora, o que nos permitiu aproveitar dessa energia em paz até chegarmos ao riacho. Por causa do grande número de pontes suspensas que tivemos que atravessar depois daquela primeira, acabei domando os resquícios de apreensão que ainda sentia. Agora, divertia-me ao tentar acompanhar os passos de Thim, que pulava de tábua em tábua.

Enquanto caminhava pela trilha acima do desfiladeiro, pensei na precisão com que Shanti descrevera as flores e como desabrocharam diante de meus olhos.

— Estou impressionada. Você descreveu os rododendros tão bem que eu praticamente os vi de verdade.

— Praticamente? Qual o significado de "real" para você?

— Algo que podemos tocar, algo que existe de verdade.

— Um pensamento não é real, então? E quanto a uma onda eletromagnética? Uma vibração, uma emoção, um sentimento?

— O que quero dizer é que vi flores que não existiam realmente.

— É claro que existiam. Você as viu na realidade criada por você.

— Não, elas pareciam reais, mas não eram. Shanti, você sabe disso. Por que toda essa má vontade de repente?

— Você já teve um sonho ou um pesadelo? Enquanto dormimos, essas imagens são a única realidade existente. Lembre-se, conversamos sobre isso quando estava com medo de atravessar a primeira ponte suspensa. Ao sentir uma emoção, seu corpo reage a uma situação que, naquele momento, é real para você. Nunca acordou sobressaltada depois de uma corrida interminável, ou com o coração acelerado de medo depois de experienciar um ataque? O sonho se transforma em realidade. Você vivencia todos os sintomas como se estivesse acordada, não?

— Sim, isso pode ser verdade, mas não quer dizer que seja real.

— A realidade depende de como percebemos nossas circunstâncias. Nossas verdades e nossa realidade são construídas a partir de nosso passado, nossa educação e nossas experiências. Vejamos mais uma vez o exemplo do clima: ao se levantar de manhã e ver que o céu está cinzento e chuvoso, o que você diz a si mesma?

— Dois dias atrás, eu teria reclamado, mas agora que sou uma pessoa positiva, gosto do que vejo.

— E o que mais? Algo a dizer sobre o sol, por exemplo?

— Não há sol quando está chovendo!

— Quer dizer que não é mais dia, então?

Sorri com sua última observação, começando a entender o que Shanti tentava me explicar.

— O sol está sempre lá, mas não consigo vê-lo de onde estou.

— Certo, você não consegue vê-lo da sua janela. Mas imagine que, se estivesse num avião, sobrevoando sua casa acima das nuvens, o sol a deslumbraria, não é mesmo? Se não expandirmos nossas formas de pensar, será impossível visualizar todas as facetas da realidade que compõem determinada situação.

Shanti sugeriu que fizéssemos uma pausa. Pediu que nos sentássemos em círculo e pegou meu celular emprestado. Ao entregá-lo, eu disse:

— Ainda estou sem sinal, não serve para nada.

De fato, a bateria estava fraca e não havia sinal. Shanti estendeu a mão com insistência. Entreguei-o a ele, que o colocou em cima de uma pedra no meio do círculo. Ele sugeriu que observássemos e descrevêssemos o que podíamos ver de onde estávamos sentados.

Goumar, que estava sentado atrás do celular, começou, sendo traduzido por Shanti:

— Vejo um retângulo cinza metálico de cerca de dez por cinco centímetros, um círculo preto na parte superior esquerda, o desenho de uma maçã no meio e, na parte inferior, algumas inscrições e números.

Então Thim, que só conseguia ver o celular de lado, disse:

— Vejo uma barra de dez centímetros, arredondada nas laterais. Três botões na parte superior, dois idênticos e um menor.

Nishal, sentado de frente para a tela, listou, com a tradução de Shanti:

— Um retângulo preto de dez por cinco centímetros contornado de branco, um círculo prateado na parte inferior e uma linha horizontal preta na parte superior.

Quando chegou minha vez, descrevi o que conseguia ver.

Após nossas descrições, Shanti voltou a falar:

— Se lhes pedisse para explicar a outra pessoa o que é um celular com base em suas descrições, teríamos várias versões diferentes do mesmo objeto, certo? Mesmo assim, todas as suas descrições ainda seriam corretas, não? — Todos nós concordamos com ele. — Vocês acham que há uma descrição certa ou errada? Dependendo de onde está, sua visão das coisas é diferente. Temos que ter em mente que a verdade vai além do nosso campo de visão.

Shanti se voltou para mim.

— Sabendo o que é um celular, você acha que a soma das descrições que os quatro fizeram permitiria a uma pessoa que nunca vira um celular ter uma visão completa do objeto?

— Não, elas não seriam suficientes para transmitir a utilidade e as funções de um celular, por exemplo.

— Certo. Apesar das descrições precisas feitas por vocês, ainda estamos longe de descrever todo o potencial que esse objeto possui.

Olhei para o celular. A metáfora de Shanti não era complicada: a soma de evidências não aportava um resultado completo. Os atributos físicos do objeto não eram suficientes para uma compreensão total de suas funções, precisávamos de elementos externos de conhecimento.

— Pensamos ser donos da verdade, mas devemos ter cuidado com as ilusões que essa certeza proporciona.

— Isso significa que nossa realidade pode não ser aquela que percebemos?

— Exatamente. Devemos permanecer vigilantes em relação ao que discernimos como realidade.

A vegetação tornava-se cada vez mais escassa à medida que subíamos a trilha íngreme. A constante falta de fôlego me obrigou a diminuir o passo. Meus músculos doíam. Meus pensamentos vacilavam entre Romane, atualmente indisponível e com quem eu gostaria de ter compartilhado essa jornada, e Shanti, com seus ensinamentos. Sua sabedoria me tocava. Do nada, a imagem de Matteo me veio à mente e meu coração ficou pesado. Sentia como se tivesse perdido alguém especial. Deixei Matteo de lado e tentei recapturar o espírito positivo de Shanti. Ele tinha razão: sem ter como saber o que o futuro nos guarda, eu poderia ao menos imaginar o melhor possível. Talvez o destino nos unisse e... bem, se não fosse ele, seria outra pessoa. Sorri ao ver como as peças se encaixavam.

Senti-me aliviada ao chegarmos em Deurali, pois a caminhada fora fisicamente cansativa. Passara o dia nauseada e a sensação só piorava. A cada dia, a altitude aumentava e a temperatura diminuía – agora o termômetro ficava abaixo de zero já no fim da tarde. O quarto aqui era como todos os outros, minimalista, mas funcional: um colchão sobre uma tábua de madeira, uma lâmpada incandescente no teto, um cesto de lixo e uma grande janela com vista para a cordilheira do Himalaia. Arrumei minhas coisas e tomei um banho quente, um luxo que me custou dois dólares extras. A água quente me fez bem, mas, assim que me vesti, a diferença de temperatura acentuou meu desconforto. Azia e um gosto ácido na boca eram sinais claros do que estava por vir. Eu estava passando mal, muito mal. Corri para o banheiro.

Depois de alguns momentos de desconforto, esforcei-me para voltar ao quarto. Meus músculos doloridos não ajudavam. Meu corpo, sensível após tanta atividade física, começou a tremer. Eu me tornara alvo do mal da montanha: estômago pesado, espasmos intestinais e falta de ar. Estávamos a uma altitude de três mil e duzentos metros, a um dia de caminhada do ponto mais alto, e eu já me encontrava no meu limite. Como conseguiria ultrapassá-lo? Eu não conseguiria, era preciso dar meia-volta. A fraqueza que dominava meu corpo abalou meu ânimo.

Alguém bateu à porta, mas eu não tinha forças para abrir, sentia dor da cabeça aos pés. A pessoa insistiu e reconheci a voz de Shanti. Gemi em uma voz fraca:

– Pode entrar!

Meu guia ficou surpreso ao me encontrar enrolada em meu saco de dormir.

– O que está acontecendo com você?

– Estou doente. Completamente aniquilada!

– Não é de se admirar.

– É o mal da montanha, não é?

Ele começou a rir. E comecei a me irritar.

– Não vejo o que há de tão engraçado nisso!

– Desculpe, não queria ofendê-la. Estou rindo de mim mesmo e não de você. Nosso instinto é sempre procurar um motivo externo para nossos problemas. Eu faço a mesma coisa quando estou doente.

– Não estou entendendo o que está tentando me dizer, mas não sei se tenho forças para isso esta noite.

Abatida e dolorida, fechei os olhos e esperei que Shanti entendesse que eu gostaria de ficar sozinha. Ele se aproximou de mim e disse em voz baixa:

– Não vou ficar de braços cruzados enquanto você sofre. Sua mente é resistente a todas essas mudanças. Seu corpo está reagindo, dando forma ao conflito entre suas prioridades e seus medos. Ouça-o, permita que lhe explique o que está acontecendo. Não se culpe, mas entenda o que está submetendo ao seu corpo. Liberte-se, abra mão do controle e dê a ele espaço para se expressar. Coopere com seu corpo, ele é seu melhor amigo e sabe como indicar que algo está errado. Quando sua mente se apega a suas "falsas" crenças e seu coração assume outra posição, é o seu corpo que lhe indica a existência de um problema. Hoje à noite, apenas aceite este conflito interno! Não se deixe enganar, você não está sofrendo do mal da montanha. Ouça o que o seu corpo tem a dizer; mesmo sutil, é uma mensagem importante. Deixe claro para seu cérebro que deseja que ele faça o que faz de melhor: realizar as escolhas de seu coração. Se todos cooperarem, você será capaz de interpretar essa sublime sinfonia que é sua vida.

Shanti foi à cozinha e voltou com uma xícara de chá. Ele me ajudou a tomar um gole, acariciou minha testa e sussurrou antes de ir embora:

– Liberte-se, Maelle.

Como sempre, suas palavras ressoaram em mim. Eu ainda não entendia tudo o que ele tentava me dizer, mas reconhecia o conflito interno do qual falava. Será que meu corpo seria mesmo um aliado, avisando-me de que algo estava errado? Não era fácil admitir que era eu quem estava infligindo tanta dor a mim mesma. Em minha primeira noite acima de três mil metros de altitude, adormeci sem dificuldades após alguns goles da mistura de ervas.

Acordei no dia seguinte me sentindo bem, surpresa ao constatar que as dores haviam desaparecido. Sentia como se estivesse dormido por vinte e quatro horas. Eram seis e vinte da manhã, bem a tempo de assistir ao nascer do sol. Vesti-me, tomei uma xícara de café junto ao jovem proprietário do alojamento e fui de encontro ao ar frio.

Como todas as manhãs, Shanti meditava. Olhando para o nada, ele se concentrava em seus pensamentos distantes. Os primeiros raios solares coloriam o Machapuchare e o Annapurna de um laranja brilhante. Tons de amarelo, vermelho e roxo dançavam pelo céu.

As nuvens de aparência fluorescente moviam-se horizontalmente, contrastando com seu usual movimento vertical. Todos os dias, os mesmos tons me iluminavam, mas nenhum nascer do sol era similar ao anterior. Tudo parecia mais lento nesta manhã, os movimentos pareciam confiantes, organizados e imortais. Concentrei-me em minha respiração, entrando em comunhão com essa paz. As cores refletiam nas montanhas, animando-as diante de meus olhos. As árvores me cumprimentavam com suas folhas e o vento acariciava meu rosto. Arrebatada por essa dança cósmica, até eu tinha um papel a desempenhar. Meu cérebro e meu corpo, ambos em paz, não buscavam nada além do silêncio. Não consegui conter minhas lágrimas.

Tive a estranha sensação de fazer parte de um grande todo, de habitar a harmonia dessa imensidão, como um relógio antigo que volta a funcionar, fazendo tique-taque em um mecanismo perfeito. Cada peça estava em seu lugar. Cada uma contribuía para que o dispositivo marcasse a hora certa. Fiz um inventário mental do meu eu interior a fim de me certificar de que não havia nada fora do lugar. A energia fluía suavemente, nada mais doía. Um excelente trabalho em equipe. Sentia-me completa e feliz, parte integrante desse universo que penetrava todo o meu ser por meio da perfeição de tudo ao meu redor. Meu processo de amadurecimento acompanhava as cores da paisagem. O sol apareceu. Acrescentando sua força ao ritmo já estabelecido, ele apenas contribuiu com a magia do momento. Que milagre maravilhoso!

Minha consciência finalmente se dava conta do trabalho incondicional que meu corpo executava. Como eu poderia não ter percebido a mim mesma durante todos esses anos? Não havia nada mais belo do que esse amor que não pedia nada em troca. Apesar de todos os golpes recebidos, meu pequeno ser continuava a fazer o que fora criado para fazer. Sentia-me envergonhada de ter passado tanto tempo ignorando o que era essencial. Meu cérebro, essa máquina pretensiosa que se achava incrível por ter ganho prêmios importantes em escolas de prestígio, desceu de seu pedestal. E comecei a conversar com ele:

– *Fizemos o melhor possível com os recursos que nos foram dados.*
– *Sim, mas tudo seria mais fácil se o coração pudesse intervir. Para que isso aconteça, precisamos dar essa oportunidade a ele.*
– *Oportunidades não são presentes dados, é preciso lutar por elas.*
– *Vejo que está tentando recuperar sua posição, deixe que ele nos conte seu lado da história.*

Meu coração, estável, respondeu:
– *Eu sempre estive ao seu lado, presente em suas ações e decisões, mesmo quando não concordava com elas.*
– *Por que não interveio, então?*
– *Eu tentei, mas sua fala é mais forte do que a minha. Em meio ao caos, minha voz se perde.*

Meu corpo tinha algo a dizer ao meu cérebro:
– *Sempre tento alertá-lo quando ignora o coração, mas às vezes preciso me impor para que entenda, como ontem à noite. É a única maneira que encontrei para acalmá-lo.*
– *Em outras palavras, a culpa é toda minha! Todos estão contra mim!*

— Não se trata de procurar um culpado. Nós reconhecemos o seu valor quando você não se encontra na prisão do ego. Precisamos de você! Se quisermos alcançar o sucesso, precisamos trabalhar juntos.

Meu cérebro, convencido, não respondeu. O sol assumiu seu lugar na dança celeste, emoldurando a pintura que se formava diante de nós. Não ousei me mexer, com medo de alterar esse estado de plenitude em que me encontrava.

Meu celular vibrou no bolso, anunciando que a bateria estava prestes a acabar.

Boas energias

"O amor é a única resposta ao ódio."
Dilgo Khyentse Rinpoche

A ideia de alcançar nosso objetivo superou a minha vontade de não sair da cama naquela manhã. Partimos logo após um farto café da manhã: omelete de queijo, mingau de aveia, panquecas com mel e frutas secas. Nossa direção hoje? O ponto mais elevado da jornada, o acampamento base de Machapuchare, o Santuário do Annapurna! A subida seria agressivamente íngreme. Shanti avisou que ganharíamos novecentos e trinta metros de altitude.

Depois de uma manhã de intenso esforço físico, alcançamos o marco de três mil e seiscentos metros de altitude e tive o prazer de compartilhar uma refeição com os primeiros compatriotas que encontrara até então, um casal de franceses na casa dos 50 anos. Meu bom humor foi por água abaixo assim que começamos a falar de política e expressaram visões violentamente racistas e intolerantes. Sem restrições, disse a eles o que pensava e depois me deitei ao lado de Shanti na grama, para tomar um pouco de sol, e contei a ele sobre o incidente:

— Não suporto esse tipo de gente idiota!

— Já percebeu que alguns tipos específicos de conversa fazem você perder sua energia?

— Eu não havia percebido, mas acho que estou entendendo.

— Atitudes geradas por pensamentos mesquinhos induzem a esse tipo de comportamento. Sem um equilíbrio emocional próprio, essas pessoas se apropriam do oxigênio dos outros, regenerando-se com a atenção que atraem.

— É verdade. Além de me irritarem, eles também sugaram minhas energias.

— Essas pessoas são o que chamamos de vampiros psíquicos: os pessimistas, os que se regalam em atitudes negativas, os que querem impor seu ponto de vista, os que contradizem tudo o que é dito e que se vitimizam o tempo inteiro. Elas são movidas pelo medo. Você pode evitar esse tipo de situação. Basta ser cuidadosa. Esse tipo de comportamento é fácil de detectar, e seu corpo é sempre um bom indicador. Este aperto no coração que você sente, a tensão e a frustração são sinais de que sua energia está sendo sugada.

— Não é mais fácil apenas fugir delas?

— É uma possibilidade, se achar que não tem forças o suficiente. Pessoalmente, prefiro observá-las sem julgamentos e depois enviar ondas de pensamentos positivos.

— Isso está além de minhas capacidades, tenho um impulso assassino!

— Não se preocupe, todos temos esses impulsos, mas a raiva é um sentimento fútil que não nos ajuda em nada. Felicidade é estar em harmonia consigo mesmo. Apenas nossos pensamentos positivos podem nos manter longe de tais ofensas.

— Mas não podemos continuar calados. Se ninguém fizer com que essas pessoas parem para refletir, elas continuarão a poluir a Terra. Não gostei da maneira como eles me atacaram.

— Eles sofrem porque são mesquinhos consigo mesmos. O medo nos obriga a nos defender ou a atacar. Se mudar sua perspectiva, perceberá que nada do que dizem é realmente direcionado a você. Você se sente visada, claro, porque está presente, mas lembre-se de que eles teriam a mesma atitude com qualquer outra pessoa. Como o motorista que quase causou um acidente no dia em que pegamos a estrada, lembra-se? Você tem a capacidade de permanecer de bom humor apesar das ações dessas pessoas. Canalizar sua energia positiva é um ato de autopreservação.

— É difícil não revidar.

— Todas as pessoas sob ataque sentem-se assim. Ao mudar o modo de pensar, ao observar os medos de quem está te atacando, você entra no domínio da empatia. Ao criar consciência de seu estado mental, você obtém controle sobre tudo aquilo que cria. O mais importante é ter certeza de que seu objetivo é criar uma conexão com a outra pessoa, e não apenas estar certa sobre tudo.

— Hmm... mas estou tentando defender minha causa.

— Esse é o problema de muitas pessoas.

— Entendi... eu acho. Como posso fazer para não me deixar levar por esse sentimento? Há algum sinal de alerta?

Shanti me convidou a sentar e fazer um exercício.

— Feche os olhos e respire fundo cinco vezes. Agora pense na palavra "dor". — Ele ficou em silêncio por um minuto. — Diga-a três vezes, internalizando o que ela lhe faz sentir. Você pode me descrever o que está sentindo?

Pensei por um momento.

— Sinto meu corpo enrijecer, meu rosto ficar tenso, meu coração acelerar, meu peito retrair-se, meus músculos distenderem-se, estou começando a suar.

Shanti ouviu sem me interromper até que eu não conseguisse pensar em mais nada para dizer.

— Agora pense na palavra "plenitude". Diga-a três vezes em voz alta.

Depois de um momento de reflexão, descrevi meus sentimentos:

— Sinto meu corpo tornar-se leve, como se não existisse, sem resistência, minha respiração está calma, sinto a luz entrar em mim, estou feliz e cheia de boas energias.

Saboreei essa sensação.

— Você entende o poder das palavras e a capacidade que elas têm de nos fazer passar de um estado para outro? Quando seu corpo fica tenso, identificar as causas é tarefa sua. Em seguida, poderá canalizar pensamentos positivos a fim de recuperar sua integridade, independentemente do comportamento de outras pessoas.

— Não é algo fácil de se fazer quando você se depara com alguém teimoso que ignora tudo o que temos a dizer.

— Mais uma vez: tudo depende de seu objetivo. Se a sua meta for criar laços harmoniosos com a outra pessoa e não apenas ter razão, você verá que é tão simples quanto o exercício que acabamos de fazer.

Pensei na conversa que tive com os dois "patriotas"... *Não! Sem pensamentos negativos, Maelle: compatriotas, e não patriotas.* É verdade que estava impondo a minha visão de mundo sobre a deles.

— Ao mudar seu estado de espírito, sua energia atrairá forças na mesma frequência.

— Apenas usando a força do pensamento?

— Essa é apenas uma das fontes. Todas as fontes de amor lhe concedem acesso direto a esse estado. Música, arte, natureza e até mesmo um sorriso. Quando uma ideia nasce de um desejo profundo, milagres acontecem. O universo inteiro aciona os mecanismos necessários para a realização desse desejo.

— Gostaria de poder me livrar de minhas emoções negativas, mas não consigo. Você acha que o universo pode me ajudar?

— Sim, se suas palavras forem precisas e expressarem as intenções de seus pensamentos e de seu coração.

— Espere, vou tentar. "Não quero mais ter a minha energia sugada por pessoas mesquinhas."

— Eu a aconselharia a não envolver terceiros para que não se torne dependente deles, e sim a afirmar o que deseja no presente, como se seu pedido já tivesse sido realizado. Por exemplo, você poderia dizer: "Estou em um estado perfeito de bem-estar e só eu posso controlá-lo".

— Mas como saber se a formulação está correta?

— Este é o terceiro ponto essencial: ao formular sua intenção, reserve um tempo para senti-la em seu corpo. Se visar seu bem-estar, ela se realizará. Se, por outro lado, não conseguir se sentir serena é porque essa intenção não está de acordo com suas necessidades mais profundas.

Reformulei minha frase e prestei atenção em como meu corpo reagiria. Uma alegria intensa emanou de meu coração. Saboreei o momento.

— Mas algo me incomoda. Nunca consigo perceber que meus pensamentos estão se transformando em algo negativo. É apenas depois do fato que percebo o quanto estou chateada. O que posso fazer para perceber o que está acontecendo antes que seja tarde demais?

— Eu tento prestar atenção em mim mesmo. É um exercício constante que lhe dá a possibilidade de analisar suas próprias ações.

Tente olhar de fora para dentro, como se estivesse observando a si mesma de longe, em silêncio, sem julgamentos.

— Olhar o quê?

— Tudo! Avalie suas ações. Você fala alto ou com calma? Acredita que suas palavras são oportunas, agressivas ou defensivas? E a energia que você transmite? Outra coisa importante é aprender a ouvir seu corpo. Tente memorizar o que sentiu durante o exercício com as palavras "dor" e "plenitude" e observe sempre que possível o que lhe estimula. Assim, saberá em qual dos dois estados está e poderá escolher com plena consciência.

— E quanto à naturalidade? Se eu tiver que passar a vida inteira analisando tudo o que digo...

— No começo, você terá que se concentrar, mas com a prática perceberá que os pensamentos positivos se tornarão um hábito. Cada situação será uma oportunidade de crescimento.

— Tentarei incorporar essa prática no meu dia a dia.

— Se realmente quiser tentar, deve ser clara ao expressar sua intenção, como acabei de explicar. Você poderia dizer: "De agora em diante, meus pensamentos serão positivos e esses são os únicos que propagarei. Meu corpo está em harmonia com meus pensamentos".

Sorri e repeti a fórmula mágica em voz alta. A sensação de bem-estar foi imediata. Antes de sair, apertei a mão de meus dois compatriotas e lhes desejei uma boa viagem. Esse gesto os deixou visivelmente confusos.

A caminhada após a pausa foi difícil. A vida ao nosso redor começava a mostrar-se tão escassa quanto o oxigênio. Até mesmo as palavras não encontravam seu caminho. As cores outonais deram lugar a uma paleta de cinza, do preto das estradas rochosas ao branco dos picos das montanhas. Para ver um pouco de cor, era preciso procurar longe. As cachoeiras congeladas esculpiam esculturas que lembravam abomináveis homens das neves. Durante duas horas, andei em piloto automático, mas, sem perceber, meu ritmo começou a diminuir até quase parar. Assim que atingimos os quatro mil metros de altitude, uma mudança fatal se abateu sobre mim: respirar doía e eu perdia o fôlego com o menor dos esforços.

Durante a enésima vez, meu corpo cedeu. Sentei-me. Estava no fim de minhas forças. Shanti estendeu sua mão para mim. Implorei-lhe:

– Deixe-me para trás, quero morrer. Nunca estive em um lugar tão alto em toda minha vida.

Desabei no chão. Eu não conseguiria continuar. Shanti sentou-se ao meu lado, rindo de minha ironia, e sussurrou em meu ouvido:

– Ainda precisamos subir mais quatrocentos metros. Sugiro que os dedique a todos aqueles que não têm mais pernas para andar, aqueles com doenças respiratórias ou musculares, aqueles que gostariam de estar em nosso lugar e não podem. Que tal?

Olhei para ele, estupefata. Suas palavras atingiram meu coração quando pensei em Romane e em dois outros amigos: Sarah, que tinha esclerose múltipla, e Cyril, que ficou paraplégico após um acidente. Sentei-me novamente. Senti uma força até então desconhecida, movida pelas palavras de Shanti. Levantei-me e comecei a andar novamente, pensando em todas as pessoas que eu amava e com quem gostaria de estar compartilhando aquela subida. Minhas pernas recuperaram a força, meus pulmões se oxigenaram e meu cérebro transformou meu corpo em uma máquina perseverante.

Uma hora depois, chegamos ao santuário com um grito de vitória. Sentia-me pequena e grande ao mesmo tempo, no meio dos treze picos mais altos do Himalaia! Pequena em meio a essas montanhas colossais e imponentes, mas enorme por ter chegado até aqui. Enquanto observava esse cenário impressionante, um homem de 40 e poucos anos saiu do prédio principal e veio em nossa direção. Com a mão estendida, ele se apresentou:

– Jason Parker. Imagino que você seja Maelle?

Uma escolha: duas portas

*"Para mudar o mundo, comece
mudando a si mesmo."*

Gandhi

O sotaque estadunidense de Jason era diferente do de Shanti, com o qual eu já me acostumara. Ele deu um longo abraço no meu guia. Os dois homens se olharam por um momento. Shanti perguntou a Jason como estava o andamento de seu trabalho.

– Os resultados são promissores, um amigo está me ajudando. Explicarei em detalhes.

– Você não havia vindo por causa de uma emergência? – perguntei, preocupada.

– Uma gripe forte que precisa ser monitorada, mas nada sério.

Suspirei, ansiosa. Se não era nada sério, ele poderia ter ficado em Katmandu e me poupado da viagem.

– Que tipo de trabalho você faz, então?

– Por causa dos vários conflitos na fronteira, milhões de tibetanos fugiram para o Nepal. O estresse ocasionou enfermidades graves, como o câncer e outras doenças degenerativas. Estamos convencidos de que o medo é uma das principais causas. Ao alterar seus estados psicológicos, estamos tentando estabelecer um protocolo de cura. Descobrimos que, ao ensinar os pacientes a transformar seus pensamentos e ações, suas defesas imunológicas melhoram significativamente.

Preferi ficar em silêncio para não ofendê-lo, mas ele percebeu o meu sorriso incrédulo.

— Sou um pesquisador cético e racional, mas admito que a medicina tem seus limites e que precisamos contorná-los com hipóteses menos cartesianas. Por mais surpreendente que possa parecer, elas podem ajudar nos métodos cientificamente comprovados e, às vezes, até superá-los.

Continuei sem acreditar no que ele dizia. Toda aquela história me parecia um pouco excêntrica. Certo, eu podia até admitir que plantas e ervas aliviavam os sintomas em casos de doenças simples, mas daí a curar problemas graves de saúde? Era perigoso deixar os pacientes na mão de pessoas que viviam no mundo da fantasia, suas doenças poderiam piorar rapidamente. Estava certa de que Romane não cairia nesse papo duvidoso que só servia para desperdiçar nosso tempo discutindo com idealistas. E com razão, minha amiga.

— Sabe por que eu vim até aqui? Você está com o manuscrito?

— Claro, eu o entregarei no jantar, mas, enquanto isso, sugiro que se acomode. Miria a levará ao seu quarto.

Uma mulher veio em nossa direção, aproximando-se de mim. Seus olhos oblíquos emitiam uma intensa luz que acentuava sua aparência simpática.

O vento nos congelava. Mesmo com a presença do sol, a temperatura já se aproximava dos quinze graus negativos. Sentia dificuldade de respirar por causa da altitude, mas a beleza da paisagem compensava esses inconvenientes: a mais de quatro mil metros de altitude, estávamos cercados por picos que se elevavam a mais de três mil metros. Era como se estivesse no topo do Mont Blanc e montanhas quase tão altas quanto ele nos cercassem.

Como uma mãe conduzindo sua criança, Miria pegou minha mão e me levou até o quarto, onde minha bagagem me aguardava. Era pequeno e simples, mas proporcionava uma vista panorâmica do santuário. Fiquei parada na janela por um momento, contemplando as montanhas, e depois me juntei a Miria na sala comunal, querendo me aquecer. Apenas o fogão a lenha conseguia suavizar as temperaturas no prédio.

Ao redor desse enorme fogão, pequenos grupos de três ou quatro pessoas estavam sentadas em bancos de madeira ao longo de grandes mesas dispostas em forma de U. Miria me posicionou ao lado do aparato ardente, esfregando minhas costas. Eu estava arrepiada e meus dentes batiam. Ela me entregou uma xícara de chá, que passei de uma mão para a outra a fim de aquecê-las. Tomei um gole da bebida fervente. Assim como era com Nishal, não precisávamos de linguagem para nos comunicar.

Uma mulher de origem indiana se aproximou de nós. Trajava uma túnica vermelha, bordada com fios dourados, sobre uma calça jeans justa, deixando à mostra sua forma voluptuosa. Seus olhos pretos, acentuados por grossas linhas de delineador, perfuravam seu rosto redondo. Ela me perguntou, em um inglês perfeito, se eu estava ali para testar os métodos de Jason.

— Não, do que você está falando?

Ela trocou algumas palavras em tibetano com Miria. Será que eu caíra em uma armadilha? Estava no fim do mundo, perdida no Himalaia, a quatro mil metros de altitude, com um bando de malucos apaixonados por métodos duvidosos, e nada do manuscrito de Romane. Shanti me dissera que as autoridades nepalesas estavam procurando por alguns refugiados ilegais, será que eram esses?

A moça, Ayati, apresentou-se.

— Miria me explicou o motivo de sua vinda. Sua amiga tem muita sorte em tê-la em sua vida. Moro num pequeno vilarejo no sul da Índia, perto de Thanjavur. E você?

Permaneci em alerta. Todos os sinais me incitavam a fugir, mas sua gentileza me inspirava confiança. Olhei ao redor e não pude negar que a tranquilidade era perceptível e a atmosfera, calorosa. Apresentei-me.

— Você parece ansiosa.

— Para falar a verdade, não sei se concordo com o que está acontecendo aqui. Essa tal pesquisa misteriosa, será que ela é legal?

Ayati começou a rir. Olhei feio para ela, deixando claro que sua atitude era inadequada. Ela recompôs-se e desculpou-se, ainda sorrindo.

— Os estudos que Jason está realizando são completamente legais. Parte do projeto é subsidiado pelo Estado. Também sou cientista, conduzo minhas pesquisas em Nova Déli. Jason pediu que viesse para me mostrar os resultados surpreendes que têm obtido. Ele percebeu que, ao nos conectarmos com o mundo ao redor, podemos mudar o comportamento de nossas células e liberar os hormônios responsáveis pelo bem-estar. Em suma, Jason identificou dois estados de consciência:

o medo e o amor. O medo é um estado reinado pela cegueira e pelos automatismos, enquanto o amor é um estado pleno de consciência, infinitude e conexão. O amor flui unicamente no presente, pois tem tudo a nos oferecer. O medo é condicionado pelo passado ou pela projeção de futuras ansiedades: não tem matéria, é apenas uma simulação mental.

Após as experiências dos dias anteriores, eu podia confirmar que essa visão de mundo fazia bastante sentido.

– Ao continuar com suas pesquisas, Jason percebeu que mergulhar de cabeça nesse estado de amor era uma forma de libertar nossas energias reprimidas, que são a causa da maioria das doenças. No andar de cima, já há vários anos, ele tem abrigado cerca de cinquenta tibetanos que fugiram do país após os horrores cometidos pelos chineses.

– Mas a grande massa de imigração tibetana ocorreu na década de 1950 ou 1960, não?

– Sim, tudo começou em 1950, quando o Exército de Libertação Popular atacou as tropas tibetanas. A população e os monastérios se revoltaram, mas a pressão das políticas antirreligiosas fez com que os tibetanos fugissem. Dezenas de milhares de refugiados imigraram para a Índia em 1959, em sua maioria agricultores e pastores. Apesar dos indianos acharem que esses imigrantes estavam acostumados a trabalhar em grandes altitudes, muitos morreram, vítimas de doenças ou de deslizamentos de terra.

– E a abertura das fronteiras em 1980?

– Isso permitiu com que os tibetanos viajassem para a Índia para visitar a família e os locais sagrados para o budismo. Alguns resolveram ficar por lá. Em 1987, após a destituição de Hu Yaobang, secretário-geral do Partido Comunista da China, a situação no Tibete deteriorou-se e o êxodo aumentou. Atualmente, entre dois e três mil refugiados atravessam o Himalaia todos os anos. Eles buscam asilo aqui ou na Índia. Um terço são crianças desacompanhadas e há vários relatos de tibetanos falecendo antes de encontrar abrigo.

– Mas o que isso tem a ver com o trabalho de Jason?

– Aqueles que têm a sorte de sobreviver são consumidos pelo medo. A porcentagem de pessoas afetadas por distúrbios sérios, incluindo doenças graves, é extremamente alta. Jason ofereceu a algumas delas a possibilidade de embarcar em sessões de meditação e reflexão que fazem com que se libertem de suas ansiedades e entrem no que ele chama de "estado de confiança". Ele observou que esse exercício fortalecia seu sistema imunológico.

— E isso funciona mesmo?

— Sim, os resultados são surpreendentes: os distúrbios leves desaparecem num piscar de olhos. Nos casos mais graves, uma em cada duas pessoas voltou a ter uma vida normal, um terço passou a sentir-se melhor e as demais ainda estão lutando contra a doença e procurando uma saída. Essas sessões de meditação baseiam-se no princípio de que somente o estado de confiança pode nos curar. Vivemos em constante medo, aprisionados em nossos hábitos ditados pelo passado. A primeira das quatro etapas preliminares desse processo de transformação é tomar consciência dessa prisão. É entender que temos a opção de continuarmos presos às nossas crenças condicionadas ou de penetrarmos no estado de confiança.

Estava curiosa para saber mais. Os últimos dias viraram meu mundo de cabeça para baixo. Na noite em que conheci Shanti, ao perceber que podia escolher entre esses dois estados, eu decidira escutar o meu coração em vez dos meus medos. Através das pesquisas de Jason, Ayati parecia confirmar o que eu intuíra. Ela me disse que precisava encontrar um colega, mas sugeriu que eu olhasse o material que Jason havia lhe enviado. Voltou em um instante com um maço grampeado de cerca de cinquenta folhas. Agradeci e me sentei à mesa. Comecei a ler, fazendo algumas anotações.

A primeira parte desenvolvia o que Maya me ensinara quando cheguei. Algo em que Shanti também insistira: olhar para a vida com outros olhos, como uma criança descobrindo o mundo. Despertar para o que nosso coração deseja e não agir em função de crenças enraizadas e movidas pelo medo. Jason nomeou isso de "crenças condicionadas" – em oposição ao "estado de confiança" –, baseadas em leis universais inexplicáveis, mas que podemos sentir a qualquer momento.

A lógica dita que, ao oferecermos algo a alguém, essa crença condicionada encara o ato como uma perda, pois, ao oferecermos algo, perdemos algo. Assim, compartilhamos o mínimo possível e acumulamos coisas inúteis em vez de dividi-las com os outros. Essa crença se aplica tanto ao material quanto ao intangível: a ilusão de que nunca temos tempo para nada é alimentada pela nossa obsessão com trivialidades. Ao nos apegarmos a nossos bens materiais, limitamo-nos ao que temos e interrompemos o fluxo de energia.

Esses termos me faziam pensar. Minha despensa era lotada de coisas inúteis; meu guarda-roupa estava abarrotado de roupas que eu nunca usava; o trabalho regia o ritmo de minhas semanas, e eu gastava o pouco de tempo que me restava tentando relaxar em uma academia. É verdade que não passava muito tempo com outras pessoas, mas não dava, os dias eram muito curtos!

Retomei a leitura. Essas crenças condicionadas nos fazem sentir medo de perder nossas posses, de nunca estarmos satisfeitos, de sentir inveja dos vizinhos porque eles têm mais do que nós. O estado de confiança, por outro lado, afirma que quanto mais doamos, mais rica se torna nossa vida. A alegria de compartilhar é algo inigualável. O amor não nos priva, ele se multiplica e nunca se divide. Quando compartilhamos nosso tempo, quando oferecemos um sorriso ou doamos dinheiro, ganhamos acesso à fonte inesgotável do universo. O estado de confiança é erigido a partir da abundância, origina-se dentro de nós. Já a crença condicionada nasce do medo da perda e é alimentada por tudo aquilo que vem de fora.

Percebi que havia, de certa forma, duas portas à minha frente. A qualquer momento, eu poderia abrir qualquer uma delas. Uma me daria acesso ao amor, a outra me trancaria para sempre na opressão do medo.

Miria passava de mesa em mesa carregando garrafas térmicas e enchendo os copos vazios. Sorri e ela acariciou minha bochecha, levantando o polegar a fim de perguntar se eu estava bem. Assenti com a cabeça e apertei sua mão em agradecimento. Ela retomou sua missão e continuei a ler.

Jason explicava que, até que essa consciência seja alcançada, nós funcionamos através de automatismos, controlados pelo ego. É impossível concebermos a existência dessa segunda porta, pois, sob o controle do ego, nossa única suposição é o individualismo.

Senti-me um pouco perdida ao ler esse último conceito. O resto das páginas me ajudou a captar o problema, mas primeiro precisava entender como o ego funcionava. Jason dizia que o ego mantinha seu controle ao ensinar que o mundo era perigoso e que apenas sua proteção poderia nos amparar. Para tanto, estabeleceu suas próprias regras e seus próprios mecanismos de defesa e ataque que nos mantêm vítimas do medo. Quanto mais criamos esse sentimento de perda em nosso dia a dia, mais incisivo é o argumento que nos mantém na ilusão. Ele nos tranca e nos sufoca em um universo de desconfortos. Os pensamentos negativos, alimentados pela paranoia de que os outros nos desejam mal, proliferam-se e nos aprisionam nessa realidade alterada. O ego usa uma arma tenaz: o problema são os outros! Assumindo a posição de vítima, ele joga a culpa na primeira pessoa que aparece: "Se estou infeliz, é por causa de fulano"; "Antes de encontrar sicrano e de ouvir o que ele tinha a dizer, eu estava bem".

 O ego reforça seu controle: se me protejo, é porque algo externo a mim ocorreu, meus ataques são apenas uma reação. Seus métodos são caracterizados por críticas e condenações a fim de justificar que não há motivo algum para se apaixonar, exceto quando se tem algo a ganhar. Ele só lhe autoriza a ter amigos se isso o beneficiar; caso contrário, os exclui. Julga, culpabiliza e brinca com nossos sentimentos. É ele quem define se alguém é digno de amor ou não. Se alguém atende a seus critérios, cai em suas boas graças; caso contrário, ele afasta a pessoa da nossa vida. O amor incondicional é uma ameaça para o ego, já que esse estado o destruiria. Desse modo, o ego nos subjuga e nos hipnotiza, sussurrando que a segunda porta o condenaria à morte.

 Estava ciente de meus automatismos, mas não de que havia uma escolha. Eu não conseguia conceber a existência de outra porta. As pesquisas de Jason explicavam que a segunda porta oferecia um mundo intrinsecamente oposto ao da primeira. Ele partia da hipótese de que o estado de felicidade só se tornava acessível ao compreendermos nossa interconexão uns com os outros. Sentíamo-nos fragmentados, mas, na verdade, éramos indivisíveis.

 Até ali, tudo bem. Conseguia enxergar essas duas portas, a porta do medo e a porta do amor, mas não compreendia o que a última significava.

 Os próximos parágrafos me surpreenderam. Jason insistia que tomar consciência não era algo fácil porque, desde o nascimento, vivíamos sob o controle do ego. Ao percebermos que a realidade é outra, admitimos que o ego é apenas uma ilusão. Isso significa que estaríamos indo contra as ideias de preservação do ego. Para ele, era impossível aceitar essas mudanças sem resistir. O ego só conhece aquilo que julga e só julga aquilo que lhe traz benefícios. Ele nos mantém em um estado constante de temor, limitando nosso campo de visão. Ao percebermos isso, podemos dar o primeiro passo em direção à segunda porta.

Essa segunda porta ditava que, apesar de nossas diferenças, éramos todos iguais. Reagíamos de maneira semelhante. Mesmo assumindo formas diferentes, nossas vontades, medos e necessidades eram idênticos. Para darmos conta da escolha que nos estava sendo oferecida, precisávamos remover a venda que o ego colocara em nossos olhos e perceber que não estávamos experienciando a verdadeira realidade, mas apenas uma simulação.

Assim, a etapa preliminar do processo de transformação era descobrir que tínhamos duas opções. Que podíamos tomar consciência de nossos automatismos que resultavam em mecanismos de defesa, de culpa, de ilusão, de raiva, de conflito, de oposição, de tristeza, de separação, de individualismo, de superioridade e de inferioridade, no peso do passado, no medo do futuro, na perda e até mesmo em doenças, a fim de mudar de vida e ver as coisas através do estado de confiança, da unidade, da plenitude, do aqui e do agora, da pertinência de nossas ações, de todas as palavras e das atitudes guiadas pelo coração.

Para concluir, Jason recomendava um exercício para aqueles que queriam mudar seus hábitos:

Nas próximas vinte e quatro horas, concentre-se nas três ideias a seguir:
1) Observe seus pensamentos, intenções e vontades e tente determinar se vêm do coração ou do ego.
2) Dê aos outros o que gostaria de receber: sorrisos, pensamentos gentis, tempo, atenção, compreensão e camaradagem.
3) Observe que, ao dar ao outro, você também dá a si mesmo, pois estamos interconectados.

Perdida em meus pensamentos após essa revelação, não ouvi Jason se aproximar. Ele viu os papéis na minha frente e me perguntou o que achava deles. Fui sincera e expliquei que estava perplexa, mostrando-lhe minhas notas:

— Você explica que somos construídos a partir de noções preconcebidas, guiados por um ego controlador. De fato, esse é o caso na maioria das vezes. Nos últimos dias, ao me deparar com certas emoções, como raiva ou tristeza, por exemplo, percebi que me trancava numa prisão criada por mim mesma. Agora entendo que, na verdade, só estava sendo guiada pelo ego que me aprisiona em minhas crenças condicionadas e joga a culpa nos outros.

— É isso mesmo, a única maneira que o ego tem de sobreviver é através da ilusão de que é uma entidade à parte das demais.

— De certa forma, sempre acabo abrindo a mesma porta, a do medo. Através da teoria da interconexão, que você chama de estado de amor ou confiança, você explica que posso fechar essa porta e abrir a outra.

— Para conseguir fazer isso, precisamos abandonar a crença do separatismo. Somos um com tudo ao nosso redor.

— O que isso quer dizer? Fisicamente, eu sou diferente de você, das montanhas, das árvores, das pedras, desta mesa, de outras pessoas... Sou uma entidade única e à parte.

—Tem certeza? A Ciência tem descoberto coisas interessantes sobre o assunto. Nosso corpo é composto de dez trilhões de células que se diferenciam e se reagrupam a fim de formar tecidos e órgãos. Uma célula é um conjunto de moléculas, que são, por sua vez, um conjunto de átomos conectados em uma ordem específica. Sabe o que são átomos? Eles são formados por um núcleo com carga positiva, em torno do qual giram os elétrons com carga negativa. É aqui que as coisas ficam interessantes. Equipamentos cada vez mais sofisticados permitiram definir que o núcleo é cem mil vezes menor do que o átomo. Assim, podemos dizer que um átomo é composto por noventa e nove vírgula noventa e nove por cento de vácuo.

— Isso significa que um átomo é uma energia microscópica composta quase que cem por cento de vácuo? Mas a matéria não é feita de átomos?

— Sim, claro, como tudo aquilo que é vivo ou inerte no universo. A distância entre dois átomos é imensa, proporcionalmente maior do que a distância entre a Terra e o sol. A olho nu, a matéria parece sólida, mas numa escala microscópica, ela é apenas um aglomerado de energia constituída de vácuo.

Pensei por um momento sobre as coisas ao meu redor. Sentia dificuldade em visualizar a mesa como um vácuo. Quanto ao meu corpo, era impossível! Se entendi o que Jason explicava, não somos nada além de uma grande massa em constante vibração. Logo, conectados uns aos outros.

— A única coisa que podemos dizer com certeza sobre a matéria é que ela é uma espécie de fragmento concentrado de informações e ideias.

— Você está se referindo à famosa fórmula "$E = mc^2$", que estabelece uma relação entre matéria e energia?

— Sim. Einstein foi o primeiro a demonstrar que, na verdade, essa energia em perpétua vibração é luz condensada. A física moderna confirmou essa teoria: o corpo, bem como os pensamentos e as emoções, são apenas oscilações. A falta de consciência quanto ao real poder desta força é a responsável pela criação de pensamentos negativos, que têm efeitos desastrosos para todos nós. Com base nesses estudos, percebi que as doenças também podiam ser vistas como uma vibração desarmônica, e que mudar os pensamentos poderia transformar essa vibração. A energia não desaparece, mas está em constante transformação. Todos nós temos o poder de mudar nosso próprio estado. Tudo o que emitimos, recebemos em troca.

— Através do pensamento?

— Isso! Atraímos aquilo que somos. Se quisermos ascender a um campo de vibrações mais elevado, tudo o que precisamos fazer é elevar nossas convicções: esta é a segunda etapa preliminar do processo de transformação. O corpo é um precioso indício do estado em que nos encontramos. Como se sente neste momento? De bom humor e leve ou vulnerável e cansada?

Sentia-me tensa, mas respondi que estava bem. Jason fez uma careta, deixando claro que não estava sendo enganado. Suspirei e admiti que estava irritada.

— Para dizer a verdade, acho difícil acreditar em todos esses fenômenos. Não consigo aceitar essas novas práticas com facilidade, sem contar que tudo é extremamente difícil de entender.

— Eu também gosto de provas tangíveis. É por isso que sugiro que participe do experimento. O segredo da cura não está em admitir que ela possa ser real, mas em vivenciá-la.

— Mas eu não estou doente.

— Espero mesmo que não. Mas será que nunca se sentiu um pouco tensa na presença de certas pessoas ou, ao contrário, uma força abrangente ao redor de outras?

Pensei no almoço e no cansaço que sentira após a conversa com o casal de franceses. Contei-lhe o que havia acontecido.

— Você pode alterar suas vibrações, deixar estas energias inferiores para trás, ascender a uma frequência mais alta e assim se regenerar. Essa é a melhor maneira de se tornar imune aos vampiros psíquicos, às bactérias e aos vírus. A fim de alterar suas vibrações, tome consciência de seu estado mental para que possa medir as ondas que emite. Suas vibrações correspondem ao seu bem-estar num determinado momento. Quanto mais estiver em harmonia consigo mesma e interconectada com o outro, mais forte será o amor que você gera e mais elevadas serão as suas vibrações. Elas se tornam ideais quando você efetua a fusão com o todo. É nesse momento que tudo é possível. Você entra no campo ilimitado das possibilidades.

Estava completamente perdida. Para ajudar, Jason pediu que eu medisse, em uma escala de um a dez, o meu bem-estar durante aquele fatídico almoço.

— Meu estado de plenitude estava próximo de zero.

— Agora avalie, nessa mesma escala, a intensidade de amor que você emitia em relação aos seus interlocutores.

— Eu não emitia afeição alguma, gostaria de estrangulá-los! Então... zero, com certeza.

— Sugiro agora que você respire fundo três vezes, que se esqueça desse incidente e volte ao momento presente.

Como ele sugerira, inspirei e expirei profundamente.

— O que está sentindo?

— Sinto-me um pouco ansiosa com todas essas mudanças. Talvez um cinco ou seis.

— E quanto à quantidade de simpatia que emite em minha direção?

Sentia-me envergonhada. Jason estava fazendo o possível para que encontrasse meu caminho, mas eu continuava na defensiva. Ele insistiu para que eu fosse honesta.

– Cinco, talvez seis.

Ele me agradeceu pela honestidade e pareceu não ter sido afetado pela minha avaliação.

– Primeiramente, você pode perceber que o amor que emite está diretamente relacionado ao seu nível de bem-estar. Quando se sente mal em relação a alguém, emite vibrações ruins. Para acessar o espaço ilimitado do amor, você precisa elevar sua energia. Esse é o ponto mais alto da escala; basta um segundo para alcançá-lo! O passado é passado, e nada podemos mudar. O presente, por outro lado, nos dá a oportunidade de agir agora. Para tanto, precisamos estar cientes de nossas vibrações e das ondas que emitimos.

Todos batiam na mesma tecla, parecia um culto. No entanto, não posso negar que estava curiosa. Eu queria aprender a fazer essas coisas. Jason me disse que condições favoráveis eram necessárias para um bom começo. Colocamos nossas roupas de inverno e andamos até o pátio principal, por onde havíamos chegado. O sol estava prestes a se pôr. A beleza do lugar era de tirar o fôlego: a luz irradiava, de uma montanha para outra, reflexos dourados e alaranjados. Admirei os feixes de luz projetados no gelo, pareciam espelhos transparentes. A temperatura havia caído pelo menos dez graus em apenas duas horas, mas a vista excepcional do santuário de Annapurna nos envolvia em um manto de calor. Havia me esquecido do exercício que tínhamos vindo fazer aqui. Sentia-me sobrecarregada. Meu coração tornara-se refém da paisagem. Ele batia com uma intensidade especial.

– Novamente: de um a dez, como se sente agora?

– Perto de dez! Estou em comunhão com o ambiente ao meu redor.

– Você sente que suas vibrações mudaram?

– Sim, estou feliz, sinto uma energia imensurável dentro de mim.

– Ao sair do domínio do ego, suas crenças condicionadas desaparecem e apenas a verdade do momento floresce. Tudo se torna tangível: o espaço entre as palavras, o silêncio entre os sons e a luz na escuridão. Falo das vibrações do coração, que nos permitem conectar com o único sentimento real: o amor. É a partir desse estado que suas criações e desejos tornam-se inesgotáveis. Ao acessar uma dimensão superior, você entra no campo das possibilidades.

Eu sentia dentro de mim uma oscilação excepcional. Experimentara essa mesma sensação de união com a natureza durante minha experiência nas fontes termais.

– Ao atingir essas vibrações, os pensamentos originários do seu coração têm uma ressonância tão poderosa que sua vontade é realizada pela inteligência universal, essa fonte ilimitada de união que vai além das aparências.

Eu não entendia o que Jason estava tentando me dizer, mas uma alegria especial, algo além de mim, me dominava. Em silêncio, desejava apenas experimentar esse presente único que a vida me oferecia.

O sol terminou sua trajetória atrás do Annapurna II. Ao olhar para trás alguns minutos depois, percebi que Jason fora embora em silêncio. Não me atrevi a abandonar essa magia, encontrava-me no centro do universo, de frente para a imensidão. Saltitei para me aquecer, aproveitando esse contato com a altitude, a novidade, a primeira vez, o frio, a experiência, a diferença com o meu cotidiano e meus últimos encontros: Shanti, que teve a paciência de me trazer até aqui e me mostrar um mundo incrível; sua equipe atenciosa; a recepção calorosa dos nepaleses que não têm quase nada, mas que oferecem tudo. De repente, a visão daquele italiano que eu deixara escapar por orgulho invadiu a minha mente. Meu coração, que já estava acelerado, começou a bater ainda mais forte com a lembrança. Minha impotência me desestabilizou: julgava que tinha tudo sob controle, mas dei com os burros n'água. Não conseguia controlar nem mesmo meus pensamentos!

Sentindo essa explosão por dentro, observei as montanhas refletindo diferentes tons em perfeita simetria. Nenhum programa de computador, por mais complexo que fosse, conseguiria reproduzir essas paletas de cores que me transportavam para uma nova dimensão. Estava paralisada e maravilhada, em harmonia com essa beleza infinita. Meus pensamentos evaporaram, tudo o que ansiava era estar aqui e me render ao crepúsculo. Meu corpo, em simbiose com a paisagem, reagia ao ritmo das luzes, dos perfumes, do bater de asas dos pássaros, das árvores, das pedras e de tudo que compunha esse quadro que era a vida.

O momento era perfeito e sentia-me eterna. Eu alcançara a consciência, carregada por uma força indescritível. Entreguei-me sem medo.

Será que meu cérebro havia congelado? O frio noturno atravessava as camadas de roupas, aumentando ainda mais quando os últimos raios solares desapareceram, mas eu não queria interromper aquele momento especial. O céu escureceu. Em um contraste oposto ao pôr do sol, as cores haviam se esvaído em um fundo preto perfurado por milhares de estrelas.

Finalmente, saí de meu torpor. Minhas mãos e meu rosto estavam dormentes e não conseguia mais me mover. Senti-me como se tivesse aterrissado na Terra depois de anos no espaço. Meu corpo estava pesado e não respondia mais aos comandos do meu cérebro paralisado. Fiquei parada por um momento, perplexa. Quando o vento glacial atingiu meu rosto, fiquei surpresa ao sentir o calor de um cobertor sobre meus ombros. Uma voz suave sussurrou para mim:

— Está fazendo vinte e sete graus negativos. Sei que a vista é deslumbrante, mas, se não voltar para a sala comunal, vai acabar congelando.

Lentamente, com o corpo congelado, olhei para trás. Meu coração acelerou, batendo violentamente contra minhas costelas. Uma energia vertiginosa tomou conta de mim, como se uma corrente elétrica iluminasse minhas veias. Sofrimento e excitação me arrebatavam da mesma maneira, esse momento sobrenatural me aterrorizava. Minhas mãos começaram a tremer. Será que havia ultrapassado um ponto sem volta? Atravessado uma barreira? Minhas pernas estavam fracas, sentia-me tonta. Fiquei ali parada, sem palavras. Agasalhado em uma parca preta e com a cabeça protegida por um capuz, Matteo olhava para mim.

Desmaiei.

A unidade absoluta

"Insanidade é continuar fazendo sempre a mesma coisa e esperar resultados diferentes."

Albert Einstein

Shanti deu um tapinha nas minhas bochechas para me trazer de volta à realidade. Deitada na sala comunal, coberta da cabeça aos pés, tentei recuperar minha compostura.

– Onde estou? Morta?
– Não, ainda está viva, mas nos deu um susto.
– Foi tudo tão lindo, como num sonho, me sentia tão bem...

Tornara-me a atração da noite. Os rostos ao meu redor saudavam o meu retorno. Tentei me sentar. Shanti me impediu. Olhei ao redor, mas a única pessoa que eu procurava não estava lá. Reconheci o cobertor vermelho que ele me dera e me enrolei nele. Será que tinha alucinado? Tudo parecia tão real.

Shanti sentou-se ao meu lado e me perguntou como me sentia. Eu tivera uma experiência incrível. Estava emitindo vibrações para o universo e então... mais nada: curto-circuito! Shanti, por sua vez, era da opinião de que eu tinha sido vítima de um caso de amor à primeira vista.

De repente, Matteo regressou, segurando um cantil de alumínio e outro cobertor. E pareceu aliviado ao ver que eu tinha acordado. Ele me entregou a bolsa de água quente improvisada e eu a abracei. Depois me cobriu com o cobertor e esfregou meus braços com as mãos. Surpreendi-me com seus movimentos confiantes. Meu coração acelerou com seu toque. Estava entorpecida, mas deixei que cuidasse de mim. Shanti levantou-se, sorrindo, e me deu uma piscadela. Ele pediu o jantar. A multidão se dissipou. As conversas continuaram.

Matteo me provocou:

— Você sempre arruma maneiras engraçadas de me evitar. Da última vez, fugiu de mim e hoje, desmaiou. A menos que isso seja apenas uma maneira de chamar minha atenção?

Envergonhada, gaguejei:

— Desculpe-me pela última vez, não sei o que me deu. Quero dizer... eu não estava se sentindo bem. A altitude, a novidade de estar aqui e o frio... Mas e você? Fugindo como um ladrão na madrugada!

— Vejo que está recobrando o juízo. Fico feliz.

Ele tinha uma influência sobre o meu orgulho, mas já estava me arrependendo de minhas acusações. Meu "belo italiano", calmo, disse:

— Eu lhe devo um pedido de desculpas. Saí mais cedo porque Jason precisava de mim aqui. Estamos quites?

— Eles o infectaram com suas fantasias?

— Não sei quem infectou quem, mas esta pesquisa dominou os últimos dez anos da nossa vida. Os resultados são inspiradores.

Eu não conseguia acreditar. Como alguém poderia ser tão ingênuo? *Vá com calma, Maelle!* A vida estava me oferecendo uma segunda chance de conhecer esse homem, e gostaria de aproveitá-la.

— Ainda estou meio perdida. O que você faz? Não entendo muito bem sua pesquisa. Você é médico? Qual é sua formação? E qual é o fruto desse trabalho?

Fiz uma pergunta após a outra, sem esperar por respostas. Precisava mantê-lo perto de mim.

— Eu precisaria da noite inteira só para fazer um resumo.

— Bem, você sabe que temos a noite inteira.

Sentia-me eufórica. Matteo percebeu meu comentário sugestivo. Ele olhou para mim e inclinou a cabeça. Enrubesci.

— Estou brincando – disse ele, percebendo meu constrangimento.

Pois eu não! Eu sorri. Resolvi não vocalizar meus pensamentos. Olhamos um para o outro em silêncio, e então ele disse, gentilmente:

— Hoje foi um dia difícil, então é melhor descansar antes do jantar. Podemos conversar sobre isso amanhã.

– Não, não, sou toda ouvidos! Eu realmente quero saber mais sobre você... quer dizer, sobre a sua pesquisa, claro!

Estava fazendo papel de boba. Consternada, com as bochechas ardendo e o coração exultante, percebi que tagarelava. Matteo exercia um grande poder sobre mim, eu mal me reconhecia. Minha pressão arterial estava próxima à de um botijão de gás em um incêndio! Ele sorriu para mim outra vez e perguntou o que eu queria saber.

– Como você chegou a essas descobertas?

– Estudei Medicina em Milão. Especializei-me em Neurologia. Depois de dois anos de prática na Itália, tive a oportunidade de me mudar para Nova York e fazer parte da equipe de pesquisa de um hospital universitário. Morei lá por sete anos, o que me permitiu trabalhar como cirurgião enquanto continuava meu trabalho sobre as energias que governam o corpo humano. Comecei a me interessar pelo funcionamento do cérebro e seu impacto em como percebemos a realidade. Isso explica vários problemas que enfrentamos em nossos relacionamentos.

Escutei com atenção. Seu sorriso revelava dentes brancos e alinhados, o que só completava sua aura angelical. Tive de admitir para mim mesma que me sentia totalmente enfeitiçada por ele. Jason veio correndo até nós, preocupado. Ele me examinou e, após constatar que eu estava bem, entregou-me um pacote do tamanho de um livro de bolso embrulhado em papel kraft.

– Aqui está o que você vem procurando.

– Tudo está aqui, nesse pacote?

– Sim! Conto com você para entregá-lo pessoalmente à Romane.

– Sim, claro. Foi por isso que vim até aqui!

Gostaria de saber mais sobre o método contido no manuscrito, mas não ousei fazer perguntas na frente de Matteo, que permaneceu calado. Eu não sabia o quanto Jason havia revelado. Guardei o pacote em minha mochila, que a partir de então carregaria sempre comigo. Shanti aproximou-se de mim:

– Você está com uma cor saudável outra vez. O jantar está pronto, gostaria de comer alguma coisa?

Os aromas que vinham da cozinha me davam água na boca. Levantei-me com cuidado. Matteo segurou minha mão.

– Vou deixá-la recuperar suas forças, mas não vai escapar tão fácil assim. Também tenho algumas perguntas para lhe fazer.

Sentia-me como se estivesse me afogando em seus profundos olhos castanhos. O calor de seus dedos nos conectava um ao outro. Ele engoliu e eu acompanhei o movimento de seu pomo de adão protuberante. Nada mais importava além desse momento. Jason perguntou se Ayati queria se juntar a nós.

– Vocês tiveram a oportunidade de conversar um pouco. Ayati está trabalhando com Matteo no terceiro estágio preliminar do processo de transformação: como nosso cérebro cria a realidade em que vivemos, determinando assim o nosso entendimento de uma dada situação.

Determinada a mudar a imagem que tinham de mim, pedi que eles me explicassem melhor.

Shanti nos serviu uma sopa de legumes e sentou-se à minha direita. Matteo sentou-se à minha esquerda e Ayati e Jason, à nossa frente. Meu guia acenou com a cabeça, perguntando silenciosamente se eu estava bem. Matteo percebeu. Respondi a eles que as coisas estavam indo rápido demais, todos esses novos conceitos me deixavam um pouco perdida. Afinal de contas, acabara de perceber que a realidade poderia não ser real. Permaneci em silêncio por um momento, organizando meus pensamentos.

– Li suas notas de pesquisa, Jason, sobre a realidade alterada a que o ego nos submete. Você explica também que a matéria é composta de espaço, pois representa um amálgama de átomos, formando assim um campo de energia. Mesmo entendendo a teoria, acho difícil imaginar que nós e que tudo ao redor seja composto de nada, de vácuo. Após a experiência que me proporcionou ao pôr do sol, senti meu corpo se fundir com o ambiente ao meu redor, nada mais que uma massa única de energia. Entendo a possibilidade de alterar nossas vibrações ao transformar nossos pensamentos. Também percebi que nosso bem-estar está relacionado ao amor que emitimos. Isso tudo é novidade para mim, mas devo admitir que foi uma experiência impressionante. Isso me traz a uma questão: como saber se estamos realmente inseridos numa realidade? Isso tudo não seria apenas uma simulação da mente, do ego ou do que quer que seja?

— A realidade é complexa — Ayati afirmou. — Quando nos deparamos com uma situação, percebemos apenas uma faceta da verdade. Isso acontece porque somos limitados pela nossa visão, nossa percepção, nosso entendimento, as dimensões daquilo que conhecemos, nossas crenças, nossa educação e muitos outros fatores.

— Lembre-se do exercício que fizemos com seu celular — pontuou Shanti.

— Numa experiência laboratorial, pedi a alguém que examinasse um objeto — disse Ayati. — Quando conectei o cérebro dessa pessoa a um scanner, notei que certas áreas se iluminavam. Até aí, nada de surpreendente. Tirei o objeto de seu campo de visão e pedi que imaginasse o que tinha acabado de ver. As mesmas áreas se iluminaram. O cérebro não faz diferença entre o que vê e do que se lembra. Nós ativamos as mesmas redes neurais. Isso nos leva a uma primeira questão sobre nossa realidade: estamos observando ou apenas imaginando?

— Nosso cérebro processa quatrocentos bilhões de bits de informação por segundo, mas só temos consciência de dois mil bits — explicou Matteo. — Eles nos passam informações sobre o ambiente ao nosso redor, nosso corpo e o tempo. Mas, na realidade, a parte que vemos do mundo ao nosso redor é muito pequena. Um objeto torna-se real a partir do momento em que invade nossa consciência. Isso nos leva a uma segunda questão sobre a realidade: a maneira como a percebemos não estaria intimamente ligada ao nosso conhecimento? Vemos um objeto e sua essência fica marcada no espelho da memória. Veja esta mesa, por exemplo. A imagem passa primeiro pelos olhos para depois chegar ao cérebro. Temos o conhecimento necessário para entender que estamos vendo uma mesa. Entre vermos esse móvel e compreendermos o que estamos vendo, precisamos de um ínfimo instante. Nunca estamos no campo da percepção direta, mas sim no da interpretação.

— Em outras palavras, criamos nossa realidade a partir de nossos conhecimentos e experiências?

— Sim, mas é muito mais complexo do que isso. A realidade também é condicionada por nossas emoções. Deixe-me explicar como nosso cérebro funciona para que você entenda. Ele é composto de células nervosas, os neurônios, cheias de ramificações que se conectam umas às outras a fim de formar a rede neural, sofisticando-se cada vez mais conforme a alimentamos com informações. Com o contato entre neurônios, produz-se um pensamento ou uma memória. O hipotálamo, uma área muito pequena do cérebro, produz substâncias químicas chamadas peptídeos, que se combinam e criam hormônios neurais para cada sentimento experimentado.

— Como a raiva e a alegria?

— Sim, e tristeza, frustração, alegria, prazer. Na verdade, assim que sentimos qualquer emoção, esses peptídeos são liberados na corrente sanguínea em busca das células-alvo. Cada célula é equipada com milhares de receptores voltados para o mundo exterior. A substância liberada no corpo envia um sinal para o receptor, que capta a informação e aciona uma série de reações bioquímicas capazes de alterar a célula.

— Como se a célula estivesse consciente?

— Isso mesmo. Elas são organismos vivos. Evoluem e se reinventam de acordo com os sentimentos mais comuns na vida das pessoas. Os pensamentos e sentimentos estão interconectados através dessa rede neural. O cérebro está, portanto, em constante construção. Ele muda a cada segundo de acordo com as informações que recebe. É assim que criamos os modelos por meio dos quais percebemos o mundo ao nosso redor.

— Isso significa que, enquanto você está falando comigo, meu cérebro está se alterando e fazendo novas conexões?

— Exatamente. Ele registra e reforça um padrão já existente sobre os temas discutidos, alterando sua estrutura. Além disso, o cérebro processa as informações recebidas e depois as analisa usando uma inteligência específica adaptada à situação. Ele liberará as emoções apropriadas dependendo da pessoa com quem está falando.

— Desculpe-me, mas não estou entendendo.

— Vejamos um exemplo: você sabe que meu nome é Matteo, que sou homem, italiano e que sou neurologista. Com esses quatro critérios, seu cérebro julgará as informações recebidas como verdadeiras ou falsas, dependendo de suas experiências passadas e de como a afetaram. Ele fará a conexão com os italianos que conheceu, com as pessoas que têm o mesmo primeiro nome que eu, com sua aversão ou interesse pela área médica. Na realidade, o cérebro cruza milhares de novas informações com tudo aquilo que já sabe: o som da minha voz, o tamanho das minhas mãos, meu corte de cabelo, a temperatura da sala, os ruídos ao nosso redor... Em suma, tudo o que é capaz de captar, e então ele altera todos os padrões que são afetados por esses novos dados. Quanto mais informações recebermos, mais detalhado será o nosso modelo.

Ayati disse que era difícil manter um olhar objetivo em relação a uma situação porque sempre reagíamos de maneira emocional, logo subjetiva. Em resumo, estávamos constantemente criando uma história sobre o mundo ao nosso redor. Tentei explicar com minhas palavras:

— Isso significa que, ainda que duas pessoas recebessem a mesma informação ao mesmo tempo, elas a processariam de maneira diferente por causa dos modelos neurais preexistentes. E o mesmo acontece com nossas emoções: é a experiência que as dita.

— Um último ponto importante — acrescentou Matteo. — Há um trabalho em equipe entres as células nervosas. Ao repetirmos os mesmos padrões todos os dias, os neurônios criam uma relação duradoura com esses comportamentos, determinando assim nossa personalidade. Se eu sentir raiva, sofrer ou me sentir intimidado diariamente, são essas redes neurais que serão fortalecidas.

— Mas como podemos mudar isso? Será que estamos condenados a esses automatismos?

— Não! Temos a capacidade de romper as nossas representações. Ao mudar aquilo em que acreditamos, podemos alterar e substituir nossos padrões.

Ayati acrescentou que, ao mudarmos os padrões, as células que não colaboram com o novo processo acabam perdendo suas interconexões. Ao interrompermos o processo mental que produz as reações químicas em nosso corpo, os neurônios envolvidos começam a destruir suas conexões.

Shanti me passou uma cesta de *chapatis*, um tipo de pão achatado indiano. Peguei um e passei o restante para Matteo enquanto refletia por um momento.

— Uma coisa me intriga: se tudo é vácuo, o que somos nós? O que nos diferencia de tudo ao redor?

– Poderíamos nos definir como uma energia inteligente capaz de produzir vibrações – Jason respondeu.

– Correndo o risco de parecer uma idiota, quais são exatamente essas energias das quais você fala?

– Não se preocupe, levei quinze anos para entender que tudo era energia, e os físicos demoraram várias décadas para demonstrar isso! Foi somente no século vinte que a física quântica abriu novos caminhos acerca da constituição do espaço físico.

Que sorte e que acaso! No avião, eu lera um artigo sobre as definições da física quântica. O jornalista explicava que se trata do estudo do infinitamente pequeno e da descrição dos fenômenos fundamentais dos sistemas físicos em escala atômica. Jason ressaltou que, enquanto a física clássica do século dezenove considerava que o espaço físico era preenchido apenas pelo vácuo, essa nova ciência procurava provar que esse espaço físico se tratava de uma matéria viva, vibrante e inteligente. Era um campo de energia que unificava todo o universo, com o qual estávamos em comunhão por meio de nossos pensamentos, nossas emoções e todos os nossos sentimentos. Tudo isso me parecia incrível. Não conseguia imaginar que essa dimensão estivesse tão além de nós. Nossa realidade parecia tão diferente!

O vento havia aumentado e podíamos ouvi-lo sacudindo as janelas. Nishal e Thim, fazendo um grande barulho, entraram na sala comunal. Estavam cobertos de neve. Nishal anunciou que uma tempestade estava vindo em nossa direção, o que surpreendeu Jason:

– A previsão de tempestade era apenas para a semana que vem.

Shanti levantou-se e foi analisar a situação. Pela janela, o céu estava escuro e as estrelas tinham desaparecido atrás de uma espessa camada de nuvens. As rajadas de vento levantavam enormes flocos de neve, que rodopiavam antes de caírem no chão. A harmonia do lugar desaparecera, substituída por um campo de batalha.

Shanti voltou a sentar-se. Eu o encarei, curiosa.

– Temos que torcer para que o vento diminua ou teremos que adiar nossa partida. Não sabemos quanto tempo a tempestade vai durar. Geralmente, não duram mais do que dois ou três dias.

Os homens entreolharam-se, mas não pareciam afetados pela situação. Perguntei se tínhamos alguma alternativa.

— Apenas uma: paciência — Jason respondeu.

Esperando uma resposta diferente, perguntei a Shanti, mas ele apenas deu de ombros. Eu não conseguia imaginar ficar presa ali por vários dias. Senti o pânico aumentar, minha respiração encurtou e meus pensamentos se voltaram ao meu trabalho. Tirei o celular do bolso: sem sinal! Shanti deu um tapinha em minha mão.

— Precisamos aguardar o amanhecer. Não temos nenhuma informação, então não adianta nos preocuparmos agora. Encontraremos a solução quando tivermos o problema; mas, por enquanto, nada.

Tentei aplicar seus ensinamentos a fim de controlar meus pensamentos negativos, transformando-os em positivos. Minha mente, atormentada, acalmou-se. Miria acabara de colocar um gratinado de espinafre e uns espetinhos de frango no centro da mesa. Degustei a carne, escassa desde o início de nossa jornada. Mais calma, disse a Jason:

— Você me explicou as três primeiras etapas do processo de transformação: a primeira é perceber que podemos mudar, que temos, a cada segundo, a opção de abrir a porta do medo ou a porta do amor; a segunda, ascender a um campo de vibrações mais elevado a fim de nos conectarmos a uma energia pura: o espaço físico onde tudo é criação, o campo de todas as possibilidades; e a terceira, compreender quem somos e como funcionamos. Qual é a última? Ayati me falou de quatro etapas.

— Para isso, gostaria de compartilhar com vocês o trabalho do Dr. Masaru Emoto, um cientista japonês com doutorado em Medicina alternativa pela Universidade de Yokohama, conhecido por sua teoria sobre os efeitos do pensamento e da emoção na água. Sugiro que se junte a nós após o jantar para descobrir os resultados de um experimento incrível.

No pátio, o vento agressivo soprava nuvens de flocos de neve. Procuramos abrigo no prédio vizinho, que levava ao laboratório. Jason tirou uma pasta espessa de uma das gavetas de sua mesa.

— Ao fotografar amostras de água congelada, o Dr. Masaru Emoto conseguiu observar suas reações. Ele demonstrou o que os povos antigos vêm dizendo há milênios e que a física quântica recentemente começou a endossar: o pensamento tem um poder criativo instantâneo. Seu método consistia em congelar amostras de água a vinte graus negativos por três horas até que se cristalizem. Em seguida, ele fazia fotografias de alta velocidade do cristal que se formou na coroa das gotículas de gelo. Ele descobriu que a qualidade e a harmonia das figuras dependem da pureza da água. Uma água pura produz belos padrões, enquanto uma água suja ou estagnada produz formas incompletas e desarmônicas. Isso o fez se interessar pela estrutura molecular da água e pelo que poderia influenciá-la.

Jason abriu a pasta à sua frente e pegou algumas fotografias.

– Ele usou estímulos mentais para fazer experimentos perturbadores. E descobriu que a água reagia aos fenômenos imateriais! Ele os fotografou utilizando o método de microscopia de campo escuro e este é o resultado. – Jason nos mostrou uma imagem estremecida. – Esta fotografia nos mostra a água da represa de Fujiwara, e aqui está uma segunda fotografia da mesma água após ser abençoada por um monge budista.

Ele me entregou a segunda fotografia, que mostrava belos cristais transparentes formando estruturas hexagonais. Eu as passei para Shanti.

– Ele continuou sua pesquisa e provou que vibrações musicais ou de palavras enunciadas influenciavam a água mais do que qualquer outro elemento. As imagens fotografadas são testemunhas deste fato. Mais especificamente, ele expôs água destilada às ondas da "Sinfonia n.º 6" de Beethoven, conhecida como "Pastoral". – Jason nos mostrou as imagens de uma perfeição rara. – Então repetiu o experimento com a "Sinfonia n.º 44 em Ré Maior" de Mozart, e depois com a ária da "Suíte n.º 3" de Johann Sebastian Bach e, mais uma vez, a beleza dos cristais é indescritível. Encontrou as mesmas formas esplêndidas ao expor a água a vibrações amorosas.

– Que loucura – disse Ayati. – Mas e quando ela é confrontada com pensamentos negativos? Ele conseguiu perceber uma diferença?

– Sim, era isso que queria lhes mostrar. Deem uma olhada. Quando a água é submetida ao ódio, à violência e até mesmo à música dissonante, as figuras se tornam desarmônicas e embaçadas, já que os cristais são desestruturados e incompletos. Não é incrível?

De fato, as fotos eram perturbadoras. O acadêmico chegara a rotular garrafas cheias de água com palavras como "alma", "beleza" e "amor". O resultado era óbvio. Com essas palavras, as representações eram complexas e perfeitas, enquanto as expostas às reflexões como "feio", "idiota" e "demônio" mostravam formas feias e embaçadas. Fiquei impressionada com a diferença entre as imagens que Jason nos mostrava.

O pesquisador japonês conduziu uma série de experimentos: ele colocou arroz cozido em dois potes de vidro idênticos. Todos os dias, ele "conversava" com o arroz, dirigindo-se ao primeiro com palavras gentis e chamando o segundo de "inútil". Após um mês, percebeu que o arroz que fora maltratado mofara muito mais rápido. Eu mal podia acreditar!

– Eu também não, para ser sincero – confessou Jason. – Mas se pensar no trabalho de Gregg Braden,[1] isso não surpreende. Sua pesquisa analisa os efeitos de frequências sonoras numa gota d'água. Vibrações elevadas produzem figuras harmoniosas. Sabemos que a música é um conjunto de ondas e que tem uma grande influência, mas tínhamos menos consciência de como os pensamentos, as palavras, as pessoas, as cores, os cheiros, a arte e a literatura também nos influenciavam.

– Sim – Ayati acrescentou. – Assim como uma imersão na natureza pode ter esse mesmo efeito, certo?

– Exatamente!

Em seguida, perguntei a Jason se essas vibrações estavam sendo usadas para curar enfermidades. Aparentemente, na última década, a Medicina alternativa vinha usando essa energia vital para curar vários tipos de doenças. As frequências mais elevadas eram capazes de dissolver matéria, como alguns tumores que eram apenas a solidificação de frequências mais profanas. Fiquei impressionada.

– Você entende a importância dessas descobertas?

---

[1] "When a Water Droplet Is Exposed to Sound Frequencies" [Quando uma gota de água é exposta a frequências sonoras], trecho da palestra de Gregg Braden, "Feeling Is Vibration" [Sentimento é vibração]. Para obter mais informações sobre Gregg Braden: www.greggbraden.com.

— Não consigo compreender o quanto elas são importantes, mas sei que os seres humanos são em grande parte compostos de água, certo?

— Sim, mais de setenta por cento. Esses experimentos nos levam a caminhos interessantes: as ondas vibratórias agem sobre todas as moléculas de água, ou seja, em todo o nosso corpo. Os experimentos provam o que não podíamos explicar: que o poder do pensamento e das ondas positivas têm um efeito harmonizador. Essa é a quarta etapa do processo de transformação. Foi a partir dessas descobertas que criamos nosso protocolo. Baseamos nosso trabalho nas seguintes suposições: primeiro, a Ciência nos permite observar que o que entendemos por sólido é, na verdade, vácuo. Segundo, sabemos que mais de dois terços do nosso corpo são compostos de água, moléculas compostas de oxigênio e hidrogênio que, por sua vez, são átomos, ou seja: noventa e nove por cento vácuo. Essa água reage à influência dos pensamentos. Terceiro, o cérebro está em constante mudança, alterando-se através das informações que lhe enviamos e dos pensamentos que formulamos. Digo pensamento, pois é o ponto central, e a partir disso percebi que existem apenas dois estados: o medo e o amor. Todos os nossos pensamentos estão enraizados num desses dois estados. O medo leva à tristeza, à raiva, à agressão e a muitas outras emoções que têm efeitos desastrosos em nossos corpos. Em contrapartida, os pensamentos gerados num estado de amor nos levam à harmonia corporal, à reconciliação, à unidade e ao bem-estar. O nosso método de cura é baseado na percepção dessas duas formas de ser, nas ações que resultam delas e no impacto direto que têm sobre nossa saúde e nossa vida.

Gostaria que ele me explicasse melhor esse processo de transformação, mas já era tarde. Jason propôs continuarmos no dia seguinte e resolveu ficar mais um tempo em seu laboratório. Ayati foi para a cama. Matteo e Shanti me acompanharam até a sala comunal para tomarmos um chá.

— Qualquer pessoa pode passar por esse processo de transformação?

— Sim, qualquer pessoa que queira mudar — Matteo respondeu. — Para alcançar essa transformação, tive de perceber que estava infeliz, o que não foi algo fácil. É claro que experimentava momentos fugazes de prazer, mas nada me fazia sentir bem por muito tempo.

– Afinal de contas, quem em plena consciência reclamaria de ter tudo o que a sociedade diz que precisamos, não é mesmo?

– Pois é! Eu podia comprar tudo o que queria, estava rodeado de amigos, tinha uma vida amorosa ativa e minha saúde era boa. Mas, no fundo, sentia que algo estava errado. Eu não sabia o que era, mas não me reconhecia mais em meio a esse mundo agressivo. Esse ambiente sombrio estava me afetando. Não conseguia encontrar o meu verdadeiro eu.

– Assim como eu! Também me sinto assim. Tenho breves momentos de felicidade e então passo a um estado de mal-estar assim que uma situação ou pessoa me perturba. Não consigo me livrar desses problemas, mas também gostaria de mudar.

– Se já está consciente disso tudo, quer dizer que está pronta para a transformação; ela começa no momento que desejamos ver nossa vida evoluir. Assim que percebemos que estamos numa prisão, podemos ver como nos libertar, só precisamos das chaves. Amanhã, Jason lhe explicará como consegui-las.

Nossos olhos estavam pesados. Apesar de querer continuar conversando, era melhor irmos dormir. Shanti encheu minha bolsa de água quente improvisada:

– Durma com isso, vai ser uma noite difícil.

Matteo me acompanhou até a porta do quarto. Seus olhos, fixos nos meus, pareciam ser capazes de decodificar minha alma. Senti meu corpo exausto começar a arder de desejo. Matteo pegou minha mão e beijou-a, depois me deu um beijo na bochecha, desejando-me bons sonhos. Continuamos a nos olhar até eu fechar a porta.

Entrei debaixo do edredom, envolta em várias camadas de roupas a fim de enfrentar as temperaturas abaixo de zero. Senti-me imobilizada ao ouvir os movimentos de Matteo no quarto ao lado, através da fina divisória. Sua cama estava ao lado da minha. Adormeci pensando nas últimas palavras que ele me sussurrara.

– *Buonanotte*, Maelle.

– Boa noite, Matteo.

De agora em diante...

"Suba o primeiro degrau com fé. Não é necessário que você veja toda a escada. Apenas dê o primeiro passo."

Martin Luther King

O vento soprou a noite inteira. Acordei com o coração alegre, mas, apesar das nove horas de sono, meu corpo dolorido ainda clamava por descanso. Espiei por trás da cortina e vi que ainda nevava. Uma névoa espessa escondia as montanhas. Levantar da cama era uma tortura todas as manhãs, mas estava ansiosa para encontrar minha equipe e, principalmente, meu belo italiano. Colei o ouvido contra a divisória: nada. Será que ainda estava dormindo?

Criei coragem. Enfrentei o frio, lavei-me rapidamente, vesti roupas limpas, mas frias, e juntei-me a Shanti na sala comunal. Todos já estavam de pé e trabalhando. Meu guia sentou-se ao meu lado com uma xícara de café e me informou que Jason esperava por mim no prédio ao lado. Quanto a Matteo, estava trabalhando com Ayati. Essa informação acabou com o meu apetite. Na verdade, sentia um pouco de inveja!

O vento havia diminuído, mas as trilhas ainda não eram seguras. Assim, era melhor que esperássemos para partir no dia seguinte após o nascer do sol, quando as estradas estariam melhores. Fiquei preocupada com a possibilidade de que nevasse outra vez. Shanti me disse que o caminho de volta estava completamente bloqueado. Mais cedo, ele tentara abrir caminho pela trilha, mas acabou derrapando e caindo três vezes em apenas cinquenta metros. Os deslizamentos de terra poderiam nos atrasar ainda mais. Ele me mostrou seu braço arranhado.

– Você se machucou? Precisa limpar essa ferida.

– Não é nada, apenas alguns arranhões. A previsão do tempo diz que não nevará nos próximos dois dias. Em vinte e quatro horas, o sol terá derretido a camada frágil de neve que recobre o caminho.

– Venha comigo. Jason deve ter curativos para o seu machucado.

Depois de implorar a Shanti, consegui persuadi-lo a me acompanhar até o laboratório. Os telhados, os caminhos e as pedras estavam cobertos por um manto imaculado de neve. O lugar inteiro transmitia uma atmosfera de calma e intimidade, nenhum som ecoava nas montanhas e apenas nossos passos abafados pela neve quebravam o silêncio.

Jason conversava com cinco tibetanos. Ele acenou pela janela. Quando a sessão terminou, o pequeno grupo saiu e nos cumprimentou. Jason acomodou Shanti em uma cadeira, limpou o machucado com álcool e aplicou uma pomada antisséptica, terminando com uma gaze. Depois se virou para mim e perguntou se eu tinha dormido bem. Ele fez sinal para que me sentasse ao lado de Shanti e sentou-se à nossa frente, os braços apoiados no encosto da cadeira.

– Sim... quero dizer, tenho que admitir que estou confusa com todas essas novidades em minha vida. Mal posso esperar para aprender mais sobre esses processos.

– Muito bem. Está pronta para entrar no campo de tudo o que é possível?

– Através da transformação, certo?

– Sim, a concepção de algo começa como uma ideia num momento específico, no aqui e no agora. Em nosso âmago, sabemos que o pensamento tem o poder de ressoar e que nossos sonhos não estão longe de se tornarem realidade. No entanto, muitas vezes é difícil passar da teoria para a prática. Sabem por quê? Porque o ego nos freia e nos desencoraja. Seus argumentos parecem fazer tanto sentido que, tomados pela dúvida, preferimos nos esquecer de nossas ambições.

– Sim, mas... Todos temos algumas obrigações na vida que nos impedem de realizar esses sonhos.

– Nada é capaz de obstruir um desejo que emana do coração, exceto o nosso eu interior. E, como sabem, ele é um ótimo negociador e sabe como nos levar de volta à "sua maneira de ver o mundo".

Assim, o conflito interno começa a ganhar forma: "Sei que as coisas precisam mudar, mas não tenho escolha a não ser continuar como sou, não posso prejudicar meus filhos, meu parceiro, fulano ou sicrano... Além do mais, não tenho muita sorte nem muito talento, é melhor deixar isso para lá..."; "É claro que sei o que quero, mas agora já é tarde demais ou ainda é cedo demais". O processo de transformação envolve dois estágios. O primeiro é estar determinado a ver as coisas de outra maneira.

— Ver as coisas de outra maneira?

— Sim, construímos e reforçamos o nosso sistema de crenças por meio de nossa educação, nossa cultura e nossas experiências. Aceitamos como axiomas frases que nos são repetidas: "A vida é difícil e injusta", "Não tenho um momento de descanso". Estamos sempre agindo através desses automatismos. Como nos preocupamos com o futuro, reproduzimos esses ciclos. Nossa mente nos projeta numa percepção temporal deslocada.

— Você se torna livre no exato momento em que se torna consciente — Shanti interveio. — É a partir desse momento que nos tornamos capazes de tomar decisões com outros olhos, sem o peso do passado e sem as projeções de culpa para com o futuro.

— Exatamente — disse Jason. — Você se liberta e se torna capaz de ver as pessoas e os fatos como realmente são, sem o prisma do medo. É assim que saímos do automático e acessamos nossos sonhos no aqui e no agora. É simples: ao deixarmos nossas crenças condicionadas para trás, o processo pode enfim começar.

— Você poderia me dar um exemplo de uma dessas crenças condicionadas?

— "Tenho medo de falhar", por exemplo.

— Ora, mas isso é uma realidade. Quem não tem medo de falhar? Nunca sentiu isso?

— O fracasso existe apenas no nosso íntimo, porque é uma fonte de julgamento. Essas não são as experiências que nos permitem crescer e aprender. É aceitando o desafio que acessamos nossos sonhos. Acha que estaríamos andando hoje se não tivéssemos caído mil vezes? O equilíbrio só é alcançado depois de várias quedas. Isso é apenas o processo normal de aprendizado, não significa que falhamos.

— Se os pesquisadores desistissem toda vez que dessem de cara com um beco sem saída, o termo "pesquisa" não faria mais parte do nosso vocabulário — Shanti acrescentou.

— Cometer erros é uma parte necessária do sucesso. Ao deixar de lado a pressão da perfeição, nos liberamos das barreiras impostas por nós mesmos e podemos iniciar o processo de transformação. Os ciclos só se repetem se os alimentarmos. Você já vivenciou uma mesma situação negativa na mesma época, ano após ano?

Pensei e sorri com o exemplo que me veio à mente.

— Sempre pego um resfriado no começo do ano, nos primeiros dias de janeiro. Isso já se tornou um hábito, sempre carrego comigo alguns remédios quando viajo nessa época.

— Você colhe o que semeia. Todos os anos, visualiza esse resfriado vindo em sua direção, por isso fica doente.

— Claro que não! Eu não fico doente de propósito.

— Sei que não, mas tem isso como um axioma em sua maneira de pensar. Para interromper esse processo, você deve abandonar essa crença condicionada. Sempre que uma ideia não lhe convier, não apenas a rejeite: crie uma imagem completamente oposta para aniquilá-la e, em seguida, diga em voz alta aquilo que está sendo transformado. Por exemplo, ao pensar no resfriado que pegou no ano anterior, em vez de ter certeza de que também o pegará no ano que vem, analise esse pensamento e reprograme-o. Visualize-se sadia e afirme: "Começarei o ano saudável. Nenhum vírus me afetará. Os remédios continuarão na gaveta".

— E você acha que isso é suficiente?

— Sim — respondeu Shanti. — Isso é a mesma coisa que o pensamento positivo, sobre o qual já falamos.

— Suas crenças condicionadas são as responsáveis pelo seu resfriado anual, por que não acreditar que elas também podem ser responsáveis pela sua saúde? Se decidir que terá algo, você o terá. Se quiser atrair energia positiva, seja positiva em seus pensamentos, em suas palavras e em suas ações. Você não conhece pessoas que são incrivelmente sortudas?

— Tenho um colega de trabalho assim. Não sei como, mas apenas coisas incríveis acontecem com ele. Está sempre no lugar certo, na hora certa.

– Você já o ouviu reclamando, julgando ou criticando alguém?

– Como se tivesse do que reclamar, ele já tem tudo! Uma esposa que o ama, filhos adoráveis, um trabalho estável no qual prospera. Se algo bom está para acontecer, pode ter certeza de que será com ele. Seria muito cara de pau se reclamasse.

– As pessoas mais sortudas são aquelas que acreditam na própria sorte. Todos enfrentamos decepções e sofrimentos, mas você vai perceber que aqueles que atraem a sorte mantêm uma atitude positiva em relação à vida. É um ciclo virtuoso que todos podemos colocar em prática. Ainda mais virtuoso porque, conforme temos sucesso, o medo desaparece e nos tornamos confiantes, o que nos permite correr ainda mais riscos. Da mesma forma, todos temos a possibilidade de permanecer presos a padrões negativos alimentados pelo peso do passado. O medo nos paralisa e nos confina em ciclos viciosos. Assim, colhemos o que semeamos. Sua realidade é criada concomitantemente aos seus pensamentos. Isso é o que chamo de lei da atração. Você atrai o que transmite.

– Não sei se sua teoria se aplica a todos. Por exemplo, tenho um amigo que é muito gentil e está sempre pronto para ajudar, mas só lhe acontecem coisas ruins. Se a lei da atração nos afeta como acabou de me explicar, ele deveria viver em paz e harmonia, mas não é o caso.

– Essa lei se aplica quando seus pensamentos, suas ações e seus desejos mais profundos estão na mesma vibração. Se seu amigo age por obrigação, se ele sente que não pode recusar um pedido, isso significa que suas escolhas são diferentes de suas intenções, então a mágica não funciona.

– Por que ele faria isso?

– Para se sentir amado, por exemplo. Talvez esteja sofrendo de uma mágoa profunda, o que o leva a pensar que deve estar sempre disponível para ajudar os outros e assim se esquecer das próprias necessidades. Acha que as ações dele condizem com seus sonhos?

– Não, inclusive ele já me disse várias vezes que não sabe dizer não, o que gera conflitos em seu relacionamento. A esposa e os filhos o repreendem por sua ausência, já que passa o tempo inteiro prestando serviço a outros.

– Sua dificuldade em dizer não leva as pessoas a sempre procurá-lo. Ele acaba esquecendo-se de si mesmo – disse Shanti.

— Esse processo de transformação pode até parecer simples na teoria, mas é difícil na prática, já que não conseguimos identificar tudo o que é do domínio do inconsciente. É por isso que afrontar nossos desejos e frustrações é algo essencial para podermos ouvir nossa voz interior — completou Jason. — Aprender a harmonizar nossas energias nos leva a calcificar em nosso âmago aquilo que mais queremos. Você realmente quer passar por esse processo?

— Sim, estou pronta, mas não sei como.

— A primeira coisa a ser feita, então, é formular o que acabou de dizer para si mesma e visualizar sua nova vida como se já fosse uma realidade. Comece sua formulação com "De agora em diante, eu...".

Levantei-me e fui até a janela a fim de organizar meus pensamentos. A paisagem parecia imóvel sob a neve. Ofereci as palavras que brotaram de meu coração para a alma do Himalaia:

— De agora em diante, eu confio na vida e aproveito as oportunidades que ela me apresenta. De agora em diante, aceito estar errada, os erros fazem parte da transformação. De agora em diante, atraio o que transmito; se meus pensamentos são positivos, o positivo vem a mim; se meus pensamentos são negativos, o negativo vem a mim. De agora em diante, estou ciente das duas portas à minha frente. De agora em diante, eu sou eu!

Jason esperou um momento e depois disse:

— Olhe só para você, em pleno processo de transformação!

Meu rosto se iluminou. Ao mesmo tempo, o céu se abriu e um raio de sol iluminou a sala. Era isso que eu sentia por dentro: Jason acabara de iluminar meu interior. As nuvens se dispersaram e as montanhas reapareceram, como se... como se o quê? Não sei, mas era tudo tão lindo que fiquei com vontade de descrever o que via. Jason esperou que me concentrasse novamente e retomou:

— A segunda coisa a ser feita é também o último estágio do processo de transformação: acessar o seu potencial. Como seres humanos, nossos recursos são ilimitados. No entanto, às vezes nos perdemos no caminho, hipnotizados por trivialidades, e não conseguimos mais encontrar o trajeto de volta à criatividade. Esquecemos nossa essência, deixamos de ouvir nossos sinais ou códigos. Assim, navegamos sozinhos numa névoa espessa, procurando por algo que dará sentido, mesmo que efêmero, à nossa vida diária. Dentro de nós, há uma pequena chama que nos lembra de que somos únicos. Diante do nosso espelho, sabemos que estamos mentindo para nós mesmos, mas como encontrar nosso caminho de volta? Como admitir que perdemos nosso caminho há muito tempo, que lutamos contra tempestades a fim de conseguir o que temos hoje, mas que essas batalhas foram em vão?

Dei de ombros, não fazia a menor ideia.

– A primeira coisa é nunca se julgar. Tudo o que fizemos até hoje nos trouxe aqui, até este momento, e nos ajuda a entender nossa situação presente. Aceitar essa transformação e essas mudanças também significa sermos generosos com o passado. Nossas lutas passadas nos treinaram. Sou o que sou, ciente de meus pontos fortes e fracos, e tenho novos objetivos. Arrependimentos, vitimização, nada disso faz sentido. Vivemos alinhados com nossos objetivos anteriores.

– Você tinha medo de se apaixonar e, por isso, ficou sozinha todo esse tempo – disse Shanti. – Queria ganhar dinheiro e trabalhou duro por isso. Agora que quer coisas diferentes, é só uma questão de foco.

– Sim, seu potencial é ilimitado, Maelle.

Mas como alcançar esse potencial? Precisava encontrar o caminho de volta para onde o meu eu interior me aguardava.

– Mostre-me o caminho. Entendo o que está dizendo, fujo do que desejo porque tenho medo. Estou cansada de viver no automático, mas não consigo diferenciar entre o meu eu verdadeiro e o que cumpre apenas o que os outros esperam de mim. Como posso dissociar meus desejos de minhas obrigações e de meus medos, alguns dos quais nem sequer tenho consciência?

Eu nunca imaginaria que um dia admitiria esse tipo de coisa.

– Admita que, no fundo, você não sabe o que quer.

– Mas e aí? Nada muda, então?

– Não, nada muda. Pelo contrário, aceitar as coisas como elas são lhe dá acesso à verdade.

– Não estou entendendo. Antes você disse que precisávamos criar nossa vida tendo em mente o que gostaríamos que acontecesse, visualizando esses desejos no aqui e no agora.

– Aceitar sua condição atual lhe permite acessar esse processo de transformação, porque vai te libertar do peso do passado, do medo, do julgamento e do pânico em relação ao futuro. Você quer mudar, quer conhecer a si mesma e se libertar de seus automatismos. Já está no caminho certo. Preste atenção às coincidências da vida e deixe o universo agir de acordo com as leis da atração. Quanto mais objetiva você for na hora de analisar sua situação atual, ou seja, sem julgamentos, menos sua subjetividade vai intervir e mais rapidamente a mágica universal se manifestará.

— Quer dizer que minhas emoções estão interferindo em minhas reações?

— É claro, a neutralidade de uma coisa ou de uma situação é abolida por nossas projeções emocionais, educacionais, socioculturais e até religiosas. Um problema para alguns pode ser um desafio, um jogo ou uma experiência para outros. Se conseguirmos deixar nossa subjetividade de lado, poderemos encontrar uma solução mais facilmente. Todos carregamos dentro de nós um lugar onde o conhecimento é ilimitado, essa chama que nos lembra, não importa o que possa parecer, que estamos conectados a algo além de nós mesmos.

— Ou seja, conectados a Deus?

— Chame do que quiser, mas não gosto de dar um nome ao que é infinito, porque, ao nomear, limitamos algo que, por definição, é ilimitado. Ao nos conectarmos a essa fonte interna, ganhamos acesso a todo o nosso potencial criativo.

— Quando eu aceitar minha situação atual, você acha que saberei o que quero criar?

— Sim, você começará a ouvir uma vozinha. Já sentiu intuições? Você as seguiu?

— Nem sempre, e muitas vezes me arrependi de não ter seguido, porque acabaram sendo verdadeiras.

— Preferimos delegar nossa vida aos outros, sempre pedindo conselhos. Afinal, se falhar, tenho a quem culpar!

A ironia de Jason não me passou despercebida.

— Nem sempre sigo meus instintos, mas assumo a responsabilidade por minhas escolhas. Calculo as probabilidades de sucesso e decido se correrei o risco ou não.

— A racionalização é outra maneira de evitar nossas intuições. No mundo ocidental, não valorizamos muito as coincidências nem o que é regido pelo hemisfério direito do cérebro: a criatividade, o senso artístico e a inteligência global. Privilegiamos o uso de nosso hemisfério esquerdo, sempre em busca da lógica e do raciocínio, acreditando que essas são as únicas coisas úteis na hora de resolver nossos problemas. É por isso que nos sentimos desamparados diante de uma doença, por exemplo, porque as estatísticas não podem nos ajudar. Se quisermos chegar à essência de tudo, é preciso ir além da mera compreensão. O processo de cura consiste em entender que há em nós um pedaço de perfeição. Para encontrá-lo, basta senti-lo.

– Do que você está falando? Estou perdida!

– As doenças se originam a partir de nossa percepção de que algo interno está faltando. A saúde representa o diálogo perfeito entre nossas células e o mundo ao nosso redor. Distúrbios são massas externas, já a recuperação é uma paz interna, mas ambos se originam na mente e depois se manifestam no corpo. Ao aumentar nosso nível de consciência, elevamos nossas frequências e fortalecemos nosso sistema imunológico.

– Senti vibrações diferentes durante nosso exercício de ontem. É disso que está falando?

– Eu não sei. O que você sentiu?

– Senti algo maior, uma força particular, uma dimensão superior que não consigo explicar.

– De fato. Há mais espaços aos quais a nossa concepção de um plano em três dimensões não nos permite acesso. Aprisionamo-nos a esse plano tridimensional, achando que ele é o único que existe. A parte emocional do nosso cérebro orienta nossas reações em direção aos automatismos e o poder mental assume o controle. Alcançar essa energia universal, que nos dá acesso ao campo ilimitado de possibilidades, é algo difícil. Ora, a ciência atual está conduzindo experimentos sobre a existência de mundos paralelos que não podemos ver, mas que podemos sentir. É de lá que vêm as intuições. Estamos entrando numa nova era de energia pura: o campo de frequências superiores. Nesse espaço, nossa alma assume o controle de nossos automatismos e desprograma, uma a uma, nossas células, libertando-nos assim de memórias poluídas. Desse modo, entendemos outra coisa: ao compreender que a dualidade é apenas uma ilusão, experimentamos o conceito de unidade numa mesma frequência de vibração. Começamos a testar uma forma inovadora de comunicação: a intuição, em que os pensamentos se manifestam em conexão com a energia universal.

— Podemos acessar esse espaço agora?

— Ele nos cerca, já estamos nele. Mesmo que não possamos vê-lo, podemos percebê-lo ao ouvir o que está acontecendo dentro de nós. Como acabei de dizer, esteja atenta aos sinais que emanam de seu coração ao encontrar pessoas, ao sentir-se em paz em algum lugar, ao sentir-se magoada por algum comentário. Ouça a mensagem que eles lhe trazem e leve-as a sério. Se compreender que seu propósito vai além de si mesma e que você faz parte de um todo, saberá que está colhendo o que semeou na matriz global. O universo responde às suas expectativas a todo momento.

— Confiar em intuições e mundos paralelos parece impossível na atualidade. Tenho que me programar, não posso me dar ao luxo de abrir mão do controle.

— Corra o risco. Seu ego não oferece proteção, só camadas e mais camadas de ilusão que a sobrecarregam. Remova sua armadura e, através de suas fendas, a luz encontrará seu caminho.

— E você? Consegue acessar essa dimensão?

— Eu tento, presto atenção e formulo essa vontade. Repito as seguintes afirmações para mim mesmo todos os dias: "Eu acredito em mim mesmo e sinto meu poder ilimitado"; "Eu ouço os sinais que me guiam"; "Eu consigo o que quero, pois mereço o melhor". Essas afirmações me ajudam a não recuar quando meu ego tenta interferir. Em seguida, o mais importante, pergunto a mim mesmo: o que desejo conceber em minha vida?

— Foi isso que você encontrou no manuscrito que estou levando para Romane?

— A verdade é mais complexa do que isso. Eu preferiria que ela mesma lhe explicasse.

Matteo bateu à porta e entrou. O almoço estava servido. Já eram meio-dia e meia, a manhã tinha passado rápido e meu coração se enchia de felicidade ao ver meu belo italiano.

A espessa camada de nuvens havia desaparecido, dando lugar a um céu azul-celeste. Senti um bem-estar, uma sensação de clareza. E estava com fome.

Ponto de partida

"Nada é mais poderoso do que uma ideia que chegou no tempo certo."

Victor Hugo

Durante o almoço, Matteo ficou olhando para mim e lhe devolvi alguns sorrisos tímidos. Depois de comer, saí para tomar um café sob o sol. As montanhas me impressionavam: para onde quer que eu olhasse, seus picos brancos cortavam o céu. Shanti veio comigo. Contei-lhe como a conversa de Jason sobre dimensões paralelas havia me perturbado e perguntei:

— Você acha que elas existem?

— Acho que nossa visão é limitada e sinto a presença de algo que vai além de nós mesmos. Não sei se isso responde à sua pergunta.

— Os sonhos podem fazer parte desse universo? Quase nunca me lembro dos meus, mas ontem à noite sonhei algo estranho: procurávamos um tesouro no Himalaia, eu, você, Nishal, Thim e Matteo.

Enquanto contava os detalhes dos meus delírios noturnos, Shanti mergulhou em seus pensamentos. Depois de um longo silêncio, ele me informou que o tempo tinha melhorado:

— Vai parar de nevar, então podemos descer como planejado ao amanhecer. Descanse um pouco esta tarde, pois amanhã será um dia difícil.

Ele se levantou e voltou para a sala comunal. Minhas perguntas persistentes começaram a desaparecer conforme o calor do sol me aquecia.

Thim passou por mim, acompanhado de um adolescente de cerca de 15 anos, Yeshe. Estavam indo comprar as bandeiras de oração do irmão de Yeshe a fim de amarrá-las em um longo poste a uns trinta metros de distância das casas. Centenas de guirlandas de tecido colorido estavam penduradas no topo desse poste de madeira, formando uma enorme tenda.

Segui os dois rapazes até a comunidade tibetana onde ficava a loja em questão, um velho casebre perto da última casa do vilarejo. Fui recebida com grande reverência. Thim sentia-se em casa ali e os tibetanos o consideravam família. No fim do corredor em ruínas, no quarto dos fundos, havia um homem de 30 e poucos anos. Surpreso com minha presença, ele questionou seu irmão mais novo, que o tranquilizou. Ele se curvou diante de mim e escondeu as mãos cobertas de tinta atrás das costas.

Caixas contendo essências estavam empilhadas até o teto, ocupando metade do espaço, o que conferia à pequena oficina um cheiro predominante. Em uma mesa, pequenos retângulos coloridos aguardavam a prensa. Eram *loungtas*, "cavalos de vento" em tibetano. O cavalo impresso no centro carregava em si as três joias do budismo: o Buda, ou seja, o ser iluminado; o Dharma, que corresponde aos seus ensinamentos; e a Sangha, que representa a comunidade de praticantes.

Quatro outras criaturas mitológicas podiam ser vistas nos *loungtas*, reforçando o poder do cavalo de vento: o Garuda, ou guardião celestial, o dragão, o leão e o tigre. Juntos, representavam o centro e os quatro pontos cardeais. A fim de ilustrar suas explicações, Yeshe me mostrou os tecidos, um a um. Passei-os para Thim, que escutava com admiração. O irmão mais velho de Yeshe permaneceu parado, com as mãos atrás das costas. As bandeiras eram de cinco cores diferentes, cada uma com seu próprio significado: azul para o Espaço ou Céu; branco para o Ar ou Vento; vermelho para o Fogo; verde para a Água; e amarelo ou laranja para a Terra. Esse simbolismo se referia aos elementos, bem como aos Budas das cinco famílias.

Passei o polegar sobre a última bandeira que Yeshe havia me entregado. Elas eram chamadas de "bandeiras de oração" porque continham mantras divinos dedicados ao espírito do vento. De acordo com os budistas tibetanos, quando a brisa soprava, ela acariciava as preces sagradas impressas no tecido, transmitindo-as aos deuses e a todos aqueles tocados pelo vento. As imagens eram gravadas no tecido de algodão através de xilografia. Em cada bloco estavam inscritos a divindade, seu mantra, algumas orações e símbolos auspiciosos.

Quando o irmão mais velho voltou ao trabalho, Yeshe explicou os movimentos que ele fazia.

– O tecido é colocado sobre a placa com tinta, depois passamos o rolo para fixar as gravuras. As bandeiras impressas são então costuradas e amarradas umas às outras com um barbante, depois enroladas e embaladas. – Ele deu dois tapinhas em uma caixa de papelão, indicando a conclusão da história, depois assumiu um ar misterioso. – Estas aqui estão prontas para entregar seus segredos ao vento, só precisam de alguém que as liberte.

Thim e eu sorrimos ao ouvir suas palavras.

Comprei dez rolos por duzentas e cinquenta rúpias, quase dois euros. Entreguei um para Thim, outro para Yeshe e perguntei se o artista nos daria a honra de nos acompanhar até o mastro para amarrar uma bandeira conosco. Ele sorriu e aceitou com entusiasmo. O rapaz procurou em suas caixas e pegou uma linda bandeira com um majestoso cavalo no centro, bordado com fios das cinco cores e cercado por mantras impressos em preto. Yeshe traduziu as palavras de seu irmão para mim:

– Esta bandeira é um presente para você, ela lhe trará sorte.

Olhei para ele, emocionada, enquanto a embrulhava em um jornal. O sol da tarde estava quente, mas, devido às temperaturas abaixo de zero, o chão ainda estava recoberto pela camada de neve que caíra durante a noite. Caminhamos ao redor das casas, em direção ao poste de oração. Do outro lado da praça, Matteo nos chamou:

– Esperem por mim!

Logo ele estava ao nosso lado, cumprimentando os três garotos.

– Estava à sua procura – disse ele, terno, olhando intensamente em meus olhos.

Ele passou a mão pelos cabelos escuros. A barba por fazer cobria a covinha em seu queixo, e as maçãs salientes davam um aspecto angular a seu rosto. Eu não conseguia parar de olhá-lo. Matteo fazia meu coração bater forte toda vez que se aproximava de mim. Entreguei um rolo a ele.

— Quer vir conosco?

A vista era incrível, não importava para onde olhássemos. Subimos a encosta da montanha até o local sagrado, uma rajada de vento glacial nos bofeteando. Observei Yeshe e seu irmão desenrolarem cuidadosamente suas bandeiras e oferecê-las ao vento. Eu, Thim e Matteo os imitamos. Olhei para cada uma das bandeiras em meu rolo, a com o cavalo no centro.

Amarramos nossos barbantes aos rolos já existentes, que se entrelaçavam uns aos outros, e então os dois garotos tibetanos começaram a orar em silêncio. Também senti vontade de meditar por um tempo. Enviei meu cavalo de vento em uma missão: que ele levasse serenidade a todas as pessoas que cruzassem seu caminho e que voasse até Romane a fim de curá-la. Do alto do Himalaia, senti meu peito se abrir e liberar o amor que fluía em meu coração. A sensação me dominou. Abri os olhos e vi os quatro homens de mãos postas. Eu não era crente, mas algo estranho estava acontecendo, um sentimento de imensidão e de paz interior. Visualizei minhas orações se misturando às dos outros, como se juntos estivéssemos tocando a sinfonia de nossas vidas, tão diferentes umas das outras. Um momento em comum. Uma encruzilhada em nossa vida. Estávamos aqui no mesmo lugar, ao mesmo tempo e na mesma vibração, para oferecer ao mundo nossa mais bela energia. Eles abriram os olhos. Em uma comunhão silenciosa, olhamos uns para os outros.

— Temos que voltar ao trabalho — disse Yeshe ao nos deixar.

Os dois jovens desceram com Thim. Matteo me levou para trás do poste de oração. Nossos pés afundavam na neve como se estivéssemos atravessando uma turfa.

Diante de nós, podíamos ver dezenas de montes de pedras de todos os tamanhos. Alguns estavam no chão, outros em rochas e outros pareciam prestes a cair. Chamados de moledros, podiam significar uma oferenda, uma esperança, um voto, um agradecimento ou um milhão de coisas.

— Vamos construir um juntos — sugeriu Matteo enquanto caminhávamos.

Ele pegou duas pedras grandes e planas e as colocou sobre uma rocha:

— Essas são as fundações. Agora cabe a você colocar uma pedra sobre elas.

Encontrei uma pedra e a coloquei no meio das que ele havia arranjado na rocha. Nos revezamos para erguer nossa construção. Esse trabalho em dupla me animava, meu coração batia forte. Após empilharmos cerca de vinte pedras, Matteo propôs que eu fizesse um pedido, íntimo e pessoal.

Ele fechou os olhos para se concentrar. E fiz o mesmo. Um desejo íntimo e pessoal? Todas essas emoções que eu vinha sentindo nos últimos dias... Não sabia o que pedir. Respirei fundo. Senti o vento gelado entrando em meus pulmões. Minha cabeça estava vazia, deixei a calma tomar conta de mim.

Óbvio, eu desejava encontrar o caminho para a felicidade. Abri os olhos e sorrimos um para o outro. As cores do céu começavam a mudar. Um calafrio me percorreu. Matteo enrolou seu cachecol em meu pescoço e seu perfume invadiu os meus sentidos. Ele esfregou minhas costas e me entreguei ao seu toque. O italiano passou os braços sobre meus ombros e coloquei os meus em sua cintura. Desejava que ele me beijasse. Mas nada! Matteo me acompanhou de volta até a sala comunal. Shanti nos esperava com dois cobertores, que ele colocou sobre nossas costas. Depois de nos aquecermos perto do fogão central, nós três saímos novamente para assistir ao pôr do sol no Santuário Annapurna. Cores similares e emoções idênticas, mas únicas a cada noite.

Os aromas de *momos* fritos e cozidos se misturavam aos de uma sopa de legumes.

Matteo encheu nossa tigela e depois se sentou no banco de madeira que compartilhávamos. Do outro lado, Jason me entregou um prato cheio de pãezinhos. Apreciamos nosso jantar em silêncio. Sentia-me bem, viva. Do nada, Shanti destruiu minha paz: ele contara a Jason sobre meu sonho! Senti como se tivesse levado uma facada nas costas. Quase engasguei com a comida e precisei engolir com força. Meu bem-estar fora substituído por um sentimento de vergonha. Olhei feio para o meu guia, esperando que mudasse de assunto.

— Maelle, acho que você tem a chave que nos falta — interveio Jason, sério. — Deixe-me explicar: ouvimos falar de um homem sábio que se refugiou no Himalaia há pouco tempo. Ele passou anos trabalhando as relações humanas. As lendas contadas sobre ele confirmam que nossas crenças condicionadas não são completamente corretas. Temos certeza de que suas teorias poderiam mudar a maneira como nos conectamos uns aos outros e oferecer à humanidade uma nova forma de pensar.

— Do que você está falando? Quem é esse homem sábio? — disparei com meu sarcasmo habitual, mas Jason pareceu não se importar. Ele continuou, sério:

— Não sabemos ao certo, mas todos nós tivemos o mesmo sonho.

— Que sonho?

— O mesmo que você teve.

Surpreso, Matteo se virou para mim.

— Você também escutou o chamado?

— Ei! Não faço a menor ideia do que estão falando. Foi só um sonho absurdo a quatro mil metros de altitude em que eu procurava um tesouro com você, Shanti, Thim e Nishal. Tesouros não existem. Acordei e pronto, nada mais. Qualquer interpretação é apenas um delírio.

— O estranho é que Matteo, Shanti e eu tivemos o mesmo sonho, na mesma noite. Estamos procurando por esse homem há vários meses. Shanti me contou detalhes do seu sonho que, quando combinados com os nossos, poderiam nos revelar seu paradeiro.

Essa história começava a me intrigar. Meu guia interveio:

— Lembro-me de nos ver descendo a estrada em direção a Chomrong, com o Annapurna I à nossa direita, a oeste do II. Jason reconheceu a ponte sobre o Kimrong Khola, Matteo viu os campos de painço em frente a Machapuchare, e você, Maelle, está acrescentando informações importantes.

— Eu realmente não sei com o que sonhei de tão importante.

— Você nos viu nadando.

— As fontes termais! — Matteo exclamou.

Jason pegou um mapa das montanhas, abriu espaço na mesa e o desdobrou.

— Shanti e eu chegamos à conclusão de que havia dois lugares possíveis. Um fica perto de Sinuwa, a dois dias de caminhada, e o outro um pouco mais a leste.

Eles se inclinaram sobre o mapa. Limpei a garganta e continuei, estoica:

— Sei que estou sendo chata, mas não acham que estamos enxergando indícios apenas porque realmente queremos encontrar algo? Esse cara é uma lenda, não temos informações precisas, ninguém o viu e vocês acham que o trabalho dele vai revolucionar tudo. Voltem para a realidade ou para "o aqui e o agora", como dizem.

Os três ignoraram meus comentários. Eu não conseguia acreditar que esses seres de inteligência acima da média pudessem tagarelar dessa forma.

— Estou convencido de que precisamos ir além do visível. Como expliquei esta manhã, a intuição faz parte dessa dimensão que pode rapidamente se tornar nosso melhor guia. Não foi por acaso que tivemos o mesmo sonho, na mesma noite.

Jason ficou em silêncio por um momento e continuou, pensativo:

— Não tenho nenhuma evidência, mas encontrarei alguma coisa.

— Podemos pelo menos tentar. O que temos a perder? — Matteo propôs.

— Claro, já que não têm nada para fazer. Mas eu preciso voltar para casa.

Minha reação estragou o clima. Esse idealismo todo me irritava. Shanti quebrou o gelo:

— Proponho que a gente se encontre amanhã cedo, ao nascer do sol, para decidir que direção tomar — disse ele com absoluta clareza e os olhos brilhando de empolgação.

Jason e Matteo foram dominados pela emoção. A proposta me deixara atônita. Atordoada, olhei de um para o outro; obviamente esperavam uma resposta. Matteo insistiu:

— Você estaria disposta a fazer um exercício intuitivo conosco? Ao nos concentrarmos por um momento na magia do sol nascente, podemos ouvir nossa voz interior. Ela nos revelará qual caminho percorrer. Depois, é só comparar os resultados.

Exalei com força, desanimada, e respondi, correndo o risco de parecer uma idiota:

– Já que estão me abandonando assim, sem mais nem menos, é melhor que façam o exercício sem mim.

– Sua presença é importante, Maelle – Jason acrescentou. – É só um exercício, você não tem nada a perder.

– Não tem problema se não conseguir escutar sua voz interna – Matteo explicou, segurando minha mão.

Senti uma corrente elétrica percorrer meu corpo. A suavidade de seus olhos, de seus dedos nos meus, fez-me lembrar da minha dura realidade: estava apaixonada por um lunático!

– Você já se levanta cedo para assistir ao nascer do sol, de qualquer jeito. A visão do santuário é mais incrível ainda, será como qualquer outra manhã – Shanti acrescentou.

– Três contra um... não é justo! Tudo bem, eu me rendo. Vocês venceram, irei amanhã, mas não vou partir nessa busca inútil com vocês. Preciso descer dessa montanha.

Gentilmente, soltei a mão de Matteo. Shanti me tranquilizou. Ele levaria minha decisão a sério e, se eu quisesse, me acompanharia de volta ao aeroporto de Katmandu, conforme combinado.

Fui para a cama, deixando para trás a lua nascente.

No dia seguinte, ao acordar, minha cabeça estava uma bagunça. A probabilidade de um resultado favorável não me parecia alta.

– Não se preocupe com o resultado – disse Shanti. – Tente ver as coisas através de seu coração, sem se preocupar com o amanhã. Concentre-se na beleza ao seu redor como se fossem os seus últimos momentos na Terra. Quando um pensamento vier à mente, não o rejeite, deixe-o atravessá-la como uma nuvem atravessa o céu. Volte para a realidade. Aprecie a magnificência do aqui e do agora. Preencha-se com essa bela energia.

O alaranjado do sol começava a aquecer os picos cobertos de neve, ainda congelados pelas temperaturas abaixo de zero. As sombras davam lugar à luz. Os reflexos metálicos nas montanhas criavam a ilusão de que vários sóis brilhavam ao mesmo tempo. Estávamos no centro das montanhas Annapurna. Sentia-me bem.

De repente, a imagem de Romane me veio à mente. Perdi um pouco da alegria que o momento me proporcionava ao pensar em quanto a situação dela era injusta. Lembrei-me das palavras de Shanti e deixei esses pensamentos passarem por mim como nuvens, espalhando-se pelo vale abaixo. Voltei minha atenção para as luzes à minha frente e senti um grande prazer. Esse momento foi interrompido pelas imagens de meu sonho. Não conseguia tirá-las da cabeça: nós três descendo a montanha com a ajuda dos carregadores quando vejo um pedaço de madeira pregado em um poste com a palavra "Tshong" pintada em branco. Nunca ouvira falar desse lugar. Por que esse sonho me assombrava tanto? Será que tinham feito uma lavagem cerebral em mim com essas histórias malucas? Não, eu precisava voltar à realidade, era responsável por trezentos funcionários, eles contavam comigo. Deixei esse pensamento passar por mim, como os outros. Dei uma olhada ao redor: os três homens, concentrados, permaneciam imóveis. O sol começou a nascer à nossa frente. Seus raios suaves brilhavam sobre nós. Deixei sua mágica acontecer, concentrando toda a minha atenção em seu esplendor. Não sei quanto tempo se passou, pois o tempo parecia não mais existir. Meus companheiros terminaram de meditar. Sem dizer uma palavra, eles se voltaram para mim.

– O nascer do sol não estava lindo hoje? – perguntou Shanti, com um sorriso beatífico.

– Sim, lindo – gaguejei, desnorteada.

Por um momento, ficamos em silêncio, acompanhando o despertar da natureza. Escutei o farfalhar da neve que derretia, o vento que soprava do vale e trazia consigo o cheiro de lenha e café.

Jason se levantou, dizendo que nos encontraria novamente para o café da manhã. Shanti foi embora com ele. Matteo se aproximou de mim. Meu coração começou a acelerar. Ele me abraçou por trás, os olhos fixos no sol nascente. Não ousei me mexer. Ele sussurrou em meu ouvido:

– É melhor eu te abraçar. Nunca se sabe, vai que você desmaia de novo.

Sorri e prendi o fôlego. Senti o calor de sua respiração em meu rosto. Inspirei fundo, tentando controlar o fogo que ardia em meu interior e me virei lentamente, tentando identificar suas intenções em seu olhar. Seus lábios tocaram os meus e meu corpo, já em chamas, se incendiou.

Há muito tempo não me sentia assim. Aconcheguei-me em seus braços, aterrorizada por me sentir tão atraída por ele. Matteo me beijou mais uma vez, olhou em meus olhos e passou o braço ao meu redor. Voltamos juntos para a sala comunal. Shanti, encantado com nossa proximidade, não perdeu tempo:

— Algo a nos dizer, pombinhos?

Nós dois coramos diante dos olhares faceiros. Matteo me rodopiou e terminou o movimento com uma reverência. Logo todos nos aplaudiam. Ele se sentou ao meu lado e me entregou uma xícara de chá. O calor do fogão trazia até mim o aroma de torradas e mel. Miria nos trouxe algumas panquecas.

Enquanto devorávamos a primeira refeição do dia, confessei que estava arrependida:

— Tentei prestar atenção no exercício agora de manhã, mas não vi nenhum destino ou caminho.

— Eu também não estava muito investido — Matteo suspirou.

— Acho que reconheci uma floresta de pinheiros, mas nada específico o suficiente para nos orientar — disse Jason, coçando a cabeça.

— Tenho a sensação de que o lugar certo fica perto de Sinuwa — disse Shanti. — Não me pergunte por quê, não faço ideia.

Lembrei-me da placa de madeira que vira em meu sonho e contei para eles sobre "Tshong". Curiosos, Jason e Shanti se entreolharam. Nenhum deles parecia conhecer a palavra. Jason chamou um jovem tibetano, que trouxe consigo um mapa detalhado da região. O nome não lhe era estranho, mas não conseguia localizá-lo.

Examinamos o mapa ao redor dos dois lugares sobre os quais havíamos conversado na noite anterior, centímetro por centímetro. Nenhum nome soava como o sinal que fora enviado para mim. Ergui a cabeça e percebi que o jovem tibetano parecia estar perdido em seus pensamentos, com os olhos quase fechados. Sua testa estava franzida de concentração. Do nada, rompeu o silêncio, gritando vitorioso.

Ele descobrira o que "Tshong" queria dizer: significava "reunião" em um antigo dialeto tibetano. Os sherpas usavam esse termo para designar as reuniões que faziam, nas quais conversavam sobre suas últimas excursões, antes de partirem novamente. Há vários locais com esse símbolo na direção do monte Everest. O jovem tibetano ficou em silêncio e colocou as mãos no rosto, esfregou os olhos e depois continuou, ainda traduzido por Shanti. Ao lado de Sinuwa, um alojamento fora construído em homenagem a esses nômades.

Os homens se debruçaram sobre o mapa e o localizaram rapidamente. Estávamos a cerca de dois quilômetros de distância. Todos os olhares se voltaram na minha direção e dei um passo atrás. Jason, entusiasmado, sorriu para mim:

— Obrigado, Maelle, acho que desta vez estamos bem perto do nosso objetivo.

Cheia de dúvidas, virei-me para Matteo, que me olhava com seus grandes olhos castanhos. Ele pediu que eu fosse junto:

— Precisamos de você para implementar essa mudança.

Um pouco tonta, peguei meu casaco e o chá e saí para tomar um pouco de ar fresco. Matteo começou a me seguir, mas Shanti fez que não, sentindo minha necessidade de solidão. Sentei-me em uma pedra de frente para o sol. Não tinha certeza de onde estava: meu coração acelerado por esse homem que eu mal conhecia, a vida real me esperando na França. Encontrara o manuscrito para Romane. Era inconcebível participar de uma caça ao tesouro planejada por um bando de idealistas. Certo, esses sonhos eram mesmo estranhos. Tudo era. Eu não sabia o que fazer. Meus desejos se misturavam com meus medos. Precisava voltar, mas algo naquela aventura absurda me atraía. Eu já agira cegamente por amor. Lembrei-me de onde tudo isso me levara: a um esgotamento profissional que durara oito meses! Não havia como mudar de ideia: voltaria para Paris como combinado.

Shanti veio ao meu encontro e, antes que tentasse me convencer do contrário, eu disse:

— Pensei no assunto e decidi que preciso voltar.

— A decisão é sua.

Encarei-o, surpresa com sua aquiescência. Ele permaneceu em silêncio, seu olhar perdido no reino à nossa frente. Com as montanhas brilhando ao fundo, ele parecia estar vendo-o pela primeira vez.

— O que você faria em meu lugar?

— Como posso saber? Ninguém mais está em seu lugar.

— Você não está sendo muito útil. Não acredito em coincidências. Essas histórias me assustam. É preciso voltar para casa, preciso continuar a trabalhar.

— Qual é o problema, então?

— Sinto que algo está me impedindo de voltar.

— Algo ou alguém?

Eu sorri, nervosa.

— Matteo, é claro, mas não quero cometer os mesmos erros de novo. Tenho pavor de vivenciar outra história de amor.

— Matteo é de Milão e voltará para a Itália em alguns dias. Vocês moram perto um do outro. Não há nada que os impeça de se verem quando voltarem. Pense nisso com calma enquanto estiver longe dele, se não quiser se precipitar.

Tomei grandes goles de meu chá, já morno. Senti a bebida passando pela minha garganta fria até chegar em meu estômago. Olhei para Shanti:

— Fico triste por ter de desistir desse relacionamento hipotético. Sei que a razão me obriga a ir para casa, mas, ao mesmo tempo, uma voz dentro de mim está pedindo para que eu fique. Não sei como explicar!

Shanti se levantou, deu um tapinha no meu ombro e, com um tom satisfeito, disse:

— Aí está a sua resposta. — Ele voltou para dentro, deixando-me sozinha.

Que resposta? O que ele quis dizer?

— *Pare de negar seus desejos* — falou alguém.

Surpresa, dei um pulo. Virei-me: ninguém. Será que estava enlouquecendo? Mesmo assim, senti uma presença reconfortante e minha ansiedade se dissipou. No fundo, eu sabia: essa voz interior, sobre a qual Jason me falara no dia anterior, sempre esteve aqui comigo. Eu fugia dela por medo de ter de enfrentar as consequências de minhas próprias escolhas. Mas hoje eu queria ouvi-la, mesmo que parecesse irracional. Pela primeira vez, queria confiar nela. Uma força me impulsionava, era hora de tentar algo novo: eu tinha que seguir meu sonho.

Esses pensamentos me acalmaram. Shanti havia me ensinado a escutar o meu corpo. Parei por um momento a fim de ouvi-lo. Estava relaxado e eu me sentia aliviada. Tinha tomado a decisão certa.

Shanti aguardava meu retorno com Thim e Nishal, que estavam terminando de arrumar as bagagens.

— Pronto para continuar a aventura? — perguntei ao meu guia, que me abraçou. Foi a primeira vez que nos permitimos essa familiaridade.

— Mais do que nunca!

Eu o soltei e fui procurar os outros. Matteo estava arrumando suas coisas e Jason iria mais tarde com Goumar — por enquanto, ele precisava cuidar de uma garota tibetana. Sairíamos em quinze minutos. A caminhada até Tshong seria longa.

Sentia-me ansiosa outra vez. Meu rosto se contraiu, e de repente eu não tinha mais certeza de nada.

— Você tomou a decisão certa — Shanti me tranquilizou.

— Mas e se todas essas imagens forem apenas uma ilusão?

— Aproveite a jornada, não fique buscando resultados. A felicidade é um estado de espírito, não depende do que está por vir ou de fatores externos. Ela começa aqui e agora.

— Mas, Shanti, se não encontrarmos o tal homem sábio, todo esse esforço terá sido em vão.

— Depende de seus objetivos. Você está procurando encontrar essa pessoa ou ser feliz?

— Nesse caso, trata-se da mesma coisa. Estamos fazendo esse desvio a fim de encontrar um ensinamento específico. Ficarei feliz quando o encontrarmos, se ele existir.

— Esse é um problema recorrente em nosso mundo moderno, a necessidade de obtermos um resultado. Ter uma direção em mente é sempre útil, mas, ao nos concentrarmos na meta, nós nos esquecemos da jornada. Nossa obsessão em obter resultados nos leva ao medo de falhar. A insegurança nos faz sofrer até o último momento: ou atingimos nossa meta, definimos uma próxima e começamos a nos preocupar novamente, ou fracassamos e entramos em colapso, reforçando a ideia de que não servimos para nada. Assim, o conceito de objetivo se torna um trauma. O resultado é apenas um fato, um breve instante entre duas jornadas. Você acha que a felicidade depende de um momento assim tão curto?

— Não, mas... é difícil separar minhas ações e meus pensamentos da minha meta. Além disso, você me ensinou que, ao visualizarmos nossos desejos, eles se tornam realidade.

— Sim, é verdade. Para tanto, basta harmonizar suas ações, mas não deixe que pensamentos ruins cresçam no terreno fértil que é o medo. Você percebe que vive em constante temor das coisas que podem vir a acontecer? A felicidade reside em outro lugar. Ela está aberta a todas as possibilidades. E se alimenta da magia do presente, da perfeição do momento, do passo que dá em harmonia com a flor que desabrocha. Se deixar que seus medos a aprisionem no futuro, nunca será capaz de experimentar a felicidade. A meta é apenas um ponto de chegada, ela faz parte da jornada tanto quanto o ponto de partida, mas não é a jornada em si.

— Quer dizer que não importa se encontraremos esse homem sábio ou não?

— O que estou lhe explicando é que é inútil nos polarizarmos sobre o assunto. Nem você nem eu temos certeza de que vamos encontrá-lo. A melhor maneira de encontrá-lo é permanecer atenta ao que quer que aconteça. Mas, seja qual for o resultado, o objetivo é aproveitar cada segundo para que a jornada seja um sucesso. A felicidade não está no ponto de chegada, que nunca vai existir, mas no ponto de partida, que recomeça a cada passo que você dá.

Eu sorri, meu corpo se arrepiando de admiração. Shanti tinha razão, estava criando cenários hipotéticos e inventando meus próprios problemas: será que tomei a decisão certa? E se não encontrarmos esse homem sábio? E se Matteo não fosse a pessoa para mim? E se, e se, e se...? Ora, aproveitemos o momento! Senti-me aliviada e comentei:

— No final das contas, é bem simples, basta deixar de lado a pressão em torno do resultado e parar de focar nele.

— E parar de mudá-lo o tempo todo. Se considerar que sua meta é ser feliz, então entenda que cada segundo é o resultado. Não há diferença entre sua jornada e sua meta.

— Esperto! O resultado faz parte da jornada.

— Sim. O fato de encontrar ou não esse homem não pode afetar seu estado de bem-estar. Sua felicidade está enraizada em você desde o ponto de partida. Lembre-se disso, esse é o único segredo.

Shanti tinha um jeito todo especial de me fazer entender minhas próprias responsabilidades. Percebi que nada poderia afetar meu bem-estar desde que não deixasse que meus pensamentos o poluíssem.

Tudo o que eu precisava fazer era tomar uma decisão e então agir de acordo. Ansiava viver sem esse medo. Pouco importava se iríamos encontrar alguém no fim da jornada ou se Matteo era o homem da minha vida. Eu queria ser feliz, desejava aproveitar esses momentos sem pensar no resultado. Saborear cada segundo no prazer do aqui e do agora, na descoberta de mim mesma, sem depender da aprovação dos outros ou do medo de falhar em algo. Eu queria ir até Tshong e ver o que estava acontecendo. Decidi ir porque meu coração estava me dizendo para ir, eu queria seguir nessa jornada, viver essa experiência de confiar na vida.

Saí correndo para buscar minhas coisas e depois encontrei-me com o resto do grupo na entrada da pequena praça. Olhei para Matteo por um bom tempo, depois dei um longo abraço em Jason e Goumar, agradecendo-lhes.

Intuição

*"A intuição é uma luz que
Deus nos empresta."*

Anne Barratin

Ao descermos o longo caminho na encosta da montanha, o cenário era de tirar o fôlego: nuvens baixas encobriam os arcos e os desfiladeiros do vale aos nossos pés. O olhar de Shanti estava perdido no horizonte. Ele apontou para Sinuwa, nosso objetivo.

Cerrei os olhos a fim de ver a diminuta vila, que parecia incansável. Shanti ajustou as alças de sua mochila e respirou fundo, como se estivesse tentando inspirar o universo inteiro. Ele sorriu para dois pardais-de-garganta-amarela e empurrou um galho de árvore que lhe cutucava a orelha. Sua energia era contagiante, e eu queria experimentar essa jornada que ele me oferecia. Olhei para Matteo, sua presença me fazia sentir bem e sua atenção me comovia. Senti meu coração bater no mesmo ritmo que o dele. Nishal e Thim caminhavam à nossa frente. Suas palavras flutuavam até mim, pontuadas por risadas, o esforço físico parecia não incomodá-los. Da minha parte, desfrutava dessa bela energia.

Próximo à longa ponte suspensa, Shanti me deu uma piscadela e começou a atravessá-la. Segui-o sem hesitar. Meu medo, antes instintivo, desaparecera à luz de minha nova consciência. Apesar dos movimentos dos outros atrás de mim, que faziam a ponte balançar, deixei-me levar pelo ritmo dos passos. O que era impossível há uma semana agora fazia parte do meu cotidiano.

Shanti sorriu quando cheguei ao outro lado. Quando os outros nos alcançaram, continuamos por um caminho que descia suavemente pela montanha. Matteo colocou as mãos em meus ombros. Ele queria saber tudo sobre mim, ou pelo menos tudo o que quisesse lhe contar.

— Que azar o seu, estou completamente perdida. Shanti me conscientizou de minha falta de direção. É difícil dizer quem eu sou hoje. Uma confusão!

— Bem-vinda ao mundo da transformação.

— Sim... ele promete! Na semana passada, tinha tantas certezas sobre a vida, mas uma a uma todas desapareceram. Como as coisas mudaram em pouco tempo, mal posso acreditar. O paradoxo é que, mesmo vulnerável, sinto-me mais forte.

— Você não tem certeza de nada, mas está se sentindo confiante?

— Exatamente! Não estou no controle, mas tenho a sensação de que as coisas estão começando a se encaixar. Continuo a me perguntar, mesmo agora enquanto conversamos, que tipo de força está me fazendo atravessar o Himalaia no meio desse caos todo a fim de encontrar alguém que provavelmente não existe. Mas continuo andando, mesmo que isso não faça sentido com o que acreditei nos últimos trinta e quatro anos de minha vida. É uma loucura!

Matteo ouviu em silêncio, como se entendesse que esse monólogo me permitiria fazer um balanço da minha vida na encruzilhada em que me encontrava. Ele me deixou continuar:

— Eu poderia listar todos os diplomas que tenho das melhores universidades, poderia me gabar do meu sucesso profissional, da minha condição social, do meu alto salário, mas essas são apenas as camadas externas do meu ser. Como minhas roupas de grife, que me servem de disfarce; ou o motor potente do meu carro, que me permite dirigir rápido; ou minha conta bancária, que me faz sentir como se as pessoas me respeitassem. Na verdade, eu não entendia que era incapaz de me dar o respeito que esperava dos outros. Estou me dando conta de que usava todas essas coisas como um escudo, porque tinha medo de revelar quem realmente sou. Eu sei, estou correndo o risco de te assustar, mas hoje sinto-me distante disso tudo, de toda essa superficialidade. Não tenho ideia do que está por vir, mas já sei o que deixarei para trás.

— Tudo isso numa semana?

– Sim! Incrível, não? Como eu estava cega...

– Está sendo dura consigo mesma. O seu passado a conduziu ao aqui e ao agora. Você ainda é a mesma pessoa, seu coração bate da mesma forma, está apenas expandindo sua visão. Todas essas coisas a prepararam para o que está por vir. Não sou vidente, mas sinto as mesmas coisas. Sinto essa transformação e estou pronto para ela. Estou abrindo mão do controle e confiando no universo. Estamos onde precisamos estar. Tudo o que precisamos fazer é escutar sem procurar, sem pensar no futuro, porque acho que não fazemos ideia da grandeza do espetáculo que nos espera.

Ele segurou minha mão. Caminhamos em silêncio enquanto absorvíamos a beleza da paisagem. Saboreava a vida ao meu redor, apreciando cada cena, cada som, cada cheiro e cada sentimento como se fosse a primeira vez. Meu coração, feliz, alimentava-se dessa energia. Nada mais me preocupava. A mão de Matteo me fazia sentir segura; além disso, sentia uma força me conduzindo por essa nova estrada.

– Meio-dia e meia – Thim anunciou ao olhar sua vara fincada no chão.

Shanti verificou o mapa e sugeriu que caminhássemos até a vila de Doban para o almoço; se mantivéssemos o mesmo ritmo, demoraríamos meia hora. No fim, levamos apenas vinte minutos para chegar lá.

Parando em frente a uma modesta construção, Shanti nos perguntou se todos estávamos de acordo em pedir *dal bhat* vegetariano para o almoço. Famintos, aceitamos com entusiasmo. Um homem anotou o pedido de bebidas e nos ofereceu uma mesa no jardim. Thim, deitado na grama, brincava com um gafanhoto. A varanda construída na encosta da montanha oferecia uma bela vista das plantações em terraço e dos campos de painço. Após nossa estadia no santuário encoberto de neve, os tons de verde da vegetação desta altitude chamavam a atenção.

No meio do jardim, um balanço improvisado trouxe à tona minha criança interior. Sentei-me na corda e balancei-me para a frente e para trás, olhando o horizonte. Nishal pegou uma cadeira de plástico verde-escuro e sentou-se ao lado de Shanti ao redor de uma mesa de madeira, de frente para o vale. Ele enrolava um cigarro enquanto conversava com seu amigo. Juntei-me a Matteo quando ele se deitou na grama, descansando minha cabeça em seu peito. Ele me abraçou com carinho. O tempo parecia suspenso. Ou talvez meus pensamentos tivessem entrado em estado de espera. Estava no aqui e no agora, e nada mais parecia existir além das imagens diante de mim, da alegria que fluía em meu coração, da suavidade solar que nos aquecia e da força das montanhas que nos preenchia.

Meu estômago roncou tão alto que todos ouviram e começaram a rir. Segurando minha barriga, senti meu rosto queimar de vergonha. Até mesmo o cozinheiro parecia ter escutado, apressando-se em nos trazer o almoço. Nishal e Thim começaram a se encaminhar para a cozinha. Eu os parei e os convidei para comer conosco. Nishal recusou por educação. Insisti. Ele olhou para Shanti, esperando aprovação. Ousado, Thim disse que adoraria, mas que nunca aprendera a comer com um garfo.

– E eu nunca aprendi a comer com as mãos. Você poderia me ensinar? – perguntei, tocada por sua sinceridade.

Thim olhou para mim, surpreso:

– É fácil, eu lhe ensinarei.

Shanti se curvou para Nishal e indicou que se juntasse a nós. Matteo também se ofereceu para aprender a comer sem talheres. Depois de lavarmos as mãos sob a água gelada de uma pia improvisada, Thim começou sua aula. Levando o papel de professor a sério, ele corrigia cuidadosamente nossa falta de jeito. Com destreza, formou pequenas bolas de arroz, mergulhou-as nas lentilhas quentes e, em seguida, levou-as com precisão à boca. Nishal e Shanti também dominavam a técnica. Matteo e eu realmente tentamos, mas o resultado foi um pouco desastroso, o que os fez rir. Nosso professor, concentrado em nossos movimentos, incentivava-nos, olhando para os outros dois e pedindo silêncio com a mão.

A cena parecia atemporal, e Thim tinha os conhecimentos de uma verdade esquecida. Era um exemplo de paciência e generosidade. Ele cuidava de nós, fazendo questão de atender às minhas necessidades a ponto de se esquecer da própria refeição. Apesar de às vezes queimar os dedos com o calor da comida, dediquei-me, tentando ser precisa para não decepcioná-lo, e comi até o último grão de arroz. Matteo também terminou seu prato, em um comovente ato de agradecimento. O sorriso de Thim deixava claro que interpretara nossos esforços como um grande sucesso. Agradeci a ele pelo presente que acabara de nos dar: ensinar-nos a ser nós mesmos. O que parecia natural para ele era, na realidade, uma qualidade muito rara. Isso me comovia.

Antes de Matteo me levar para tirar um cochilo sob o sol, fui ao lavabo limpar minhas roupas, aparentemente haviam desfrutado do almoço tanto quanto eu! Adormeci em seus braços. Ele me acordou meia hora depois com um beijo na testa e sussurrou em meu ouvido que tínhamos que ir. Nishal e Shanti mostraram o caminho marcado no mapa para o homem da casa, que acrescentou algumas informações e nos ofereceu o endereço de uma senhora idosa a duas horas de caminhada, nos arredores de Tshong.

A vida voltava ao normal nessa altitude. Os campos de painço ondulavam ao vento. Nossa respiração, fluida, tornava o esforço físico mais ameno. Mais abaixo na montanha, o riso de crianças atraiu nossa curiosidade. No portão da escola, uma ovelha estava sendo acariciada por algumas crianças, que lhe davam toda a atenção. Jovens estudantes em uniformes azul-marinho faziam a festa com o pequeno animal, que saltava de alegria. Shanti sorria, fascinado com a situação, e Thim encorajava o animal ao pular para cima e para baixo, dando gritos abafados de alegria.

Como pude me esquecer do essencial? Como pude me deixar dominar pela superficialidade e aceitar camadas e mais camadas de coisas inúteis? Meus olhos se encheram de lágrimas.

— Não se julgue — Shanti disse, colocando a mão em meu braço.

— Como pude me desviar tanto do caminho?

— Você não se desviou, estava apenas procurando no lugar errado.

— O que acontece para que percamos o rumo e nos tornemos o que a sociedade determinou que nos tornássemos?

— Achamos que crescer significa intelectualizar o mundo ao nosso redor. Nos esquecemos de viver. A criança experimenta, ela não intelectualiza. O que faria se deixasse sua criança interior se manifestar?

Sem esperar pela minha resposta, Matteo me puxou pela mão:

— Correríamos para brincar com aquela ovelhinha, porque a única coisa que nos torna felizes é compartilhar um momento de amor!

Ele me conduziu até as crianças e, com a outra mão, puxou Thim, que abandonou sua bagagem para vir conosco. Juntamo-nos à brincadeira, o que as animou mais ainda. Brincamos como elas, no meio delas, deixando nossas crianças interiores agirem com espontaneidade, encontrando assim uma alegria intensa e familiar.

A ovelha, travessa, escapou de Matteo, que conseguira segurá-la por um breve momento. Ele caiu no chão com uma dúzia de crianças sobre ele. Eu abraçava duas menininhas. Nossas risadas evaporavam pelo ar. Não se tratava mais de sorrisos, mas de gargalhadas profundas: uma emoção crua em que a racionalização não mais existia, em que o pensamento dava lugar ao inato, em que o medo desaparecia, substituído pela expressão do amor ao nosso redor. Um diamante bruto, um momento único.

Levantamo-nos com dificuldade. Joguei-me nos braços de Matteo:
– Você é louco, mas eu gosto da sua loucura – disse, beijando-o.

Thim deu um tapinha na mão do meu belo italiano e passou os braços ao redor de meus ombros. Segurando os dois homens pela cintura, voltamos para perto de nossa equipe. Empoeirados e felizes, sentíamo-nos como bons amigos.

Ao passarmos por uma floresta de pinheiros, um macaco nos cumprimentou jogando os restos de seu almoço em nossas cabeças.

Após uma hora de caminhada, avistamos a placa com a palavra "Tshong" à nossa frente. Meu coração começou a bater forte. Era exatamente como em meu sonho. Senti meu rosto enrubescer. Os homens se voltaram para mim:
– Podemos continuar nesta direção e encontrar o endereço que nosso anfitrião nos deu na hora do almoço – Shanti sugeriu, apontando para um caminho sinuoso.

O caminho, que serpenteava pela encosta, nos levou a um belvedere deserto. O lugar nos proporcionava uma vista impressionante do vale. Mais abaixo, uma dúzia de famílias reunidas confirmava a existência do vilarejo que procurávamos. Shanti desceu primeiro e no caminho pediu informação a um carregador, que apontou para uma casa mais abaixo. Embora o sol ainda estivesse a pino, o vilarejo permanecia na sombra.

Ao chegarmos ao nosso destino, passamos por uma senhora idosa, Gu-Lang, que me encarou por um longo tempo. Seu olhar, sábio e profundo, me impressionou por sua intensidade. Shanti me informou que seu nome significava "protetora de mães e filhos".

Gu-Lang deu atenção a cada um dos nepaleses e depois se voltou para Matteo e para mim. Segurou nossas mãos nas suas e, inclinando-se sobre elas, fez uma oração. Em seguida, ergueu a cabeça e sorriu para nós. Parecia capaz de ler nosso coração! Ela abriu a pequena porta de madeira e nos convidou a entrar. Mesmo com um andar vacilante, apoiada por uma bengala, movia-se com um passo determinado.

O interior da casa era escuro, apenas duas janelas estreitas permitiam a entrada de luz. O piso de terra batida contribuía para o breu do ambiente. Dava para encostar a cabeça nas vigas baixas do teto. Nos fundos, uma pilha de panelas e um fogão a lenha alimentado por um pedaço de madeira de abeto demarcavam a cozinha. Gu-Lang, mancando, nos acompanhou até a escada do lado esquerdo da cozinha. Ela nos ofereceu um lugar para colocarmos a bagagem e nos acomodarmos. O andar superior era um cômodo aberto, do mesmo tamanho do de baixo, e fora organizado para acomodar cerca de dez pessoas. Esteiras dispostas no chão serviam como camas.

Shanti, constrangido com a situação, coçou a cabeça e perguntou se eu queria que ele procurasse outro lugar para passar a noite. Apesar da simplicidade, uma aura de generosidade me tranquilizava. Sentia-me à vontade ali.

– Não se preocupe, estou gostando da experiência. Lembro que, ao chegar a Katmandu, entrei em pânico ao ver o hotel de Maya... Mal sabia o que me aguardava pelo caminho, nem que acabaria gostando de tudo isso!

Coloquei minha bolsa em uma das esteiras sob uma pequena claraboia. Com um movimento de cabeça, indiquei a Matteo que se instalasse na esteira ao meu lado. Ele não hesitou. Shanti colocou suas coisas no lado oposto ao nosso, junto com as bagagens de sua equipe. Thim estava feliz com a oportunidade de dormirmos todos juntos. Nishal o acalmou com um olhar. A atitude e a ingenuidade de Thim me comoviam.

Depois de nos acomodarmos, Matteo sugeriu que passeássemos pelo vilarejo, mas preferi descansar. Depois de se certificarem de que eu estava confortável, eles se foram. Cochilei por um tempo.

A sobrinha de Gu-Lang, Thi Bah, interrompeu meu cochilo ao oferecer algo para beber do andar de baixo. Olhei para o relógio e vi que tinha dormido uma boa hora. Aceitei de bom grado e perguntei sobre meus companheiros. Eles ainda não tinham retornado. A jovem riu e disse que os homens locais gostavam de ir ao bar para seduzir as moças. Um sentimento de ciúme tomou conta de mim. Ao sair, Matteo dissera que voltaria em meia hora. Fiquei irritada.

Gu-Lang sentou-se em um tronco e me encarou. Tentei sorrir para ela, mas seu rosto permaneceu concentrado. Ela me disse algo em tibetano. Virei-me para sua sobrinha, que traduziu suas palavras:

– Minha tia disse que ele está esperando por você.

– Quem? Matteo?

– Não, o homem que você veio encontrar – respondeu ela, levantando a voz.

A jovem interpretava as frases, modulando seu tom de voz.

– Como sabe disso?

– Porque você veio até mim durante a noite.

Esses sonhos me assustavam, eu não sabia o que dizer. Ela continuou:

– O invisível existe num mundo que escapa à visão, mas, às vezes, ele adquire forma. Você seguiu sua intuição, seu instinto. Uma força excepcional a está conduzindo ao seu chamado.

– Sinto-me como se estivesse perseguindo um fantasma nos últimos dois dias.

– Não um fantasma, mas outro modo de comunicação. Não tenho o conhecimento necessário para explicar e, de qualquer modo, não sei se palavras seriam suficientes. Mas posso senti-lo, assim como você, assim como todo mundo.

Essa conversa estava me deixando inquieta e cheia de dúvidas. Minhas mãos seguravam a xícara com força, aquecendo todo o meu corpo.

Ela continuou em voz baixa:

– Você precisa encontrá-lo, ele está esperando por você, é importante.

– Você o conhece? Ele lhe falou sobre mim?

– Não, mas me mostrou o caminho em meus sonhos. Minha sobrinha vai levá-la, é perto daqui.

— Com o que você sonhou? O que ele tem a me dizer?

— Não sei o que ele quer de você, sou apenas uma intermediária, minha função é guiá-la.

— Tudo isso é ridículo!

— Talvez. Mas você já está aqui. Não quer saber o que ele tem a lhe dizer?

Ela pediu que sua sobrinha me acompanhasse. Hesitei. Seria mais prudente esperar que os outros voltassem. Bem, quanto aos outros... eles se divertiam sem mim. Impulsionada por uma raiva repentina, decidi seguir Thi Bah de acordo com as instruções de sua tia.

Inquieta, caminhei remoendo meu ciúme. Estava furiosa com Matteo, mas também com Shanti. Como puderam me abandonar assim do nada? Uma mulher qualquer fora suficiente para que se esquecessem de mim! Não sabia o que tinha me dado para abandonar toda a minha vida. Viera apenas buscar um manuscrito, mas acabei me encontrando presa, sem sinal, no meio do Himalaia, longe de tudo. Percebi o tamanho de minha imprudência! Como minha empresa, meus colegas e meus funcionários se recuperariam de tamanha irresponsabilidade?

No vilarejo, o cheiro de comida se misturava com o cheiro da fumaça que saía das chaminés. Procurei por Matteo, olhando furtivamente para os chalés com telhado de palha pelos quais passamos. Nada. Seguimos um caminho lateral à direita, em meio a uma densa vegetação de arbustos frondosos. Abrimos caminho em meio aos galhos e atravessamos pequenos riachos. Enquanto subíamos a montanha, a noite começou a cair e eu tinha cada vez menos certeza de minhas ações. Minhas pernas, já cansadas do longo dia de caminhada, reclamavam.

Thi Bah parou em uma encruzilhada. Sua hesitação me deu a entender que estávamos perdidas. As quatro estradas que se abriam diante de nós pareciam iguais, era impossível fazer uma escolha. A ausência de sinalização deixava claro o que precisávamos fazer:

— Precisamos voltar, já está escurecendo e o frio está ficando insuportável. Tentaremos de novo amanhã – sugeri.

Dei meia-volta e comecei a voltar. Thi Bah segurou minha mão, oferecendo-se para pedir ajuda. Dei uma risada nervosa.

— Ah sim, claro, vamos pedir ajuda! A quem? Aos universitários? – perguntei, pingando sarcasmo. – Quem me dera fosse tão fácil assim!

Ela olhou para mim, sem entender uma única palavra.

— Não vimos ninguém desde que partimos e sequer podemos ligar para alguém. Para quem você acha que podemos pedir ajuda? Sejamos razoáveis, precisamos voltar – insisti, puxando-a pela manga. Ela resistiu.

— Nós podemos escolher o caminho certo, você só precisa se concentrar – rebateu, olhando-me nos olhos.

— Concentrar-me? Em quê?

— Na encruzilhada à nossa frente. Fechemos os olhos e esperemos em silêncio por um minuto, perguntando-nos qual caminho nos levará ao nosso objetivo.

Seu tom firme não me deu escolha. Em silêncio, Thi Bah respirou fundo e ergueu a cabeça para o céu, alongando sua coluna. Que loucura, estavam todos arrebatados pela mesma baboseira! Pior ainda, isso era contagioso. Parte de mim parecia estar sob um feitiço. Afinal de contas, ainda sentia uma força especial ao nosso redor. Olhei para Thi Bah por um momento e depois fechei os olhos. Concentrei-me nos três caminhos à nossa frente, mesmo que o mais responsável fosse pegar o quarto, atrás de nós. Tentei sentir algo que pudesse servir de guia. Nada.

Um bater de asas interrompeu nossa experiência. Surpresas, olhamos para cima. Vinda da direção das árvores, uma águia sobrevoava o caminho à esquerda. Voando baixo, ela percorreu o caminho e depois pousou em uma pedra. A águia se voltou para nós e levantou voo em seguida.

Fascinada com o que acabara de acontecer, eu não sabia o que dizer. Thi Bah tomou o ocorrido como evidência:

— Por aqui, então!

Caminhamos lado a lado, observando a distante silhueta do pássaro no horizonte. O caminho, agora uma subida íngreme, estreitava-se. Mal podíamos vê-lo através do matagal que grudava em nossas roupas. Não parecia ser um caminho que as pessoas costumavam percorrer. Nós provavelmente havíamos nos enganado.

Após outra curva fechada, Thi Bah começou a farejar como um animal, levantando o rosto:

– Está sentindo o cheiro de alguma coisa?

Ergui o rosto, imitando-a.

– Não. É cheiro de quê?

– De lenha, há uma casa por perto.

Ela retomou a caminhada, acelerando o passo. A poucos metros de nós, vimos uma casa pequena e isolada. O vento fresco trazia consigo um forte cheiro de lenha. Meu coração começou a bater mais forte. Thi Bah bateu à porta com a aldrava de madeira.

– Chegamos – disse ela, radiante.

Eu ainda tinha minhas dúvidas.

Coquetel mágico

*"Muitas vezes, o menor obstáculo é
capaz de embaçar nossa visão."*

Tenzin Gyatso, 14º Dalai Lama

Trêmula, eu estava prestes a bater na porta novamente quando uma senhora idosa a abriu.

Ela não aparentava surpresa. Seu rosto se assemelhava ao das pessoas do leste asiático, provavelmente era chinesa ou japonesa. Suas vestes confirmavam o meu palpite. Trajava um haori de lã vermelho ornamentado por flores amarelas sobre um quimono de linho cinza amarrado com um obi laranja, uma espécie de faixa larga. Ela nos convidou a entrar.

A casa, estreita, era aquecida uniformemente por um fogão a lenha. Com os lábios dormentes de frio, apresentei a mim e a minha companheira, explicando por que viéramos. Ela me interrompeu, proclamando em um inglês truncado:

— Meu marido está esperando por você.

A mulher esfregou minhas costas e minhas mãos, entregando-me uma tisana. Depois fez o mesmo com Thi Bah, sentando-a em uma cadeira perto da parede, ao lado do fogão.

A anfitriã me convidou para segui-la até o quarto ao lado, apenas um pouco maior do que o anterior. Com dificuldade, um senhor idoso se levantou da poltrona em que estava sentado.

— Boa noite, Maelle, você encontrou o caminho, não é mesmo?

Fui tomada pelo medo.

– Como sabe meu nome? Quem é você? Como tem se comunicado comigo? O que quer de mim? Por que está fazendo tudo isso?

Minha voz se elevava a cada pergunta. Esse interrogatório frenético revelava minha angústia. Eu mal conseguia permanecer em pé.

O homem segurou minha mão e, com a outra, limpou a poeira de uma poltrona, convidando-me a sentar. Ele me deu um sorriso simpático, recostou-se em sua poltrona, tirou uma lata de tabaco de uma gaveta e começou a encher seu cachimbo. Então me observou por um momento, esperando que me acalmasse antes de responder às minhas questões:

– Como sei o seu nome? Eu a ouvi entrar e se apresentar à minha esposa. Quem sou eu? Sem querer ser reducionista... – Ele refletiu, olhando para o teto. – Eu apenas sou... nada mal, não é mesmo?

Meus olhos saltaram das órbitas. Ansiosa, ouvia sem interrompê-lo. Logo percebi que o homem tinha o hábito de pontuar suas frases com um "não é mesmo", seguido de uma piscadela nervosa.

– O que eu quero de você? Bom, você veio até aqui para obter uma resposta. Então, qual é a sua pergunta?

– O que você quer dizer com isso? Usou alguns truques baratos a fim de se comunicar comigo e, agora que estou aqui, me pergunta o que quero? Eu nunca o vi, nem sei quem você é. Que loucura é essa? – Eu me levantei. – Chega de perder tempo.

Meu medo transformara-se em raiva. Pensei no manuscrito que havia vindo buscar para Romane. Será que todos esses truques eram apenas uma distração para que pudesse roubá-lo de mim? Segurei a mochila em meus braços. Estava prestes a sair da sala quando ele disse, em um tom seco:

– Acalme-se! Sente-se, assim será mais fácil encaixarmos todas as peças, não é mesmo?

Sua voz se suavizou e ele reabriu os olhos. Passou a mão esquerda sobre o rosto e acariciou o longo cavanhaque que se estendia desde o queixo.

– Vamos começar do início. Meu nome é Chikaro. Vivi no Japão, próximo ao monte Fuji. Dediquei minha vida à pesquisa científica. Há três meses, descobri que meu bisavô nasceu no Nepal, num vilarejo aqui perto. Decidi passar um tempo por aqui. Há sete dias, sonhei que dois ocidentais batiam à minha porta, é por isso que eu a esperava. E aqui está você, não é?

— Dois ocidentais?

— Sim, um homem e uma mulher.

— Estou viajando com um amigo que teve o mesmo sonho que eu.

— Então nós três temos coisas para conversar. Onde ele está?

Revirei os olhos.

— Aparentemente, ele prefere sair para se divertir.

— Bem... já que estamos os dois aqui, deixe-me repetir minha pergunta. Como posso ajudá-la hoje?

Chikaro parecia sincero. Sua atitude me acalmava.

— Não sei. Nada faz sentido nos últimos dias.

Contei a ele o que vivera, falei sobre as prioridades que Shanti me fizera repensar e os novos conceitos que aprendera, sobre estar em harmonia com o corpo, sobre encontrar Jason e depois Matteo, que tudo isso parecia reafirmar essa nova direção que meus pensamentos tomavam, e enfim sobre minha desilusão. Desesperada, concluí:

— Estou perdida.

Chikaro estava ocupado tentando acender seu cachimbo na chama fraca de um isqueiro. Após um momento, ele disse:

— Isso quer dizer que você está no caminho certo. O caminho para a felicidade. É isso o que você quer, não é mesmo?

— Todos nós queremos a felicidade!

— Não, nem todos. Muitos a desejam, mas poucos se esforçam para encontrá-la. Ela só é acessível àqueles que a vivenciam.

— Minha felicidade costumava ser um emprego estável que me permitia satisfazer meus desejos materiais. No entanto, nos últimos dias, descobri que a realidade era bem diferente. Senti novas emoções. Aprendi que a intenção era suficiente para realizar nossos sonhos. Mas, no fim, parece que ainda sou uma vítima de minhas próprias ilusões. O homem por quem acho que me apaixonei não está apaixonado por mim, ele preferiu passar a noite tomando cerveja com os amigos ou sabe-se lá quem. Claro que a culpa é minha, não é como se ele tivesse me prometido alguma coisa.

Chikaro pensou por um momento, soltando uma baforada de fumaça.

– Você sabe por que tantos relacionamentos que começam tão fortes terminam tão mal?

Dei de ombros.

– Porque esperamos que as pessoas atendam às nossas necessidades, não é mesmo? Se não tomarmos conta disso nós mesmos, acabaremos projetando essas expectativas na pessoa amada, idealizando-a. Elas se tornam responsáveis por responder e alimentar nossas disfunções. Esses relacionamentos são entre pessoas mutuamente dependentes e costumam terminar em desastre quando a magia acaba.

– Mas atração não se explica. Nós nos apaixonamos por alguém e a atração faz parte do processo, não podemos controlá-la.

– Não é bem assim. Nossa educação, nossos primeiros amores, as pessoas com quem namoramos e nossa história pessoal, tudo isso influencia a imagem que criamos da pessoa ideal. Por exemplo, o amor à primeira vista acontece quando nos apaixonamos por uma pessoa desconhecida cuja aparência física corresponde a esse ideal. Apesar da impressão de que o coração controla tudo, o cérebro é a verdadeira sede de nossos prazeres. O sentimento elétrico que sentimos percorrer nosso corpo ao nos apaixonarmos nada mais é do que uma cadeia de reações químicas e biológicas que experimentamos através de nossos cinco sentidos. O cérebro é virado do avesso, e isso provoca a descarga de neurotransmissores e, em seguida, de hormônios, não é mesmo?

Por causa de seus tiques, seu forte sotaque asiático e o assunto sobre o qual eu não sabia quase nada, era quase impossível acompanhar sua linha de raciocínio. Chikaro tentava pronunciar cada palavra com clareza a fim de prender minha atenção.

– O que acontece com nossos sentidos quando nos apaixonamos? O nervo óptico transmite o que vemos ao córtex, desencadeando assim vários sintomas, como palpitações e vermelhidão. Perdemos coerência, gaguejamos. Os feromônios emitidos pelo objeto de nosso desejo entram pelo nariz e ativam nossos neurônios olfativos, chegando ao cérebro emocional. O cheiro permeia, não é mesmo?

Assenti com a cabeça, concentrando-me em suas palavras.

– As ondas vocais fazem com que nossos tímpanos vibrem. Elas nos seduzem, nos excitam. Esses primeiros contatos transmitem uma corrente elétrica para as terminações nervosas que, por sua vez, viajam pela medula espinhal até o córtex, liberando endorfinas, os neurotransmissores do prazer. Quando nos apaixonamos, doze regiões do cérebro se ativam a fim de liberar essas moléculas químicas responsáveis pela euforia. É como se fosse um coquetel mágico, semelhante a drogas como a heroína ou o ópio. É por isso que nos sentimos como se estivéssemos "criando asas".

— Como assim, um coquetel mágico?

— Trata-se de uma produção excessiva de hormônios que estimulam a atividade cerebral e reduzem o sono e a fome, ou de dopamina, que resulta em hiperatividade e inebriamento. Mas também a feniletilamina, que causa euforia; o fator de crescimento nervoso, que é uma proteína produzida em excesso no início de um relacionamento e que dura, na melhor das hipóteses, apenas um ano; ou até mesmo a luliberina, o hormônio do desejo, não é mesmo?

— Uau! Desconheço todas essas substâncias, mas estou começando a entender por que me sentia tão feliz.

— O cérebro recebe sinais positivos e amplificados do objeto de nossos desejos. Ignoramos seus defeitos e os substituímos por esse ideal radiante que nos atrai. A pessoa amada se torna o centro do mundo.

— Sim, é isso mesmo. Estava deliberadamente cega.

— O ato sexual e o prazer reforçam a liberação de hormônios. O estado de bem-estar atinge então o seu auge, anestesiando temporariamente todos os males psicológicos ou físicos e fazendo com que queiramos repetir o ato, não é mesmo?

Sobre isso eu não podia opinar, não tivera tempo de ter essas experiências com Matteo...

— Mas o cérebro acaba se acostumando com essas descargas hormonais. Os receptores em nossos neurônios perdem a sensibilidade. Quando o efeito do coquetel mágico do amor passa, entre seis meses e três anos, o verdadeiro eu da pessoa amada emerge. A paixão do amor à primeira vista passa, e o período de amor ponderado e sincero chega.

— Ou isso ou o término do relacionamento, para aqueles que não se adaptam à nova realidade.

— Justo. As frustrações e a decepção falam mais alto, não é mesmo?

— Quanto romantismo! Prefiro continuar acreditando em almas gêmeas.

— O amor floresce ao trabalharmos em nós mesmos, ao aceitarmos quem somos, quem é o outro e ao entendermos a noção de apoio mútuo. Enquanto sentir medo, não conseguirá amar. Você alimentará a raiva e continuará prisioneira do seu ego, que a impede de valorizar alguém.

Chikaro levantou-se, abriu a gaveta de uma cômoda de madeira laqueada, tirou uma caixa de fósforos e acendeu o pavio de uma vela, que colocou sobre uma mesinha ao lado da escrivaninha. O halo de luz criou uma bolha de intimidade na escuridão da sala.

— Mas como posso fazer isso? Estou condenada a viver sozinha? Sinto medo e raiva. Não consigo me livrar desse meu ego. Será que nunca encontrarei o amor verdadeiro?

— Não precisa procurá-lo, ele está em toda parte. Você não o vê, mas ele está sempre em você. Ele corrige a imperfeição. Afinal, o amor é o único estado real de existência e nada poderia existir sem ele, não é mesmo?

— Como podemos ver o invisível?

— Antes de vê-lo, sinta-o. Para se sentir amada, é essencial amar a si mesma. Para oferecer algo, é preciso que esse algo lhe pertença. Você não pode compartilhar aquilo que não é, não é mesmo? Não pode receber o que vibra em outro ritmo. Para vivenciar o amor, é necessário se livrar do que a impede de se expressar, ou seja, das emoções negativas. Para vivenciar o amor, é preciso entendê-lo. Para alguns, o amor é uma atração tão forte que as duas pessoas envolvidas só conseguem pensar nelas mesmas.

— É exatamente isso. Eu só consigo pensar nele.

— Ao agir assim, você experimenta uma versão limitada do amor, o que lhe condena à instabilidade. Ao possuir o objeto de seu desejo, você procura atender às suas necessidades e se esquecer da solidão. E então a lua de mel acaba. Quando essa pessoa não atende mais às suas expectativas, seus sentimentos se transformam em ódio. Seu afeto se transforma em recompensa ou punição. O amor não tem nada a ver com isso. Ele é incondicional. Somente quando você curar suas próprias feridas, será capaz de oferecer e compartilhar o seu eu interior. Pensar que algo que lhe é exterior a fará feliz é uma ilusão. Você será feliz porque essa felicidade virá de dentro para fora.

— Como posso encontrar a felicidade interna?

– O amor está em toda parte. Em tudo, em todos os seres e em cada um de nós. Sentimos medo porque ignoramos esse fato. As incertezas tomam conta e nos sentimos sob ataque. No entanto, por bilhões de anos, a Terra tem evoluído no universo sem colidir com outros planetas. Como se explica o fato de termos sobrevivido durante todo esse tempo? Uma inteligência organizada nos protege. A sua forma de pensar começará a mudar quando você entender que, apesar de todas as ameaças ao nosso redor, os seres vivos continuam a prosperar. Ao aceitarmos que somos parte de um todo e que tudo ao nosso redor faz parte dessa perfeição, perceberemos que estamos totalmente seguros e que somos profundamente amados, não é mesmo? Não temos nada com que nos preocupar.

Chikaro me convidou a olhar para a vela.

– Sinta a pequena chama que tremula em nosso interior e nos concentremos na chama dos outros.

– O passado me ensinou a ficar atenta para não cometer os mesmos erros.

– Vou lhe dar três dicas que me ajudaram a mudar a maneira como vejo meus relacionamentos. A primeira é que você nunca é vítima do mundo; para alcançar a paz interior, é preciso enxergar as coisas como bondade e não como ameaça. De suas experiências passadas, guarde apenas o amor. O resto é inútil e só lhe confundirá a mente. O passado usa o medo a fim de alterar a realidade.

– Eu sei, já ouvi isso tudo antes. Temos a opção de olhar para o mundo com amor ou com medo.

– Exatamente, mas em ambos os casos somos os atores, e nunca os oprimidos, não é mesmo?

– Também aprendi que o medo não existe.

– Sim, de fato, e é por isso que toda vez que começo a me vitimizar, digo a mim mesmo que apenas a minha visão e os meus pensamentos repletos de amor são reais. Nada além é real.

– Você acha que estou me vitimizando em relação ao Matteo?

– Com certeza. É por isso que julga ter motivos para estar com raiva dele.

– Mas cá entre nós, o comportamento dele é no mínimo decepcionante. Ele me trocou pelo primeiro par de pernas que viu!

– Você tem certeza?

– Bem, suponho que sim – respondi, desesperada, como se tivesse evidências.

– Isso nos leva à segunda dica: pare de fazer suposições! Ao me dar conta de que passava o tempo todo interpretando tudo o que as pessoas ao meu redor faziam ou pensavam, percebi o quanto desperdiçava minha energia. Acreditava que minhas suposições equivaliam à realidade, o que me levava a criar problemas inexistentes. Essa atitude me fazia ressentir os protagonistas desses cenários imaginários, e eu preferia falar mal deles do que esclarecer a situação. Viu Matteo com alguma mulher esta noite?

– Não, mas ouvi dizer que algumas têm a reputação de entreter os homens do vilarejo.

– Logo, apenas uma suposição, não é mesmo? Pare de criar cenários em sua mente, espere pela verdade. A mente humana é fascinante: é mais fácil justificar nossa infelicidade ao acusar o outro do que reconhecer a incerteza.

Olhei para baixo.

– O que podemos fazer para mudar esse comportamento?

– Esta é a terceira dica. Eu me livrei dessa necessidade de justificar quando parei de julgar tudo o que acontecia. Costumava passar meu tempo a julgar: isto é bom, aquilo é ruim. Também julgava os outros, suas qualidades, seus defeitos. Criticava o que me incomodava ou me frustrava. Se quisermos encontrar o estado de bem-estar, é essencial olhar para o mundo com bondade e nos livrar dos julgamentos, não é mesmo? É a única maneira de superar essa necessidade de estarmos certos o tempo todo.

Coloquei a cabeça entre as mãos e massageei as têmporas. Não julgar nada nem ninguém parecia impossível.

– É preciso vigilância constante. Assim que perceber que está julgando algo ou alguém, substitua esse pensamento por algo gentil. Ao sentir que alguém está sendo agressivo com você, reconheça a angústia dessa pessoa e não a ataque, apenas tranquilize-a com pensamentos amorosos. Nossa natureza mais profunda é amar uns aos outros, não é mesmo?

A chama que ardia no pavio da vela começou a tremeluzir e a crepitar em uma dança reluzente.

– Ora, ora, ora – Chikaro disse, surpreso. – Logo mais teremos visita.

Com ar divertido, ele inclinou a cabeça e passou os dedos nos cantos da boca. Espantada, fitei-o e concentrei minha atenção no quarto ao lado, tentando ouvir algo. Nada.

Ele permaneceu em silêncio por um momento e depois continuou:

– Certa vez, Shunryu Suzuki, um dos mestres zen japoneses mais proeminentes e respeitados do mundo, comparou a atitude de duas pessoas em relação a uma bela flor. A primeira pessoa queria cortá-la e colocá-la num vaso; já a segunda queria se misturar com ela, a fim de tornar-se ela também uma flor.

A poesia foi interrompida por uma forte batida à porta.

O espelho

*"Qual de vocês, qual de mim, terá a audácia
de ver no outro o completo oposto de uma ameaça?"*

Patrick Bruel

Reconheci a voz de Matteo perguntando por mim. Ao entrar no quarto, ele deu um grande suspiro aliviado e me abraçou. Ele respirava com dificuldade e consegui sentir seu coração bater contra o peito.

– Você está bem? – ele sussurrou.

Sufocada em seu abraço, não consegui responder. Ele parecia apavorado. Chikaro tossiu para me lembrar de sua presença. Matteo relaxou os braços.

– Estava morrendo de medo – disse ele, recuperando o fôlego. – Gu-Lang explicou que vocês partiram sozinhas noite afora, eu vim correndo.

Ele estava preocupado comigo. Era bobagem, mas a ideia me acalmou. Senti minha raiva reprimida se dissipar com suas palavras. Examinei seu pescoço, procurando vestígios de batom ou outras evidências, cheirei seu suor quente, mas não encontrei nada de suspeito. Não demonstrei minha irritação, apenas mantive uma certa distância.

– Nishal foi mordido por um cachorro. Shanti, Thim e eu o carregamos até o próximo vilarejo, procurando por um médico. O ferimento é superficial, mas tememos que ele possa contrair raiva.

Sentia-me envergonhada. Virei-me para Chikaro, que nos observava. Ele sussurrou, achando graça:

— Você não é uma vítima do mundo, não é mesmo? Pare de fazer suposições e não julgue o que está acontecendo. Sinta a paz dentro de você por trás do tumulto de seus tormentos.

Ele se levantou e foi até Matteo:

— Estou muito feliz por conhecê-lo, estava esperando por você. Como posso ajudá-lo?

Matteo olhou para mim, perplexo. Chikaro apontou para a cadeira no fundo da sala e o convidou a se sentar conosco. Em seguida, explicou tudo a ele. A surpresa do italiano não durou muito; confiante, ele falou sobre os resultados de seus últimos dez anos de pesquisa com Jason: a capacidade do cérebro de se transformar, a possibilidade de ascender a campos de vibração mais elevados e como a ciência demonstra o conceito de unidade. Chikaro ouvia atentamente, parecia conhecer o assunto. Confirmava as teorias de Matteo, fazendo comentários científicos de cunho matemático e físico. Graças às explicações de Jason e às experiências que tivera pouco tempo antes, eu conseguia compreender um pouco da conversa. A unidade estava no centro do debate, e os dois homens a demonstravam em todas as suas formas.

Matteo perguntou o que fazer para que essa realidade se tornasse visível para todos. Como poderíamos orientar as relações humanas nesse sentido?

— A única maneira de integrá-la em nosso dia a dia é vivenciá-la.

— Você encontrou a solução?

— Estamos vivendo um enorme paradoxo. A ciência mostra que estamos interconectados. No entanto, nossa atual forma de pensar e nossos automatismos nos incentivam a buscar a diferenciação, o que leva à ilusão em que vivemos. Temos que parar de nos comparar uns aos outros. Em vez disso, devemos nos conscientizar a favor da igualdade. O individualismo cria subterfúgios que tentam medir o respeito que temos pelas pessoas e que as pessoas têm por nós, como dinheiro, altura, peso, sexo, cor da pele, país de origem, idade, educação, modo de vestir, de pensar, de raciocinar, de se movimentar. A lista é interminável, pois passamos o tempo todo adicionando novas categorias. Mas não podemos medir duas coisas perfeitamente equivalentes, não é mesmo? A comparação nos leva à ideia de perda, de que algo está faltando. Essa é uma visão falsa! A unidade, por outro lado, nos oferece abundância, perfeição e a consciência de que temos tudo e de que nada nos falta, pois somos ilimitados e plenos.

Chikaro falava lentamente, comandando nossa atenção; nós estávamos hipnotizados.

— Vivemos divididos há séculos, não é mesmo? Entender que existe outra maneira de pensar e reagir nos permite acessar uma nova forma de compreender o eu. Um espaço dentro de nós, esquecido. Para acessá-lo, uma transformação radical da compreensão e da linguagem é necessária. Para nos comunicarmos com esse novo mundo, precisamos abandonar os automatismos que nos levam ao separatismo; só então seremos capazes de realmente nos integrar com tudo e com todos. A chave para tal mudança é simples: precisamos começar a pensar em termos de semelhança. Devemos deixar de procurar diferenças e passar a procurar semelhanças. Devemos nos perguntar: o que há de semelhante naquilo que parece tão diferente? Em vez de permitir que nosso eu interior critique o outro, que ressalte suas diferenças, o objetivo aqui é procurar nossos pontos em comum para entrarmos em harmonia, não é mesmo?

— Espere um pouco. Não sei se estou de acordo, afinal, funcionamos de forma diferente uns dos outros, não? Reajo de maneiras que outros não reagiriam e vice-versa – afirmei. — Por exemplo, posso me magoar com um comentário que não lhe afetaria em nada porque sua formação, sua experiência, sua sensibilidade e até mesmo o ambiente ao seu redor são diferentes dos meus.

— Devemos aprender que o que nos machuca é algo de não resolvido que carregamos dentro de nós, não é mesmo? Nenhum elemento externo tem a capacidade de me afetar após a resolução de meus próprios problemas. Somente o ego pode ser afetado e somente ele pode iniciar uma retaliação agressiva.

— Nem sempre sei o que é ego e o que não é – confessei.

— É fácil identificar o ego, pois sempre concordará com você. Ele julga e condena. Essa é uma dinâmica universal. Ao atacar alguém, ataco a mim mesmo. O que você faz a alguém, faz a si mesma. Somos uma entidade única.

– Isso me faz lembrar da catequese: "Amarás o teu próximo como a ti mesmo" – disse, desiludida. – Sou ateia e essa relação com Deus não significa nada para mim.

– Não é preciso acreditar em Deus para entender a física. Quando separamos dois elétrons entrelaçados, movendo-os a milhares de quilômetros de distância, qualquer ação sobre um deles resulta numa reação semelhante no outro. Para isso, há duas soluções. Ou a informação viaja a uma velocidade infinita, teoria que eu pessoalmente descarto, ou os dois objetos permanecem conectados apesar da distância. Antes do Big Bang, há quatorze bilhões de anos, o todo era um, não é mesmo? Na minha opinião, nada mudou, tudo ainda está interconectado. Este espaço que nos divide é apenas uma ilusão da mente. Por definição, o ego só consegue sobreviver se estiver separado do resto. Sentimo-nos espalhados, dispersos, mas isso é apenas uma impressão. Nunca deixamos de ser uma entidade única. A física nos mostra isso. Somos apenas energia, apenas uma concentração de átomos que vibra de forma inteligente. É por isso que cada ação que efetuamos gera consequências no ambiente ao nosso redor e em nós mesmos.

Matteo pediu a Chikaro que explicasse sua ideia de que o que nos prejudicava eram as áreas não resolvidas dentro de nós mesmo. Chikaro colocou o cachimbo entre os dentes. Enquanto olhava para a chama, respondeu em um tom suave, porém firme:

– Quando temo, quando julgo, quando minto, estou nas garras do ego, não é mesmo? Dou as costas à conexão. Tenho o desejo de permanecer único. – Chikaro olhou para nós, aumentando a intensidade de seu tom. – Se quisermos encontrar a harmonia entre os seres, tudo o que precisamos fazer é receber um ao outro como um presente; porque é o outro que abre as portas da compreensão para mim, é ele que age como um espelho de mim mesmo.

Matteo passou as mãos sobre a barba.

– Você está dizendo então que, quando alguém nos magoa, isso é apenas uma ilusão? A outra pessoa é apenas um reflexo dessas áreas não resolvidas dentro de nós mesmos?

– Exatamente. Nunca ficamos chateados pelos motivos que achamos que ficamos. Percebi que as circunstâncias externas afetavam meus sentimentos. O mundo regulava meus humores. Vivia apenas em reação às ações cometidas ao meu redor. Por exemplo, quando o tempo estava ensolarado, sentia-me bem, mas, quando chovia, sentia-me triste. Se alguém sorria para mim, sentia-me amado; se alguém se mostrasse distante, sentia-me atacado. Se alguém me elogiava, sentia-me feliz e valorizava ainda mais essa pessoa, mas, se ela me criticava, eu a atacava de volta.

Essa é a minha vida, pensei.

– Então comecei a me perguntar se minha hipótese não estaria errada. E se eu a alterasse para considerar que os eventos externos são apenas um reflexo de mim mesmo? Ao nos sentirmos serenos e felizes, o mundo nos parece benevolente, tudo dá certo e a sorte está ao nosso lado. Por outro lado, ao nos sentirmos presos aos nossos medos, o mundo parece sombrio e as pessoas, agressivas. Temos a impressão de que tudo está contra nós, não é mesmo? Foi por isso que percebi que meu dia a dia nada mais é do que um reflexo de meus pensamentos e de meu estado de espírito. Em ambos os casos, é importante perceber que estamos conectados, de uma forma ou de outra, a um fato ou a um indivíduo. Por um lado, somos passivos, reagimos, sofremos e acionamos nossos mecanismos de defesa porque consideramos que o mundo exterior controla nossa vida. Por outro lado, somos ativos e responsáveis pelo que acontece conosco, conscientizamo-nos de que nosso bem-estar depende apenas de nós mesmos, nenhum elemento externo pode nos afetar. Não temos mais onde jogar a culpa.

– As pessoas sentem-se tranquilas em minha presença quando estou sorridente, quando sou atencioso, amoroso e calmo – Matteo disse. – Elas não precisam mais atacar como forma de defesa. Retribuem o sorriso, o gesto amigável. Mas quando ajo de maneira fria, quando estou preocupado, irritado, triste ou sentindo ciúmes de alguém, as respostas são brutais. Meu comportamento, como um espelho, reflete meu estado interior.

– Mas você não acha que algumas pessoas só querem nos prejudicar? – perguntei.

– Sim, é claro, se analisarmos a situação através da ótica do ego.

– Cientificamente, então, o outro é apenas uma parte de nós mesmos e vice-versa. Portanto, não há mais outro, apenas nós, certo?

Chikaro acenou com a cabeça.

— O ego nos mantém prisioneiros dessa visão separatista; se não o colocarmos de lado, nunca nos aproximaremos da verdade que vivenciamos, não é mesmo? Agora, se eu alterar essa hipótese ao levar em consideração que somos, de fato, uma unidade perfeita, como a ciência nos mostra, então as pessoas tornam-se espelhos, permitindo-me encarar meu próprio desconforto. Assim, tenho a capacidade de resolver meus medos e deficiências.

— Isso significa que estamos vivendo na ignorância há milhares de anos — concluí. — Por ser algo tão diferente da realidade que percebemos, essa noção de unidade perfeita parece loucura. Entendo a demonstração científica, mas será que podemos realmente abandonar hábitos que estão arraigados há tanto tempo?

— As perguntas que temos de responder são: estou pronto para ver as coisas de outra maneira? Quero mesmo abandonar minha individualidade? Como deixar de ver as coisas através do conceito do individualismo e começar a vê-las através da ótica do amor? Quero mesmo passar por essa transformação? Queremos continuar vivendo nas garras do medo ou queremos encontrar a paz?

Um sentimento de inquietude tomava conta de mim:

— Precisamos morrer se quisermos experimentar essa nova dimensão?

— Ao acordar de manhã, você não morre, apenas percebe que o sonho que teve faz parte de si, mas que você não é o seu sonho, não é mesmo? Essa hipótese segue a mesma linha de raciocínio: ao acordar, você perceberá que faz parte desta unidade perfeita. O que pensa ser a realidade, este senso de divisão, é na verdade um pesadelo. Você não precisa morrer para acordar, só precisa se conscientizar e reeducar sua visão.

Matteo dirigiu-se a mim, ligando os pontos com o trabalho de Jason:

— Ao escolhermos a porta do medo, é como se passássemos a vida como sonâmbulos dentro dessa unidade absoluta, evoluindo num mundo ilusório. Estamos vivendo num sonho, mas achamos que é a realidade.

Seria isso tudo possível? Olhei para Matteo e depois para Chikaro, que continuou:

– O que há de mais real no mundo do que sonhos? Só percebemos que estávamos sonhando quando acordamos, não é mesmo? Realidade de um lado, ilusão do outro. Enxergamos apenas as aparências porque o ego nos cega. Para sobreviver, ele nos impede de acessar o que somos e nos mantém longe da realidade. No fim das contas, não somos nada além de uma unidade com o mesmo DNA, o problema é que essa unidade se dispersou. Situações incômodas são oportunidades de aperfeiçoamento pessoal. A resposta automática é encontrar culpados externos para nossos problemas. Está errado, mas fazemos isso mesmo assim. É por isso que a dor persiste. Sempre que algo assim acontece, ela se manifesta. O caminho para a felicidade nunca passa pelo outro, porque a necessidade de mudar o outro só satisfaz as necessidades primárias do ego: o controle e a dominação. Quando algo não acontece do jeito que "eu" quero, o "eu" fica frustrado, pensando "já que sou perfeito, o problema só pode vir de fora".

– Mas o problema de fato vem de fora quando alguém me ataca ou me machuca – argumentei.

– Considere que a outra pessoa representa a perfeição tanto quanto você. Se algo te faz sofrer, você precisa resolver o conflito de dentro para fora, não é mesmo? É como se seu carro quebrasse durante uma viagem e você tentasse culpar algo além do veículo. Pode culpar o tempo, as condições da estrada, as habilidades de direção do motorista, os passageiros, a concessionária ou quem quer que seja, mas, se não se concentrar no seu carro e tentar arrumá-lo, ele continuará quebrado. O que escolheremos fazer, então? Será que não estamos tentando nos absolver do problema, argumentando que não somos responsáveis pela situação, em vez de consertar o carro? Quando o comentário de alguém me faz sofrer, posso mudar minha forma de pensar ao visualizar a dor de outra maneira, posso me concentrar nas semelhanças que compartilho com alguém em vez de apontar as diferenças. Essas semelhanças nos permitem abolir o mecanismo de dominante/dominado, superior/inferior. Ao observarmos a real natureza das coisas, sem julgamento, entendemos, por meio de um jogo de espelhos, o que desejamos mudar em nós mesmos.

– É difícil não julgar – desabafei. – Quando encontro alguém, já sei se vou com a cara dela ou não. Sei que algumas pessoas não são dignas do meu tempo.

— Poderíamos expressar isso de outra maneira, não é mesmo? Algumas pessoas apontam para meus problemas não resolvidos. Elas me tiram da zona de conforto, enquanto outras me reorientam. Ao encontrarmos uma nova pessoa, podemos sentir três coisas: uma profunda atração, uma rejeição imediata ou indiferença. Geralmente, as duas primeiras são as mais fortes. Uma pessoa que nos inspira antipatia chama a nossa atenção para aquilo que temos dificuldade de reconhecer em nós mesmos. Digamos que não suporte os sabichões ou as pessoas que me menosprezam; talvez eu não tenha lidado com meu próprio complexo de inferioridade. É difícil admitir para mim mesmo que gostaria de ser mais como eles, de ser capaz de me impor numa conversa. Ou talvez não tolere indivíduos desavergonhados. Por que não admitir que minha rigidez é como uma prisão? Que gostaria de ser mais livre, mas minha educação me proíbe? A atração imediata funciona da mesma forma. O que nos atrai em alguém é uma parte de nós mesmos em estado embrionário. Aquilo que gostaríamos de desenvolver, mas para o qual ainda não encontramos o caminho, não é mesmo? O que ressoa em mim é uma expressão do que eu gostaria de ser. Geralmente, respeitamos as pessoas que nos servem de modelo na vida. Ao perceber que o que nos atrai nelas é uma parte de nós mesmos, conseguimos visualizar a direção que precisamos tomar a fim de atingir nossos objetivos.

Chikaro então ficou em silêncio, como se quisesse nos dar tempo para digerir suas palavras. Matteo resumiu em voz alta:

— Eu recebo o outro como o mais belo presente porque ele se transforma em meu espelho. São os outros que trazem minha consciência à tona. O que vemos como diferenças são apenas semelhanças, lembretes de que precisamos trabalhar em nós mesmos. Minhas ações e pensamentos ressoam diretamente em quem me reflete. Posso me ver como realmente sou sem nunca mais mentir para mim mesmo.

— Essa é uma realidade impossível de ser admitida pelo ego — Chikaro afirmou. — Mas indispensável para a compreensão da verdade.

Nosso anfitrião olhou para o relógio e se levantou.

— Já está tarde, vocês deveriam voltar.

A noite havia caído. Usamos duas lanternas para guiar nossos passos na escuridão. O frio intenso nos obrigou a andar rápido. Nossa respiração evaporava noite afora, iluminada pela lua.

Nosso alojamento iluminou a noite. Todos já tinham ido dormir, exceto Shanti, que nos esperava. Aliviado com nossa chegada, ele nos entregou uma tigela de sopa. Um arrepio percorreu meu corpo. Perguntei por Nishal, que estava dormindo. A mordida o abalara, mas o ferimento não era muito profundo. No caminho para o vilarejo, eles encontraram um filhote. Nishal começou a brincar com ele. O rapaz não vira a mãe se aproximando e ela o mordera na panturrilha. Pelo menos encontraram um médico no outro vilarejo, que aplicou em Nishal uma vacina antirrábica.

Expliquei a Shanti o que Gu-Lang me dissera e contei sobre a caminhada com sua sobrinha, a coincidência com o pássaro e as circunstâncias do encontro. Meu guia estava ansioso para saber o que Chikaro dissera. Abaixei os olhos, envergonhada por minha birra.

— Como vocês não voltaram, decidi ir com Thi Bah, porque estava com raiva de você, Shanti, e principalmente de você, Matteo. Achei que estava com outra mulher. Gu-Lang me contou da reputação do bar.

Eu o encarei. Suas sobrancelhas arquearam em espanto. Ele sorriu e pegou minha mão. Respirei fundo.

— Antes de você chegar, Chikaro e eu conversamos sobre relacionamentos. Ele me explicou que confundimos o amor com a ilusão que as pessoas usam para satisfazer suas necessidades. O ego distribui afeição como recompensa ou punição. Ele procura o que lhe falta e o idealiza na pessoa amada. Para experimentar o amor, é preciso ter consciência de nossas carências e banir nossos medos.

Os dois homens me ouviam com atenção. Parei por um momento, organizando meus pensamentos, e recitei a lição que aprendera:

— Ele me deu três dicas para entender como sair deste ciclo de sofrimento: a primeira é que nunca somos vítimas do mundo. Ao identificar nossos medos, percebemos que são apenas ilusões que alteram nossa realidade. Somos vítimas de nossa própria percepção. A segunda dica é parar de fazer suposições. Até que tenhamos explicações tangíveis, devemos banir qualquer interpretação intermediária. A terceira dica é não fazer julgamentos. Ao nos libertarmos da necessidade da crítica e aceitarmos o outro como um todo, nossa conexão se torna indestrutível, não é mesmo?

Matteo sorriu e Shanti acenou com a cabeça em sinal de aprovação.

— E daí você chegou. — Passei a vez para Matteo.

— Contei a ele sobre nossa pesquisa e ele não se surpreendeu; já professava a unidade absoluta. Partindo do princípio de que nada é distinto, nem os seres vivos nem as coisas, e de que somos todos um, ele nos confrontou com o paradoxo que vivemos. É impossível ser feliz habitando essa ilusão da separação, porque ela não existe. Para selar a harmonia entre os seres, precisamos admitir a realidade e agir de acordo com ela. Se nossa suposição é de que somos um com o universo, devemos nos concentrar em encontrar nossas semelhanças e não nossas diferenças, pois essas últimas são ilusórias. O ego sobrevive de aparências. Ao procurar semelhanças, encontramos nossa essência. A dor que sentimos quando entramos em contato com os outros vem dos nossos problemas não resolvidos. Os outros são o nosso reflexo, um presente da vida, nos mostram em que precisamos melhorar.

Shanti acenou com a cabeça, inclinando-se para trás em sua cadeira, com as mãos cruzadas atrás do pescoço. Apenas o crepitar da lenha interrompia o silêncio de nossa reflexão, até que ele sussurrou:

— É isso, é claro. O outro é o nosso espelho.

Olhei para Matteo. Vi meu reflexo em seus olhos.

Uma área nebulosa

*"Quando vires um homem bom, tenta imitá-lo;
quando vires um homem mau, examina-te a ti mesmo."*

Confúcio

Acordei na mesma posição em que adormeci: aconchegada nos braços de Matteo, meu coração batendo contra seu peito.

Durante a noite, Nishal roncou alto, fazendo um barulho estridente com a boca, o que nos fez rir muito. Thim dormiu ao lado dele, com a cabeça enterrada sob o travesseiro. Quanto a Shanti, ele certificou-se de que os dois homens não estavam nos incomodando, sacudindo Nishal de vez em quando para que parasse de roncar. Agora pela manhã, fiquei observando Matteo, que parecia preocupado.

– Em que você está pensando? – sussurrei.

Surpreso, ele voltou à realidade e sorriu para mim:

– Estava esperando você acordar.

Dei-lhe um beijo no pescoço e depois me sentei, olhando ao redor para checar nossos companheiros de viagem. Estávamos a sós no mezanino. Fiquei em silêncio, prestando atenção nas vozes que vinham do térreo e reconheci as de nossos anfitriões, assim como as de Thim e Nishal.

Matteo tirou seu braço de debaixo de mim, dormente com o peso da minha cabeça. Em seguida, flexionou seus dedos para reativar a circulação.

– Você dormiu bem?

– Acho que sim – respondi, acariciando seu braço.

Joguei-me em cima dele para beijá-lo. Ele retribuiu, mas podia sentir que estava com a cabeça em outro lugar. Eu lhe perguntei se estava tudo bem. Evasivo, Matteo me respondeu:

— Precisamos nos arrumar, a descida será longa.

Ele carregou nossas coisas até a entrada. O sol já estava nascendo. Thim e Nishal terminavam seu café da manhã enquanto Gu-Lang nos servia o nosso. Perguntei sobre a perna de Nishal e sua condição me tranquilizou. A noite lhe fizera bem. Ele me mostrou a mordida, que para mim não parecia tão superficial assim.

Shanti, que havia saído mais cedo, deu duas batidas na porta e entrou sem esperar que alguém a abrisse. Como todas as manhãs, estava radiante. Anestesiado pelo frio, ele caminhou em direção à lareira. Tinha verificado se o caminho pela encruzilhada estava livre. Isso nos permitiria atravessar a ponte Modi Khola e chegar a Gandrung com mais rapidez. Tudo dependeria da perna de Nishal.

Matteo terminou de enfaixar a perna de nosso companheiro sob o olhar atento de Thim.

— Podemos dividir sua carga. Posso carregar minha própria mochila — ofereci.

Shanti recusou:

— Isso é problema nosso. Thim consegue carregar mais peso sem dificuldade.

— Também consigo carregar alguns quilos — insisti.

Sem lhe deixar escolha, arrastei Thim comigo a fim de reorganizar a bagagem. Peguei minha mochila da carga de Nishal. Shanti nos seguiu e tentou me fazer mudar de ideia, mas eu estava determinada. Thim terminou de organizar os itens restantes com cuidado e depois me ajudou a colocar a mochila nas costas. Estávamos prontos. Nishal mancava ao andar.

Ao sair da casa, ele procurou sua carga e a viu sendo carregada por Shanti. Apressou-se para pegá-la, mas o guia fez que não:

— Se carregar minha mochila, terá que carregar a dos outros também, pois todos estão carregando partes de sua carga.

Nishal olhou para cada um de nós. Ele implorou para que eu lhe entregasse minha mochila. Recusei com firmeza. Em vez disso, entreguei-lhe meus bastões de caminhada, dizendo que isso já me aliviaria o peso. Uma lágrima desceu por sua bochecha. Dei um forte abraço em Gu-Lang e em sua sobrinha. Elas se despediram dos homens e nos desejaram uma boa viagem.

Durante toda a manhã, descemos uma série de escadas pelas plantações em terraço. Fizemos algumas pequenas pausas para que pudesse me acostumar com a carga que carregava. Matteo insistia em levá-la para mim, mas recusei. Nishal, corajoso, sofria em silêncio; o vi fazendo careta várias vezes, apesar dos analgésicos que Matteo lhe dava a cada duas horas.

Almoçamos em um restaurante improvisado feito de quatro tábuas de madeira, ancorado na margem do rio. Por apenas algumas rúpias, dois camponeses ofereciam uma sopa de legumes com arroz e lentilhas. Sentamos em pedras à beira do rio para saborear a refeição.

Após o almoço, a caminhada foi difícil para todos. Depois de cruzar a ponte Modi Khola, subimos até Gandrung, um dos vilarejos mais antigos da região, que ostentava uma arquitetura tradicional. As casas, de aparência cara e construídas em pedra solta, eram o lar do grupo étnico Gurung.

Nishal não parava de transpirar e Shanti sugeriu que passássemos a noite em um alojamento na entrada do vilarejo. Pedi algo gelado para beber. Matteo esticou a perna de nosso amigo em uma cadeira e retirou o curativo. Por causa do atrito, a ferida avermelhada infeccionara. Ele a limpou cuidadosamente e depois lhe deu anti-inflamatórios.

Pegando sua bolsa de medicamentos, Matteo disse a Shanti:

– É melhor pararmos por hoje. Não quero que a infecção se espalhe.

Shanti assentiu com a cabeça:

– Partiremos amanhã de madrugada e chegaremos a Pokhara no final da tarde. Será um longo dia, mas vai dar tudo certo.

Thim e Shanti levaram Nishal para um quarto. Eram quatro horas da tarde. Tomei uma ducha e fui visitar o vilarejo com Matteo e Shanti. Thim preferiu ficar com seu tio. Estava preocupado, apesar das palavras tranquilizadoras de Matteo.

Um caminho de pedra nos levou até o centro. Shanti explicou que os Gurungs eram um dos povos mais importantes das montanhas, habitando as altas colinas da região central do Nepal. Eram soldados de elite e membros dos Gurkhas, pessoas recrutadas no Nepal para servir no Exército Britânico, no Exército Indiano, na Força Policial de Singapura e em várias forças-tarefa e missões das Nações Unidas.

Matteo caminhava próximo a mim. Essa proximidade me deixava febril. Meu coração acelerava toda vez que ele tocava minha mão. Eu o achava lindo, sensível e inteligente. Estava obviamente apaixonada.

Jantamos cedo. Matteo foi ao quarto de Nishal para cuidar de sua perna e depois se juntou a nós no jardim. Apreciando o céu estrelado, tomei um copo de uma aguardente de painço com Shanti. Depois de enfrentar os trinta graus negativos no topo das montanhas, alguns poucos graus acima de zero pareciam verão para mim.

Era a nossa penúltima noite juntos. A última seria em Pokhara, antes de Matteo partir para Katmandu. No mesmo dia, Shanti me levaria de volta à casa de Maya. Quando eu chegasse a Katmandu, Matteo já estaria na Europa. Sabia que a separação seria difícil. Forcei-me a pensar em outra coisa, colocando em prática os ensinamentos de Shanti. Não queria estragar minhas últimas horas com meu italiano e meu pequeno clã.

Firmei os pés no aqui e no agora. Shanti nos desejou boa-noite. Matteo me observava.

– O que foi? – sussurrei, com um aperto na garganta.

Ele bebeu seu copo de aguardente de um só gole, segurou minha mão e, sem dizer uma palavra, me levou para seu quarto. Eu o segui como uma adolescente sonhando em fazer amor pela primeira vez: tensa, mas pegando fogo.

Ele me beijou ao fechar a porta. Estendeu o edredom sobre o colchão e me segurou gentilmente, despindo-me. Meu corpo implorava pelas carícias de suas mãos e seus lábios. Apesar do frio, minhas células estavam em chamas. Meu coração tamborilava em meu peito. Sem hesitar, despi-o, impaciente. Sua pele contra a minha me fazia estremecer. Sua boca em meus seios, ardente, exaltava minha paixão. Perdi o controle sobre mim mesma. Cada um de seus gestos me excitava. Meu ventre gritava de desejo. Implorei para que entrasse em mim, levantando minha pélvis para pressioná-la contra a dele. Intoxicada, eu o procurava, minhas mãos o atraíam, minhas unhas arranhavam os músculos de suas costas. Meu corpo, excitado, transpirava de amor.

Podia sentir seu desejo entre minhas pernas. Controlando seu ardor, ele me penetrou suavemente. Uma nova energia me invadiu. A fusão de nossos seres nos levou a um gozo simultâneo. Nosso corpo, nossas células e nosso coração se tornaram um só. Completamente sem controle, deixei-me afundar nessa loucura romântica.

Acordamos nos braços um do outro. Apesar da noite curta, estávamos cheios de energia. Sentia-me diferente, essa perda de controle em tão pouco tempo me inquietava. Talvez os preceitos de Shanti estivessem me levando a dimensões desconhecidas? Eu não tinha certeza, mas sabia que tudo estava mudando.

Matteo liberou seu braço de debaixo de mim e sorriu. Com a ponta dos dedos, abriu a cortina; o sol ainda não tinha nascido, mas não tardaria. Sentei-me de pernas cruzadas na cama, aconchegada em seu corpo nu. Olhando para o nada, esperei que o dia amanhecesse, como o início de uma nova vida. Os raios de sol começaram a iluminar o Annapurna. Coloquei os braços de Matteo ao meu redor, nossos dedos entrelaçados solidificavam nossa comunhão. Em nosso silêncio, o tempo parecia paralisado.

Meia hora depois, Shanti quebrou o feitiço de nossa privacidade ao anunciar nossa partida iminente. Resolvi tomar um banho, o que não levou mais de um minuto quando percebi que a única opção era água gelada. Matteo fez o mesmo. Depois de nos vestirmos, aquecemo-nos nos braços um do outro. O restante do grupo nos aguardava. Os sorrisos afáveis de meus companheiros de trilha aliviaram meu constrangimento.

Nishal sentia-se melhor. Matteo lhe deu um coquetel de medicamentos fortes que o ajudariam ao longo do dia de caminhada. Depois do café da manhã, ele trocou o curativo e todos partimos.

Descemos a trilha até Birethanti. Nishal insistiu em carregar minha mochila. Ele caminhava na frente do sobrinho, que reencontrara a alegria de viver após tanta preocupação com o tio, sua única família. Matteo caminhava na minha frente e Shanti, atrás de mim.

Depois do marco de mil metros, aumentos o ritmo. O declive era suave e a temperatura, agradável. Caminhamos tranquilamente até o início da tarde. Paramos em um alojamento para almoçar.

Quando estávamos prestes a sair, a caixa d'água caiu do telhado. A instalação precária havia cedido, levando consigo algumas telhas, mas felizmente ninguém se machucou. Shanti, Matteo, Thim e Nishal correram para ajudar o proprietário e seu filho a consertar a caixa d'água. Ao mesmo tempo, uma mulher ocidental na faixa dos 50 anos saiu aos berros de um dos quartos do andar térreo, seguida pelo marido, que tentava acalmá-la. Ele a trouxe até mim, implorando por ajuda, deixando que se agarrasse a mim como se eu fosse capaz de salvá-la, e depois saiu correndo, revirando os olhos, para ajudar os outros homens.

– Você está machucada? – perguntei, preocupada.

– Não, mas não consigo parar de pensar no que poderia ter acontecido – ela soluçou.

– Não deixe que isso lhe perturbe. São apenas objetos, coisas materiais.

– Você não entende, esse tipo de coisa sempre acontece comigo!

Seu tom tinha mudado. Com as pontas dos dedos, ela secou as lágrimas, tomando cuidado para não borrar o rímel. Depois pegou um lenço, retocou a maquiagem e começou a soluçar novamente.

– Em alguns minutos, isso será apenas uma lembrança ruim – disse-lhe, sem convicção.

– Eu nunca deveria ter concordado em vir para cá. Meu marido insistiu tanto que acabei aceitando, como sempre! Mas estamos vivendo um inferno desde que chegamos. E este é apenas o segundo dia. Tenho certeza de que vou acabar morrendo! Sempre acabo fazendo tudo o que ele quer. Eu o aturo há trinta anos e esse homem nunca fez algo que me deixasse feliz. Sempre fui azarenta, mesmo quando era criança, meu pai...

Tentei entender o que ela dizia, mas a mulher tagarelava cada vez mais rápido e suas lágrimas tornavam suas palavras quase inteligíveis. Seu discurso era interminável e me sentia cada vez mais perdida. Consternada, a observei enquanto despejava sua miséria. Ela terminou seu monólogo, dizendo:

– Mas você, você me entende, tenho certeza! Nós somos iguais!

Além de não ter entendido nada, a mulher me deixara de mau humor. Eu queria dizer a ela que a situação era ridícula. Tentei manter a calma, lembrando-me das palavras de Shanti: "Você prefere se conectar com as pessoas ou estar sempre certa sobre tudo?". Parei de tentar persuadi-la da insignificância do incidente. Ela precisava reclamar e encontrou em mim um ombro amigo.

Procurando me acalmar, voltei minha atenção aos homens, ocupados consertando a caixa d'água.

Esquecera-me da mulher chorosa à minha frente, mas ela não tardou em me lembrar de sua triste realidade:

— É preciso ser muito maluco para querer vir para esse fim de mundo. O que eu tinha na cabeça? De qualquer maneira, não sirvo para nada mesmo, aqui ou em qualquer outro lugar!

Ela levantou-se, despediu-se e voltou para o quarto. Em meros cinco minutos, essa mulher conseguira me deixar em um estado de mal-estar abismal. Eu a havia deixado desabafar, mas seu negativismo e sua vitimização eram insuportáveis.

Shanti aproximou-se de mim e expliquei-lhe a situação e o estado em que me encontrava.

— Ao perceber que não precisava dominar a situação com o seu ponto de vista, você conseguiu conservar sua energia. Parabéns por isso.

— Antes de encontrá-la, eu estava bem, mas agora me sinto oprimida.

— Se você se sente incomodada, é porque a atitude dela lhe despertou algo. Estive pensando sobre seu encontro com Chikaro. Ele está certo, sua teoria é sólida. O outro é um reflexo de nós mesmos. Devemos procurar semelhanças em vez de diferenças.

— Não sei se concordo. Ela reclamou e reclamou sem vergonha alguma. Eu não acho que seja como ela. Você já me viu com pena de mim mesma? Faço questão de nunca agir assim.

— Por que você nunca reclama?

— Porque é inútil!

— Para alguns, é uma forma de chamar atenção. O importante é entender por que esse tipo de comportamento lhe afeta.

— Não sei, odeio quem fica reclamando o tempo inteiro.

— Talvez essa seja uma parte de si que você nega. "O outro é um reflexo de nós mesmos" não significa que nos assemelhamos a ele em todos os aspectos, mas que o que nos incomoda é que, em suas ações, reconhecemos uma área nebulosa de nós mesmos, uma área da qual temos medo de nos aproximar. Já que nos causa dor, preferimos ignorá-la. Ao sermos confrontados por ela, essa dor vem à tona. Você nunca passou por isso quando era jovem?

– Acho que não.

– Talvez os adultos ao seu redor não lhe deixassem reclamar? Ou talvez alguém próximo a você usasse esse mecanismo a fim de sobreviver e justificar sua infelicidade?

Pensei por um momento.

– Minha mãe sofreu de depressão por dez anos depois que meu pai foi nos abandonou, mas ela tinha um bom motivo: sem mais nem menos, ele a trocou por uma mulher vinte anos mais jovem.

– Ela reclamava disso com você?

– Sim, ela estava triste, o que é normal depois de um choque como esse!

– Não a estou julgando, Maelle, mas precisa refletir sobre o fato de que, naquele momento, você pode ter se sentido obrigada a ouvi-la e a suportar suas dores. Atualmente, ao se deparar com uma situação semelhante, você sente a mesma obrigação e isso a deixa incomodada. O outro é um espelho de nossos próprios automatismos e disfunções, trazendo à tona aquilo que tentamos enterrar ou negar.

– É assustador!

– Não, pelo contrário. Ao se conscientizar de suas feridas, você nutre seu potencial. Chikaro está certo: o outro é um presente extraordinário, ele revela aquilo que nos recusamos a ver.

Eu tive dificuldade em entender o que Shanti acabara de dizer, mas senti que suas palavras eram verdadeiras. Meu orgulho tentou lutar contra o fato, mas sem sucesso. Essa mulher me transportara de volta à minha juventude, uma época dolorosa na qual não gostava de pensar. Perguntei a Shanti se tínhamos a mesma atitude em relação a todos.

– Passamos a infância, adolescência, juventude e idade adulta, enfim, nossa vida inteira, reprimindo as áreas mais nebulosas de nossa personalidade a fim de construir uma imagem ideal. Se uma de nossas características não nos agrada, nós a dissimulamos. Banimos partes de nós mesmos porque acreditamos que só um comportamento perfeito será digno de amor. Se alguém aponta para um de nossos defeitos, nós o acusamos para que possamos permanecer escondidos. Esperamos o mesmo dos outros: que apresentem um comportamento impecável. Se eles saem da norma, nós os julgamos, criticamos e rejeitamos. Grande parte de nossa energia é dedicada a mascarar nossas fraquezas. Negamos a nós mesmos o acesso à felicidade por causa da imensa pressão que exercemos sobre nós mesmos. Estamos sempre em busca de reconhecimento, pois essa é nossa única fonte de oxigênio. Isso faz com que desenvolvamos uma atitude de intolerância, assim como nossa necessidade de criticar e de sermos únicos. Tornamo-nos sensíveis e tudo nos ofende, desde comentários banais até o que percebemos como ingratidão. Quando vemos alguém agindo em ressonância com aquilo que tentamos reprimir, sentimo-nos incomodados e preferimos vê-lo como um inimigo em vez de um espelho.

– Eu entendo, mas não tenho consciência das características que enterrei.

– Você quer mesmo ter essa consciência?

– Sim, claro.

– Como Matteo disse, o desejo de mudar é o ponto de partida para a transformação.

– Mas e quanto a você? Como trabalha essas áreas?

– Tento identificar o que me incomoda em meu interlocutor. Passo dias tentando detectar o problema, o motivo pelo qual o comportamento do outro me ofendeu. Que comentários ou atitudes me magoaram? Com o que tenho dificuldades em me expressar? Anoto o que é difícil admitir para mim mesmo.

Shanti tirou um pequeno caderno preto do bolso. Ele o abriu e me mostrou uma página.

– Nesta página, registro meus sucessos. – Ele passou a página. – Nesta outra, tudo o que ainda acho difícil de admitir. – Ele abriu o caderno na última página. – Aqui, tudo o que acho que é impossível. Assim, conforme meus problemas aparecem, consigo resolvê-los com uma atenção especial.

– Que belo trabalho!

– Não é mais complicado do que procurar o que nos faz diferentes uns dos outros e é muito menos prejudicial do que mentir. O mais difícil é abandonar nossos automatismos e começar a pensar em termos de semelhanças. Para isso, basta nos fazermos as perguntas certas ao encontramos alguém, como: o que gosto nesta pessoa, o que me toca? O que ela poderia me revelar? Será que pode me trazer respostas? Vibramos no mesmo ritmo? O que acho difícil de aceitar nela? Outra pessoa já me fez reagir da mesma maneira?

– Você tem razão, vou tentar fazer essas coisas.

– Não, lembre-se: se realmente quiser que isso aconteça, você precisa formular seus desejos com exatidão.

– De agora em diante, estou atenta a como as outras pessoas me deixam incomodada e o que isso diz sobre mim mesma. Aceito-me como sou.

– Parabéns, Maelle. Não tenho nada a acrescentar.

Senti-me livre do peso da opressão ocasionada por aquela mulher. Chikaro estava certo. Ela era um presente e havia trazido à tona problemas da minha infância. Além disso, esse encontro me permitiu colocar em prática a teoria de Chikaro. A coincidência me fez sorrir.

Reparos terminados, retomamos a caminhada em direção a Pokhara. Saboreei meus últimos minutos de caminhada. De mãos dadas, Matteo e eu chegamos ao vilarejo pelo ponto mais alto, com vista para o aeródromo. Meu coração estava pesado, sabia que na manhã seguinte um avião o levaria embora. Com força, segurei o braço que ele passara ao redor dos meus ombros.

Shanti nos levou ao último alojamento em nossa rota, ligeiramente mais confortável do que os outros. Aproveitar minha última noite no Himalaia com o homem que fazia meu coração bater tão forte e rápido me deixava feliz.

Nishal, Thim e Shanti passaram a noite na casa de amigos. Perguntaram se queríamos nos juntar a eles, mas optamos por um pouco de privacidade.

Após um último drinque, Matteo agradeceu a Shanti, que partiria cedo na manhã seguinte para visitar um primo em um vilarejo próximo. O avião do meu italiano partiria um pouco depois, e ele sabia que não veria o guia novamente tão cedo. Os dois se abraçaram por um longo tempo e depois se olharam nos olhos. Shanti o abraçou de novo e lhe desejou muita felicidade.

Matteo e eu o deixamos.

Traição

*"A experiência não é o que nos acontece;
é o que fazemos com aquilo que nos acontece."*

Aldous Huxley

Acordei com o rosto apoiado no peito de Matteo e observei seu perfil adormecido, ouvindo seu coração bater suavemente contra minha bochecha. Sincronizei minha respiração com a dele, subindo e descendo no ritmo de seus movimentos.

Ainda tínhamos duas horas antes de sua partida para Katmandu. Eu sabia que a separação, por mais curta que fosse, seria longa. Mesmos alguns segundos podem ser intermináveis! Havíamos planejado nosso próximo encontro na Europa, e eu me agarrava ao futuro que estava por vir.

Saboreei aquele momento, impregnado de todas as nossas promessas, sentindo-me intoxicada pela extensão de nosso desejo ao longo da noite, até que ele sorriu ao notar meu olhar.

Matteo me beijou, nossos corpos se uniram. Enquanto me entregava a ele, descobri novas sensações. Seriam esses outros mundos? Escutei a batida de sua vida, e meu coração se fundiu ao dele em um único pulso. Fui envolvida por um turbilhão de emoções e uma onda de felicidade tomou conta de mim. Ele acariciou meus cabelos, me beijou outra vez e tentou se levantar para se arrumar. Afastou-se de nosso ninho por um momento e depois retornou para me dar um beijo. Seu corpo nu lutava contra o frio matinal. Enrolei-me no edredom aquecido pelo nosso desejo. Ele se vestiu e saiu do quarto em direção ao banheiro. Permaneci deitada, suspensa em meus pensamentos.

O celular de Matteo vibrou. Sem pensar, olhei para a tela e decifrei uma mensagem de texto em italiano: "Senti muito a sua falta, mal posso esperar para vê-lo amanhã. Volte logo para casa. Eu amo você.", seguida por uma fileira de corações vermelhos. O nome do contato era Laura. Meu coração acelerou. Quem era essa tal mulher? Trêmula, olhei para o celular e me deparei com o inimaginável. Abaixo daquela mensagem, vi o nome de Romane, minha amiga. Abri a conversa e, atônita, li as mensagens que eles haviam trocado nos últimos dias.

13 de novembro
Matteo: A primeira abordagem não foi muito convincente.
Romane: Cuidado, ela é perspicaz, vá com calma.
Matteo: Estou saindo amanhã de manhã e a encontrarei novamente no topo da montanha.
Romane: Ela não suspeita de nada?
Matteo: Não, acho que não.
Romane: Como ela está? Aguentando bem?
Matteo: Sim, ela é forte, vai conseguir chegar lá em cima.
Romane: Certifique-se de que ela receba o pacote, o trabalho de Jason é entregá-lo pessoalmente.
Matteo: Não se preocupe, estarei lá, vou mantê-la informada!

16 de novembro
Matteo: Jason entregou o pacote a ela, *tutto va bene*!
Romane: Perfeito. Vou viajar por alguns dias, então vou ficar sem sinal.
Matteo: Não se preocupe, vou tomar conta de tudo.

Pulei da cama sem sequer ler a conversa com Laura. Furiosa, vesti-me e fui para o banheiro com o celular na mão, jogando-o violentamente contra a porta do chuveiro, aos berros:

– Como vocês tiveram coragem de fazer isso comigo?

Matteo, ainda ensaboado, olhou dos meus olhos cheios de lágrimas para o telefone quebrado a seus pés.

– Como você teve coragem...? – repeti, entre dentes.
Ele me segurou pelo braço.
– Posso explicar.
– Não há nada a explicar, já entendi tudo!
– Não, Maelle, não é nada disso que você está pensando!

"Não é nada disso que você está pensando." Eu ouvira essa mesma frase alguns anos antes, quando peguei meu ex na cama com uma de suas colegas. Como a idiota que sou, acreditei em seus argumentos e levei um pé na bunda três meses depois.

Não cairia mais nessa! Puxei meu braço até ele me soltar e saí correndo, incapaz de suportar mais uma mentira. Com um grito de raiva e alimentada pela dor, corri montanha acima até me sentir exausta, só parando após uma hora. A punhalada que recebera em meu peito latejava violentamente. Como pude ser tão ingênua?

Enquanto criava vários cenários em minha cabeça, o sol movia-se pelo céu. O avião de Matteo quebrou o silêncio. A violência da situação me destruiu. Observei o bimotor decolar, levando todos os meus sonhos com ele. Meu coração explodiu em uma onda de soluços, envolvendo-me em um sentimento de abandono aterrorizante. Sentia-me como uma criança, vulnerável e desamparada. Depois de chorar por um longo tempo, sem conseguir me mexer, tentei ligar os pontos.

O que havia no pacote? Como eu poderia ter sido enganada? Naturalmente, pensei em substâncias ilícitas, mas não conseguia imaginar Romane me usando assim. A menos que tivesse enviado Matteo para buscar o manuscrito? Não, isso não fazia sentido, já que era eu quem estava levando o manuscrito de volta para ela.

Tinha deixado tudo no quarto. Que idiota! A ansiedade tomou conta de mim. Corri para o alojamento. Enquanto corria, um milhão de perguntas atravessavam minha mente.

Quase passei direto por Thim, que esperava por mim na ponte.
– Maelle, por favor! Matteo me pediu para lhe entregar esta carta, é muito importante!

Diminuí a velocidade, parando por um instante para pegar a carta de suas mãos. Não, não me deixaria mais enganar, já tinha feito papel de idiota o suficiente! Com raiva, rasguei o papel e joguei os pedaços no riacho abaixo.

— Ele é um mentiroso e não quero mais ouvir falar dele, está me ouvindo?

A expressão de Thim, geralmente bem-humorada, mudou. Espantado, ele observou os pedaços caírem no riacho. Corri para o quarto e esvaziei o conteúdo da minha mochila na cama. Não faltava nada. Todas as minhas coisas estavam ali, principalmente o pacote! Com os dentes, rasguei o barbante e o papel kraft, revelando um caderno amarelo-alaranjado, recém-comprado. Sentei-me na beirada da cama e folheei as páginas: todas em branco. Nada fazia sentido. Desesperada, deitei. Mil hipóteses giravam em minha cabeça, mas nenhuma delas me tranquilizava. A raiva me dominava, eu estava sufocando. Levantei-me e saí do quarto.

Shanti acabara de voltar de sua visita. Ele aproximou-se de mim.

— Quero ficar sozinha — disse bruscamente. Ignorando o meu pedido, ele sentou-se ao meu lado. Gritei: — Eu preciso que você me deixe em paz! Não é algo difícil de entender, tá bom?

— O que aconteceu? É porque Matteo foi embora?

— Não quero falar sobre isso.

— Não acho que você queira ficar sozinha, mas que essa é a sua única maneira de lidar com o que aconteceu, o que é diferente.

— Shanti, por favor, nada de sermões. Me deixe em paz!

— Sua raiva comprova a minha hipótese.

— Eu não estou com raiva! — gritei.

— Jura?

— Odeio ser forçada a fazer algo. Eu quero ficar sozinha e você continua ignorando o meu pedido.

— Então a culpa é minha?

Pega em flagrante dando ouvidos ao meu ego, comecei a rir. Apesar de tudo o que ele havia me ensinado, meus automatismos ainda estavam presentes.

— Maelle, sei que sua criança interior precisa ser tranquilizada. Ela está procurando desculpas para que possa se vitimizar. Será que posso falar com a adulta agora?

Olhei para o chão.

— Sim, estou com raiva, mas tenho meus motivos. Acabei de passar por algo horrível! Fui enganada por minha amiga. Não entendo por que ela está me ridicularizando assim.

Contei a ele sobre o que acontecera pela manhã, sobre o celular de Matteo, a mensagem de Laura e as conversas com Romane. Ele me ouviu em silêncio. De repente, calei-me, encarando-o aterrorizada.

— E você? Você também estava no esquema, é claro!

— Não, eu lhe garanto!

Shanti parecia sincero. Ele se levantou, trocou algumas palavras com Thim e Nishal e voltou em seguida. Nenhuma novidade. Matteo apenas entregara a carta a Thim e o fizera prometer que a entregaria a mim.

— Não importa o que tenha acontecido, você tem a opção de permanecer nesse estado ou de sair dele. A decisão é sua.

— Não consigo, fui enganada. Meu corpo está doendo, meu estômago está pesado e não posso fazer nada a respeito disso. Estou sentindo tanta dor que tenho vontade de gritar!

— Toda essa dor está sendo alimentada por sua raiva e suas crenças condicionadas. Ao deixar essa energia ruim para trás, você encontrará a calma. A menos que prefira continuar se sentindo assim.

— Claro que não! Mas me sinto presa. Estou fazendo de tudo para não xingar todo mundo. Só consigo pensar nisso, meus pensamentos e minhas emoções são incontroláveis.

— Respire fundo e analise a situação como um todo. Você não sabe ao certo o que está acontecendo. Aguarde que sua amiga e Matteo se expliquem. Quando tiver todas as informações, poderá tomar uma decisão. Quanto a Matteo, precisará esperar, já que ele está sem celular e você rasgou a carta dele.

Acenei com a cabeça. Shanti me perguntou se eu tentara falar com Romane. Corri para o quarto e peguei meu celular. A bateria estava fraca, mas pela primeira vez em dias eu tinha sinal! A ligação caiu direto na caixa postal. Desliguei sem dizer uma palavra. Shanti insistiu que eu deixasse uma mensagem, pedindo uma explicação. A voz robótica, pedindo para aguardar o bipe, era insuportável. Dei um suspiro. Depois do bipe, gritei:

— Você só pode estar de brincadeira! Eu sei dos seus esquemas com Matteo. Pare de se esconder. Pelo menos tenha a coragem de admitir suas ações. Ligue-me de volta! – terminei a ligação, ainda mais chateada.

– Bem, pelo menos você fez a coisa certa, mesmo que não da melhor maneira possível. Agora pode continuar sentindo raiva ou pode parar. Qual é a sua escolha?

– Acho que não tenho muita escolha, mas se você tiver alguma solução, sou toda ouvidos.

– A única maneira é se libertar de seus pensamentos agressivos.

– Você precisa admitir que tenho meus motivos para ter pensamentos agressivos no momento!

– Tudo depende de seu objetivo: você quer continuar achando que está certa sobre tudo ou prefere alcançar a serenidade?

– Eu não sei de mais nada...

– Você acha que esses pensamentos agressivos sobre Romane e Matteo estão fazendo com que se sinta melhor? É difícil enxergar com clareza quando nos sentimos ofendidos. Nossos ressentimentos funcionam como uma âncora. Sabe que o medo, a agressão e a raiva são sentimentos que fazem parte de seu mecanismo de defesa. Quando perceber que, ao atacar o outro, só está machucando a si mesma, conseguirá sair dessa prisão. Substitua a agressividade por pensamentos amorosos.

– Mas isso é impossível depois do que fizeram comigo. Shanti, tente me entender.

– O que eles fizeram com você? Quais são suas suposições? Lembre que, quando você saiu com Thi Bah para encontrar Chikaro, achou que Matteo estava se divertindo com outras mulheres.

– Sim, mas não é a mesma coisa, e você sabe bem.

– Não, eu não sei de nada e prefiro não fazer suposições até que todos os envolvidos apresentem uma explicação.

– Quem precisa de mais explicações? Confiei neles e mais uma vez fui enganada.

– Você está se culpando?

– Sim, você tem razão, eu sou uma idiota.

– Por que culpá-los, então? Eles não a obrigaram a fazer nada.

– O que quer dizer com isso? Agora a culpa é toda minha? Não acha que já estou me sentindo mal o suficiente?

– Pode até descontar sua raiva neles, mas você mesma acabou de admitir que a culpa é sua.

– Sim, acreditei em todas essas baboseiras. Tudo parecia tão mágico. Eu queria amar novamente.

– Você não tem nada do que se arrepender. Viveu momentos emocionantes. Você não vivenciaria tudo isso de novo, se possível?

– Até parece! Estou pagando um preço muito alto por apenas alguns momentos emocionantes.

– Você sabe o que dói tanto?

– Sim, a traição.

– Então, é apenas um problema do ego, ele está sendo atacado. Você vai se recuperar em breve, é só perceber que Matteo não é o que você queria. – Shanti refletiu e continuou. – Na verdade, está chorando pela perda de suas ilusões, por um futuro que nunca chegará.

Fiquei em silêncio por um momento, revivendo as últimas horas nos braços de meu carrasco:

– É verdade. Passamos a noite fazendo planos. Quando penso que era tudo mentira... É insuportável!

Desabei em lágrimas.

– O futuro é tão venenoso quanto o passado – disse Shanti. – Apegar-se a uma ilusão, que por definição não existe, é a receita certa para o sofrimento. Você entra em pânico porque o futuro que imaginou do nada não parece mais provável. Você chora por causa de uma miragem. Uma visão irreal do amor. Assim como aquelas pessoas que, depois de casadas, sentem-se seguras.

– O casamento é um ato de compromisso, e sou a primeira a defendê-lo.

– Sim, mas só se for vivenciado no aqui e no agora, não como a certeza de um futuro seguro. Infelizmente, é preciso algo drástico, como a perda do emprego, o término de um relacionamento ou uma doença grave, para nos trazer de volta à realidade. A dor associada a esses acontecimentos está ligada ao pânico da perda de um futuro ilusório. Viver sem se projetar no futuro parece impossível, mas o presente é o único momento real.

Queria mandar Shanti e suas frases estereotipadas à merda, mas precisava admitir que ele sempre encontrava as palavras certas. Sequei minhas lágrimas com as mãos.

— Quer dizer que minha dor está relacionada às minhas projeções e esperanças agora frustradas?

— Sim, ao focarmos no futuro, abrimos mão da felicidade que nos cerca. Preferimos alimentar essas ansiedades associadas aos pensamentos hipotéticos: e se eu morrer sozinho? E se o amor não for para mim? E se não encontrar um emprego? E se eu ficar doente? E se, e se, e se...?

— Mas e quando a situação é intolerável, como agora?

— Não é o presente que dói, é a perda de suas ilusões. Quando nos deparamos com a mudança, encontramos os recursos que nos permitem aproveitar a oportunidade e encontrar o caminho certo. Sabemos que é impossível construir algo verdadeiro a partir de aparências, mas continuamos a nos apegar a elas como uma certeza. A vida apenas nos lembra disso. Não para nos fazer sofrer, mas porque não podemos continuar mentindo para nós mesmos. Há uma parte de nós que ascende e nos lembra da realidade.

— Bem, devo admitir que a vida não me poupou. Quis confiar em alguém, abri a porta do meu coração e ofereci meu amor. Resultado: fui abandonada sem cerimônias, com a minha melhor amiga de conluio, ainda por cima. Odeio os dois!

— Você acha que o amor pode se transformar em ódio?

— Sim, em casos como esse, por exemplo.

— Enquanto conjugar o amor no tempo passado ou futuro, não o vivenciará, porque ele nasce no tempo presente.

— Mas como isso é possível? Sem a esperança de uma vida melhor, não há nada pelo que viver.

— Pelo contrário. Ao apreciar o presente, você dá as boas-vindas ao que realmente existe. Ao focar seus pensamentos, sua visão e seus desejos no que é real, você acorda para a vida e entra em contato com um potencial ilimitado. Estou ciente de que ignorar o futuro é difícil; não é simples desviar toda a energia que concentramos num mundo ilusório. Mas, se conseguir acessar essa realidade única, banirá a desilusão de sua vida.

Dei um suspiro. Estava cansada de ouvir essas frases tão solenes: o "presente" isso, o "futuro" aquilo, as "ilusões", os "medos", o "ego". Não havia mas, nem meio mas: Matteo era um grande canalha e Romane, uma babaca. Filosofar não ajudaria em nada.

Coloquei a cabeça nas mãos, a ponto de gritar e fazer Shanti calar a boca. Ao olhá-lo, no entanto, percebi que estava em silêncio e que toda a barulheira vinha de meus pensamentos agitados. Shanti deve ter percebido que seus grandes discursos não seriam suficientes neste momento. Ele olhou para o relógio:

– O avião decola em uma hora, precisamos terminar de arrumar as coisas. Não é fácil ver com clareza quando o amor, a raiva e a dor se misturam, mas não se esqueça de que o branco, o símbolo da pureza, é também uma mistura de todas as cores primárias juntas.

Guardei minhas coisas e me sentei na beirada da cama. Sentia-me vazia, meus pensamentos giravam em torno da imagem de Matteo e meu coração lamentava sua ausência. Minha energia tinha se esgotado. As únicas coisas que me deixavam feliz eram as que me faziam lembrar dele. Lembrei-me de seu rosto, suas mãos delicadas, suas expressões faciais, seu silêncio, seus suspiros, seus sorrisos e de nossa cumplicidade. Sentia saudades dele em cada célula de meu corpo. Olhei pela janela, sem ver nada. Shanti bateu em minha porta entreaberta:

– Você está pronta? – perguntou em voz baixa.

Fiz que sim com a cabeça.

– Estou sofrendo, Shanti, não consigo me livrar dessa dor.

– Liberte-se de sua prisão. Enquanto estiver convencida de que é a vítima, não poderei fazer nada por você. Silencie sua mente e então poderemos conversar.

No fundo, sabia que Shanti tinha razão. Estava revivendo meus erros, presa em meus pensamentos. Lembrei-me de suas palavras, respirei fundo três vezes e me virei para ele:

– Estou pronta, vamos conversar.

Shanti sentou-se ao meu lado, as mãos cruzadas sobre as pernas.

– Culpar Matteo ou Romane pelo seu sofrimento apenas piora a situação, porque no fundo você sabe que tanto o problema quanto a solução estão dentro de você.

– Estou me dando conta de que não mereço ser amada.

– É porque você não ama a si mesma.

– Claro que amo! Bem... na verdade, não tenho certeza.

– Você se julga tanto quanto julga os outros. Enquanto estiver presa a este sentimento de perda, não será capaz de amar. A partir do momento que começar a confiar em si mesma, saberá o que é bom para você. Desse modo, conseguirá viver em sintonia com seus desejos mais íntimos, sem medo de rejeição. Ao entrar em harmonia consigo mesma, você não terá mais medo de ficar sozinha.

– É verdade, sinto-me muito sozinha.

– Sabia que há uma pessoa neste mundo que nunca a abandonará? A única pessoa que sempre estará ao seu lado é você mesma. Cuide de si, olhe para si mesma com carinho, compreenda suas fraquezas e seus pontos fortes, sem julgamentos. Comece amando a si mesma, plenamente, e então não terá medo de amar um outro alguém. Você se sente sozinha porque não cuida de si. Tenha confiança na vida. Você manifestou seus desejos, agora acredite que a matriz universal trabalha a seu favor. Está vivendo o que tem de viver, está encontrando as pessoas certas no momento certo para que possa atingir seus objetivos. Você é amada muito além do que pode imaginar. E está no caminho certo.

Após um longo silêncio, Shanti continuou:

– Quando me sinto sozinho, lembro-me de uma história que meu avô costumava contar quando me sentia desamparado:

> *Um senhor idoso passara os últimos cem anos, mais ou menos, caminhando. Ele caminhara durante sua infância, sua juventude, de mil alegrias e tristezas, mil esperanças e fadigas. Mulheres, crianças, países e sóis ainda povoavam sua memória. Ele os amara.*
>
> *Agora, todos encontravam-se distantes, desbotados. Nenhum o havia seguido até o fim do mundo, onde ele atualmente se encontrava. Sozinho, de frente para o vasto oceano.*
>
> *Na beira do mar, ele parou e se virou. Nas infinitas dunas, suas pegadas marcavam a areia. Cada uma delas representava um dia de sua longa vida. Todas lhe eram familiares: os tropeços, os momentos difíceis, os desvios, as jornadas felizes e as profundas marcas sobrecarregadas de tristeza. Ele as contou. Não faltava nenhuma. Envolto em memórias, sorriu para o caminho de sua vida.*

Estava prestes a entrar na água turbulenta, que já molhava suas sandálias, quando de repente hesitou. Ao lado de suas pegadas, ele percebeu algo de estranho. Cuidadosamente, ele as examinou outra vez. E percebeu que, na verdade, ele não caminhara sozinho. Outros passos, ao longo de todo o caminho, acompanhavam os seus. Isso o surpreendeu. Ele não se lembrava de uma presença tão próxima e fiel. Perguntou-se quem o havia acompanhado. Uma voz familiar, porém sem rosto, respondeu:

– Fui eu quem o acompanhou.

Ele reconheceu seu próprio ancestral, o primeiro pai da longa linhagem de homens que lhe deram vida, aquele que chamam de Deus. Lembrou-se de que, no momento de seu nascimento, esse pai de todos os pais havia prometido nunca abandoná-lo. Seu coração foi tomado por uma alegria ao mesmo tempo anciã e núpera. Não se sentia tão feliz desde a infância. Ele continuou a olhar para suas pegadas. Foi então que percebeu momentos em que elas eram únicas; mais estreitas, mais suaves. Houve dias em sua vida em que caminhara sozinho. Lembrava-se desses dias. Como poderia tê-los esquecido? Foram os dias mais terríveis, os mais desesperadores. Ao lembrar-se daquelas miseráveis horas, passadas a pensar que não encontraria misericórdia nem no céu nem na Terra, ele começou a sentir-se aflito e melancólico.

– Veja esses dias repletos de aflição – disse ele. – Dias em que caminhei sozinho. Onde estava você, Senhor, quando sua ausência me fez chorar?

– Meu filho, meu amado – a voz respondeu. – Essas pegadas solitárias representam o meu próprio caminhar. Quando você pensou estar caminhando às cegas, abandonado por todos, eu estava lá, em seu caminho. Quando minha ausência lhe fez chorar, você chorou em meus braços, pois eu o carregava.[2]

---

[2] Gougaud, H., *L'arbre d'amour et de sagesse* [A árvore do amor e da sabedoria], Seuil, 1992.

Senti-me aliviada com a história de Shanti. Sentia-me pronta para me libertar de minha própria prisão, sentia dentro de mim uma nova força. Levantei-me, determinada a deixar minha apatia para trás.

Na entrada, Nishal e Thim esperavam para se despedir. Eles colocaram um *khata* em meu pescoço. Os *khatas* eram cachecóis brancos decorados com mantras e símbolos de boa sorte, conferindo bênçãos e felicidade. Eu os abracei e agradeci pela atenção e pelo carinho que tiveram comigo durante nossa jornada. Não me sentia pronta para dizer adeus. Sabia que sentiria falta deles. Abracei-os uma última vez. Shanti apertou a mão deles com carinho. Em seguida, partimos para o aeródromo.

Thim correu até mim:

– Maelle, espere!

Virei-me. Ele desamarrou o colar de couro que trazia no pescoço, com um pingente de cianita na ponta, e colocou-o em mim.

– Você foi muito corajosa. Sei que não tem mais medo de atravessar pontes e que agora sabe comer com as mãos como uma verdadeira nepalesa. Quero lhe dar esse colar de presente, ele me trouxe sorte e garantiu que eu não passasse necessidades. Em tempos de sofrimento, ele me confortou. Será mais útil para você do que para mim.

Shanti me explicou que esse pingente era a única lembrança que Thim tinha de sua mãe.

– Eu não posso aceitar esse presente, Thim – contestei. – Esse colar é o que você tem de mais precioso!

– Não, a coisa mais preciosa para mim é meu coração, mas isso eu não posso dar. Então, dou-lhe o que me permitiu me conectar a ele. Com esse colar, sempre que pensava em minha mãe, meu coração vibrava. Sempre que segurava a pedra com força em minha mão, meu coração transbordava de alegria. Quando me sentia triste, era só tocar a cianita que meu coração se aquecia. Sempre que me sentia perdido e sem saber para onde ir, ele me mostrava o caminho. Assim, percebi que esse colar indicava o caminho do meu coração. Não preciso mais dele, porque agora já consigo percorrer esse caminho sozinho. Mesmo que lhe desse meu coração, ele não seria útil para você, já que ele é só meu. Você precisa encontrar o caminho do seu próprio coração, e essa joia vai te ajudar.

Abracei-o, sem conseguir conter as lágrimas.

– Obrigada, Thim, você é uma pessoa única. Prometo tomar conta dele.

– Não, não se apegue a ele. Ao encontrar seu caminho, dê-o a outra pessoa.

Como agradecimento, dei-lhe o relógio que meu pai me dera como presente de graduação. Ele o devolveu.

– Ele é muito bonito, mas não vai ser útil para mim, pois não sei ler as horas. Prefiro usar o sol. Guarde-o, ele tem mais utilidade para você do que para mim. Não tenho tempo para lhe ensinar a usar a luz para ler as horas, mas talvez numa próxima vez?

– O que posso lhe oferecer como agradecimento?

Sentia-me mal. Ele me olhava, em silêncio, como se eu lhe oferecesse a lua. Insisti, procurando algo que pudesse agradá-lo. Seus olhos começaram a brilhar.

– Eu gostaria de um sorriso. Você fica tão bonita quando sorri!

Não esperava por isso. Meus olhos se encheram de lágrimas mais uma vez, agora transbordando de ternura. Esse garoto me emocionava. Tomei-o em meus braços, abraçando-o com força.

– Está sentindo as vibrações de seu coração?

– Sim, sinto-me feliz.

– É o colar que está lhe conduzindo – Thim sussurrou em meu ouvido.

Ele me deu um beijo na bochecha e foi embora.

Apertei a cianita com força.

Perdão

"Na presença de uma grande decepção, não há como saber se nos encontramos no fim da história. Pode ser apenas o começo de uma grande aventura."

Pema Chödrön

Uma cerca era tudo o que separava a pista de pouso do aeroporto em Pokhara. O terminal era precário. O despacho das bagagens era feito num balcão improvisado. Um funcionário uniformizado inspecionou nossas malas, pesando-as em uma balança centenária.

Após a revista obrigatória e o controle de identidade, Shanti sugeriu que esperássemos do lado de fora, na beira da pista. O tempo estava agradável. Com os olhos fechados e o rosto voltado para o sol, pensei em voz alta:

— Será que é preciso sofrer para ser feliz?

— Não, claro que não. O sofrimento depende de nossos pensamentos. Um evento ocorrido é um fato passado: primeiro nós o observamos e depois deixamos para lá.

— Mas não consigo controlar meus pensamentos.

— É por isso que está sofrendo. Você permitiu que eles infectassem a situação. Como está se sentindo?

Inspirei o máximo de ar possível.

— Sinto um peso em meu coração, a garganta apertada, dificuldade em respirar. Sinto-me esgotada, quero chorar e estou cansada, sem falar da raiva que estou sentindo. Quero acordar deste pesadelo com Matteo em meus braços. Seu rosto me vem à mente e me lembro de tudo o que vivemos nos últimos dias. Quanto mais penso nisso, mais dói.

Exalei todo o meu sofrimento.

– Ótimo. Agora sugiro que preste atenção a todos os seus pensamentos, sejam quais forem, e os descreva para mim em voz alta. Observe-os um a um, como um predador diante de sua presa, e os nomeie para mim.

Concentrei-me em seu pedido, mas me sentia como um buraco negro, incapaz de expelir o que havia dentro de mim.

– Como você está se sentindo agora? O sofrimento sobre o qual falava desapareceu?

– Sim, tenho que admitir que não sinto mais nada. Não, espere, ainda sinto um peso no coração quando a imagem de Matteo me vem à mente.

– Perfeito, Maelle. E quais são as suas conclusões?

– Que ele me faz sofrer, mas disso eu já sabia.

– O que estou tentando mostrar é que não há sofrimento sem pensamento, tudo isso é apenas uma projeção de sua imaginação. Ao livrar-se dessa ilusão, todas as sensações dolorosas desaparecem.

– Não posso gastar todo o meu tempo examinando cada pensamento que me vem à mente.

– Por que não? É mais cômodo deixar que seus automatismos controlem sua vida? A escolha é sua. Mas, repito, não há sofrimento sem pensamento.

– Quer dizer que, ao sofrer, só preciso rastrear meus pensamentos e a dor desaparecerá?

– Não foi isso que acabou de acontecer?

– E sempre funciona?

– Continue tentando e vai descobrir.

Voltei a concentrar-me em meus pensamentos, mas nada. No entanto, assim que parei de prestar atenção, fui atacada por memórias e sofrimento.

– Se você sentir um mal-estar, saberá que é por causa de seus pensamentos.

O avião aterrissou à nossa frente. Assim que os passageiros desembarcaram, uma aeromoça nos convidou para entrar.

O bimotor tinha cerca de vinte assentos, separados em duas fileiras por um corredor estreito. Shanti insistiu para que me sentasse do lado direito e, durante o voo, notei como a vista daquele lado era espetacular.

A aeromoça, uma mulher pequena e magra trajando um uniforme bege e cambaleando em saltos altos demais para ela, passou-nos as instruções de segurança. Os motores deram a partida. O avião decolou em meio aos vales íngremes e seguiu seu caminho entre a cordilheira do Himalaia.

Karma, o motorista da ida, me buscou no aeroporto de Katmandu e me conduziu até a entrada de Boudhanath. Maya estava lá, esperando por mim. Na manhã seguinte, Shanti me acompanharia até o aeroporto. Agradeci-lhe. Ele me deu um longo abraço. Acenei para Karma, que trocou de marcha antes de entrar no fluxo do trânsito. Observei enquanto se afastavam com um rugido, levantando uma onda de poeira.

Atravessei o portão e entrei no hotel. Maya, alegre, estendeu os braços para mim e eu a abracei.

– Você está parecendo um pequeno animal selvagem – brincou ela, terna, acariciando meu cabelo.

– Aconteceu tanta coisa comigo em tão pouco tempo, você não faz ideia!

– Seu quarto está pronto, é o mesmo de quando chegou. Tome um banho e venha me encontrar no terraço de Boudhanath, aquele onde tomamos chá antes de você partir. Quero a história completa.

– Estou feliz por ter com quem conversar.

Ao abrir a porta do quarto, deparei-me com um novo ambiente. No entanto, nada havia mudado. Uma cama larga com um colchão de verdade, aquecedores, um banheiro e um lavabo. Um luxo incrível! Lembrei-me de minha reação ao chegar e comecei a rir.

Lavei o cabelo três vezes, mas ainda não me sentia completamente limpa. De repente, a luz acabou. Apenas um raio solar atravessava a escuridão pela claraboia entreaberta, iluminando as partículas de poeira que se agitavam no ar.

Na penumbra, deleitei-me com o gotejamento de água quente que aquecia meu corpo depois de horas no frio. Vesti roupas limpas e encontrei Maya olhando para a estupa e tomando um chá de gengibre. Um jovem garçom logo me trouxe uma xícara fumegante.

– Então, me conte todos os detalhes! – Maya pediu.

Narrei os onze dias que haviam se passado: os ensinamentos de Shanti, nosso grupo, meus encontros, as coincidências, meus estados de espírito, as maravilhas. Falei sobre Jason e sua pesquisa, sobre Chikaro, e então... sobre o drama e a traição de Romane e Matteo. Maya ouviu meu monólogo com atenção.

– Não conheço sua amiga o suficiente para saber o que a levou a fazer isso, mas ela deve ter um motivo...

Ela parou no meio da frase, pensando profundamente. O silêncio fez com que me concentrasse nos barulhos que subiam da rua: o tilintar dos sinos e os murmúrios dos mantras ondulavam ao redor do monumento. De sua bolsa, Maya pegou uma antiga relíquia. Seu rosto se iluminou.

– Agora entendo a mensagem que meu avô me deixou antes de falecer, há mais de vinte anos. Ele vivia em um *ashram* na Índia, perto de Puducherry. Um dia, quando sentia raiva do meu pai, ele me entregou esse texto sem dizer uma palavra. – Maya me mostrou uma carta desgastada, dobrada em quatro. – Em seu leito de morte, ele me implorou para transmitir os ensinamentos desse documento. Até agora, eu não tinha entendido sua real importância, mas faz sentido com o que acabou de me explicar.

Ela colocou o papel sobre a mesa, amarrou seus longos cabelos negros, pegou um par de óculos de seu estojo e os ajustou em seu nariz. Em seguida, desdobrou delicadamente a folha de papel amarelada escrita em sânscrito e a traduziu para mim:

> *O que mais você gostaria que o perdão não pode lhe oferecer? Deseja paz? O perdão a oferece. Você quer felicidade, uma mente tranquila, a certeza de seu propósito e um senso de valor e beleza que transcende o mundo? Quer solicitude e segurança, o acalentar de uma proteção eterna? Você quer uma quietude imperturbável, uma gentileza que nunca pode ser abalada, um bem-estar profundo e duradouro e um descanso tão perfeito que nunca poderá ser perturbado? O perdão lhe oferece tudo isso e muito mais. Ele é o brilho em seus olhos ao acordar e quem lhe oferece a alegria para começar o dia.*

> *Ele relaxa suas feições enquanto você dorme, repousando sobre suas pálpebras a fim de que não experimente sonhos de medo e maldade, de malícia e ataque. E quando você acorda novamente, é ele que lhe oferece mais um dia de felicidade e paz. Tudo isso e muito mais o perdão lhe oferece. O que mais você gostaria que o perdão não pode lhe oferecer? Que outras dádivas valem a pena? Que valor imaginário, que resultado trivial ou que promessa passageira pode conter mais esperança do que o que o perdão oferece?*[3]

— É um belo texto. Mas perdoar não é algo fácil – disse.

— Mas também não é algo difícil. Você entendeu que podemos ver o mundo através do prisma do amor ou do medo, que o outro é um reflexo de nós mesmos, que somos um só. O perdão é a chave para a felicidade. A felicidade só é possível se estivermos em paz, pois essa é a única realidade aceitável. Ao sairmos desse estado, nossas percepções são alteradas por uma infinidade de emoções guiadas pelo medo. O perdão é a chave para a cura. Ele abre nossos olhos. Ao nos livrarmos do ressentimento, o perdão nos tira desse estado de confusão. Ele leva à compreensão de nossos erros de julgamento. Faz-nos encarar nossas responsabilidades: não somos inocentes e os outros não são culpados.

— Gostaria de poder perdoar, mas ainda estou sofrendo muito.

— Como Chikaro lhe explicou, situações incômodas nos levam a uma melhor compreensão. O ego é sempre o primeiro a responder e, mesmo errando, nós o seguimos cegamente. É por isso que o sofrimento persiste.

— Mas Romane e Matteo me traíram! A culpa não é minha. O que meu ego tem a ver com isso?

— Supondo que isso seja verdade, por que você se sente afetada? O fato é passado. Por que se sente atacada? Do que você tem medo? Por que isso está influenciado o seu bem-estar?

---

[3] Schucman, H., "Lesson 122" [Lição 122], *A Course in Miracles [Um curso em milagres]*, Foundation for Inner Peace [Fundação para a Paz Interior], 1976.

Olhei para ela com espanto. Maya falava como Shanti. Mexi o chá, esmagando as finas fatias de gengibre, e tomei um grande gole. Ela fechou os olhos por um momento, em silêncio, e depois apontou para a própria cabeça:

— Escute como o seu ego tagarela, ele parece um disco arranhado! — Ela continuou em uma voz maquiavélica. — Estou infeliz porque está frio, porque o computador não quer ligar, porque fulano me ignorou, porque sicrano me atacou, porque não fui convidada para esta reunião, porque beltrano me traiu... Veja como o ego sempre arruma um jeito de jogar a culpa em algo ou alguém. Através de seus estratagemas, ele controla situações e pessoas a quem culpar. O ego desconfia de quem é diferente dele. É sempre o mesmo papo furado: "Olhe ao seu redor, todas essas pessoas egoístas querendo me prejudicar. Só vou descansar em paz quando fulano e sicrano mudarem de atitude, quando o tempo melhorar...".

Sorri e assenti.

— Você tem razão, Maya. Se pensarmos sobre o assunto, as soluções são aterrorizantes, agressivas e violentas.

Maya segurou minha mão e pediu que me entregasse ao perdão:

— Essa percepção já é meio caminho andado. É a partir dela que você percebe que prefere experimentar esse novo mundo a continuar sofrendo por causa de seus automatismos. Nada é pior do que a realidade criada pelo ego. A escolha é sua: ou você o abandona, ou o segue. Sofrimento ou felicidade?

— Eu já sofri demais, escolho a felicidade!

— O perdão é o melhor presente que podemos dar a nós mesmos, pois abre as portas de tudo aquilo que é verdadeiro. Ele nos permite perdoar a nós mesmos por nem sempre fazermos a escolha certa, bem como perdoar preventivamente o outro por ter medo. Quando olhamos para fora, buscamos alguém para criticar, julgar e odiar, evitando assim a nossa responsabilidade. Mas se olharmos para dentro e aceitarmos que essa visão separatista não passa de uma ilusão, não há mais nada a perdoar.

— Espere, não estou entendendo. Você está me dizendo que precisamos perdoar, mas que não há nada a ser perdoado?

— Exatamente! Era isso que eu não entendia na carta: o perdão incondicional é a chave. Já que somos uma única entidade vibrando no mesmo ritmo, não há ofensa alguma a ser perdoada. Estávamos procurando no lugar errado, respondendo às perguntas erradas: por que alguém nos faria sofrer? Ou o que esse alguém fez de errado? No entanto, o que precisamos entender é como o outro nos afeta. O que há em mim de não resolvido que está sendo afetado pelo comportamento e pelas palavras de outra pessoa? Em vez de se fazer de vítima e procurar um culpado ao nosso redor, precisamos assumir a responsabilidade por nosso próprio sofrimento; só então entenderemos por que achamos que essa dor vem de fora.

– Agora entendo melhor o que Chikaro quis dizer quando insistiu que aqueles que consideramos nosso inimigo são, na realidade, nosso maior presente. Eles nos permitem ver nossas próprias áreas nebulosas para que possamos alcançar a felicidade e superar nossas barreiras.

– Exatamente. Quando entendemos isso, percebemos que o perdão não é mais um ato generoso que estendemos a outra pessoa, mas a consciência de que nenhum erro foi cometido. A dor não se origina do outro, mas de nós mesmos. O que começa como julgamento termina como gratidão.

– Sim, é isso mesmo: o conceito tradicional de perdão se baseia no fato de que um erro foi cometido e que somos generosos o suficiente para perdoá-lo – completei. – Já a chave para a felicidade se baseia no fato de que nenhum erro é possível, já que os erros são apenas uma forma do meu cérebro alterar a realidade e procurar alguém para culpar, certo?

– Acredito que sim!

– Deixe-me resumir, então. Em primeiro lugar, não quero mais sofrer. Será que meus problemas realmente são culpa de Matteo e Romane? Essa constatação nos leva à questão de como encaramos nossas responsabilidades. Não me vejo mais como vítima; de agora em diante desempenho um papel ativo na busca da minha felicidade. Em segundo lugar, se me senti atacada, foi porque eu mesma me ataquei. Ao sair do reino do amor, inflijo dor a mim mesma. Alimentar minha raiva é uma escolha própria. Admito que, naquele momento, meu passado e a lembrança de meus relacionamentos tomaram conta de mim. Essa traição me deixou apreensiva. Em terceiro lugar, aprecio o presente que me é dado. Vejo as duas portas que se abrem diante de mim.

Para vivenciar a felicidade que busco, é preciso ignorar meu ego. Em quarto lugar, me regozijo com a felicidade que há em mim e compartilho meu amor incondicional. Não podemos nos separar uns dos outros. Não há nada que possa fazer que me separe da unidade. Perdoar a si mesmo é perceber que nunca deixamos de fazer parte desta grande vibração, já que isso é impossível; logo, não há mais nada a ser perdoado, pois o amor é tudo o que existe. Nenhum dano, nenhuma ofensa é possível.

Tudo fazia sentido. Maya e eu trocamos um olhar emocionado.

O pôr do sol lançou seus raios alaranjados sobre a estupa à nossa frente. Entreguei meu corpo, meu coração e minha alma ao esplendor do momento. A felicidade tomou conta de mim. Senti-me livre, feliz, viva! Fechei os olhos e respirei a vida. Um sorriso surgiu em meus lábios. Murmurei:

– Então este é o ponto de partida, o momento em que tudo começa e tudo termina com perfeição.

Decolagem

*"E sempre foi assim com o amor, ele não conhece a
própria intensidade até a hora da separação."*

Khalil Gibran

A noite tinha sido amena. Estava terminando de tomar o café da manhã no terraço do hotel, ouvindo o burburinho da praça a poucos metros de mim. Sentia-me calma, meu corpo estava em harmonia com o momento. Tinha sido enganada e tratada como uma grande idiota, mas não sentia mais amargura ou raiva. Não sentia mais medo, não havia mais um vazio em mim. Um sentimento mais reconfortante me preenchia: sentia-me amada. Sentia como se tivesse renascido, ou simplesmente nascido. Escutava a vida ao meu redor, dentro de mim. Notas musicais soavam dos templos próximos e se estendiam até o céu.

Nos últimos dez dias, tudo o que eu acreditava ser verdade acabou se revelando falso, mas mesmo assim sentia uma confiança inabalável. Tinha demolido minhas convicções fúteis a fim de abrir espaço para o solo fértil da minha alma. Encontrara meu lar a sete mil quilômetros de casa. Não queria mais trair meu corpo ou meu coração e, para tanto, estava aprendendo a domá-los. Minha prioridade agora era encontrar esse tesouro, essa vibração única que, quando ouvida, leva-nos à mais bela das jornadas. Uma jornada repleta de momentos, uma expedição além do infinito: uma odisseia ao centro da unidade, que começa e termina no aqui e no agora. Nem tudo fora resolvido, eu estava ciente do trabalho por vir, mas sentia orgulho deste meu pequeno pedaço de humanidade. Percebi o real significado da felicidade. Entendi que tudo o que vivenciara era apenas um grande momento presente. O motivo pelo qual Romane e Matteo me enganaram não importava mais. Essa experiência me fez crescer. Estava grata pelo presente que haviam me dado.

Sentia-me feliz, cheia de uma nova energia.

Eu esperava por Shanti. Meu guia insistira em me acompanhar até o aeroporto, mas a ideia de me despedir dele me deixava apreensiva. Ele havia me dado uma nova vida e me ensinado tanto! Com uma paciência desconcertante, desafiara meus princípios e destruíra minhas certezas para me mostrar o caminho certo. Prometi a mim mesma que iria honrar esse presente. E tomaria cuidado para não me perder outra vez.

Com sua inabalável alegria de ser, Shanti atravessou o portão do jardim e acenou para mim. Ao mesmo tempo, Maya saiu do hotel e veio em minha direção. Eu a abracei e agradeci por tudo que tinha me proporcionado desde a minha chegada. Nossas lágrimas se misturaram umas com as outras. Eu a abracei uma última vez e prometi que lhe daria notícias.

Shanti pegou minha bagagem. Demos a volta pelo lado esquerdo da estupa até a saída. Com um olhar, despedi-me do monumento gigante.

Na estrada, barracas pitorescas construídas entre as casas e os restaurantes improvisados passavam diante de meus olhos.

Shanti e eu permanecemos em silêncio, e isso bastava para nós. Não conseguia articular minhas palavras, mas as lágrimas continuavam escorrendo. Ele deu um tapinha em minha mão.

— Estou com medo de deixá-lo — disse, quase inaudível.

— Assim como temia a ideia de ir para as montanhas comigo.

Comecei a rir.

— Estou com muito mais medo agora.

— Não é como se estivéssemos nos separando completamente, Maelle; quando há amor envolvido, a conexão dura para sempre. Todos os seus passos seguirão os meus e vice-versa. Lembre-se, quando separamos dois átomos entrelaçados, movendo-os a milhares de quilômetros de distância, qualquer ação sobre um deles resulta na mesma reação no outro. Nada mais importa.

— Já estou com saudades de você.

— Isso é apenas uma ilusão, pois estamos juntos. Essa projeção a leva ao medo, mas estarei sempre ao seu lado. Não estamos sozinhos, mas acompanhados. Não corremos o risco de perder nada, pois compartilhamos um amor incondicional. Para senti-lo, só precisamos nos conectar uns com os outros. Confie na matriz universal, sinta a paz que habita em você e ouça a ressonância da imensidão da qual faz parte. Este é o segredo da felicidade.

— Sim, eu sei. Sei que tenho o poder e a capacidade de escolher a vida que quero viver e de controlar meus pensamentos. Ainda assim, sinto-me frágil, como quando removemos o gesso após uma fratura, sabe? Sei que consigo andar sozinha, mas é mais seguro com muletas.

Shanti me acompanhou até a sala de embarque. Ele me abraçou forte:

— Como posso lhe agradecer?

— Agradecer-me? Que loucura! Eu é que lhe devo agradecimentos e acho que nenhuma palavra é forte o suficiente para expressar o que sinto. Fez coisas por mim que ninguém jamais fez, você mudou minha vida.

— Você me deu o maior presente de todos, Maelle: ser capaz de lhe ensinar o amor. Compartilhe a sua essência enquanto puder, através de seus pensamentos, de seus gestos e de suas ações. Esse é o presente mais precioso que pode dar a si mesma, assim como sentir o amor que lhe é oferecido em retorno.

Não consegui conter minhas lágrimas. Cada uma de suas palavras tocou minha alma. Pela primeira vez, senti como se tivesse atingido o estado de interconexão. Olhei para Shanti, e ele parecia ler meus pensamentos.

— Você sabe que não nos separaremos. Estou segurando sua mão e você está segurando a minha, sempre.

Abracei-o com força e senti seu coração batendo contra o meu. Senti esse amor que eu nunca havia sentido antes, o único que verdadeiramente existe.

— Até mais — ele sussurrou em meu ouvido e acenou em despedida.

Um novo começo

"Se queremos nos mexer ou falar, devemos antes de mais nada examinar a mente, estabilizá-la, e então agir de maneira apropriada."

Shantideva

Continuei chorando durante a primeira hora de voo. Eu deixava para trás aquele país que tanto me ensinara. Há encontros que marcam nossa vida para sempre.

No fundo da minha bolsa, encontrei um pequeno envelope. Antes de partir, Maya me dera um cartão-postal da estupa, no qual escrevera:

Maelle,

Quando seus automatismos voltarem, não desista; faça as pazes consigo mesma e recomece, sempre. Desejo que vivencie o amor a cada segundo. O hoje é uma dádiva, por isso é chamado de presente.

Maya

Aterrissamos rapidamente.
Liguei meu celular. Deixara-o carregando durante a noite toda no quarto do hotel. Um recorde: não havia sentido vontade de ligá-lo até pousar em Paris. As notificações de e-mails chegavam como se fosse o fim do mundo. Soluções para emergências foram encontradas, decisões

urgentes foram tomadas e respostas foram dadas. No fim das contas, a Terra continuou girando sem mim.

Escutei as mensagens de voz. Minha família se revezou para me ligar. O pânico aumentava de chamada em chamada. Na pressa de pegar o voo, não contei a ninguém que estava viajando. Na fila dos "passaportes europeus", apressei-me em ligar para minha mãe. Ela atendeu em pânico:

— O que aconteceu com você?

— Hum... Tive que viajar com urgência a trabalho.

— E não conseguiu arrumar cinco minutos para ligar para sua mãe? Estava morrendo de preocupação!

— Tive um problema com meu celular, não achei que fosse se preocupar tanto.

— Um dia desses, você vai acabar me matando, só pensa em si mesma e no seu trabalho. Sua irmã também está preocupada com você.

— Olhe, mãe, sinto muito, de verdade! Vou ligar para Margot e tranquilizá-la. Está tudo bem, de verdade. Beijo.

— Espere um pouco! Gostaríamos muito que viesse para o seu aniversário. Charles mal pode esperar para vê-la e... quero lhe mimar um pouco. Posso fazer seu prato favorito e poderíamos sair para umas caminhadas como costumávamos fazer, que tal?

Charles era o novo companheiro de minha mãe. Coitado! Era complacente e sempre concordava com tudo. Não acho que realmente quisesse que eu fosse, mesmo que nunca tenha se irritado quando minha irmã e eu invadíamos a casa deles.

— Parece uma boa ideia, mãe, a gente pode conversar sobre isso mais tarde.

— Não, minha filha, seu aniversário é amanhã! Venha, estamos te esperando no fim de semana.

— Eu ligo mais tarde.

Trinta e cinco anos de vida e tinha me esquecido do meu aniversário! Comecei a sorrir. Pela primeira vez, minha mãe não conseguiu fazer com que me sentisse culpada.

Passei pela alfândega e liguei para Margot:

— Oi, Margot!

— Ah, olha só, quem é vivo sempre aparece! O cara deve ser bem lindo mesmo!

— De quem você está falando?

— Para cima de mim não, irmãzinha! Fui ao seu escritório na semana passada e sua secretária me disse que você estava ausente por alguns dias. Sei que somente um deus grego poderia fazer com que se esquecesse de seu trabalho.

— É um pouco mais complicado do que isso.

— Não é um homem?

— Não. Quero dizer, homens, no plural, mas...

— Uau! Me conte tudo, parece que a fofoca é boa! De qualquer maneira, a gente vai se ver em Nice, a mamãe confirmou que você vai no fim de semana.

— Na verdade, não. Não confirmei nada. Quero dizer, eu disse a ela que não iria.

— Maelle, ela ficou me enchendo o saco durante dez dias. Eu não aguento mais!

— Sim, posso imaginar. Desculpe-me. Mas quero ficar sozinha. Preciso descansar um pouco.

— Você a conhece. Ela vai ficar desapontada, mas vai superar. Até mais, então! Mal posso esperar pelas fofocas!

Peguei minha bagagem. O céu estava cinza, mas o tempo estava bom. Peguei um táxi em direção ao Arco do Triunfo. Sentia-me feliz.

Uma mensagem de Romane interrompeu meus pensamentos: "Café Angelina amanhã para nosso brunch anual? Às onze horas? Beijos".

Mas que cara de pau! Depois de tudo o que tinha feito comigo, ela ainda tinha a coragem de me convidar para um brunch! Senti minha raiva pulsar e a observei aumentar. Meu corpo se enrijeceu, cerrei a boca. Meu ego estava de volta ao controle. Tentei analisar a situação através da outra porta, a do amor: será que não era melhor entender seus motivos, sua dor, seus medos, em vez de apenas me vingar excluindo-a de minha vida? Não seria melhor saber o seu lado da história em vez de me ater às minhas suposições? É claro que sim. Meu corpo relaxou e comecei a me sentir mais leve.

"Estarei lá, bei..." Parei e apaguei as letras depois da vírgula. Não, nada de beijo. Já estava sendo generosa demais ao concordar em encontrá-la. Cerrei a boca de novo. Mentalmente, rosnei: "Cale a boca, querido ego! Fiquei feliz ao receber essa mensagem, não fiquei? Não senti um alívio, bem lá no fundo? Queria permanecer em contato com ela, certo? Continuei a escrever minha mensagem: "Estarei lá, beijo". Meu corpo relaxou.

Que alegria regressar ao meu aconchego e poder usufruir de minha banheira, minha cama e do calor do meu apartamento.

A noite me fizera bem. Acordei no dia seguinte me sentindo renovada, com mais um ano no currículo. Desligara meu celular, pois não queria ser incomodada. Para falar a verdade, acostumara-me a viver sem ele. A constatação me deixou feliz. A partir das sete horas da manhã, uma enxurrada de mensagens de voz, mensagens de texto e e-mails me desejando feliz aniversário começou a inundar meu celular. Mesmo longe do meu caminho, meus amigos ainda se preocuparam comigo, e esperaram por mim. As mensagens me tocaram. Sentia-me amada. Tudo estava mudando, agora estava ciente das minhas prioridades.

Abri as cortinas. O céu estava azul-celeste. O dia seria ótimo. Era sexta-feira e, mais cedo, enviara uma mensagem a Peter para lhe dizer que estaria de volta ao escritório na segunda-feira. Ele estava tão entusiasmado que até me enviou um buquê de flores virtual de feliz aniversário. Um dia só meu, em que eu poderia fazer as coisas com calma. Ligar para as pessoas que amo, receber o amor delas e expressar o meu. Quem sabe até mesmo uma massagem mais tarde?

Tomei um longo banho quente, depois escolhi cuidadosamente as roupas que queria usar no meu dia especial. Calça jeans, minha blusa favorita e um macio pulôver azul de caxemira. Coloquei meu casaco, enrolei um cachecol ao redor do pescoço e dei uma volta na Champs-Élysées.

Caminhei pelas ruas parisienses. As folhas amontoavam-se em pequenos montes, flutuando aqui e acolá com o vento. Eu buscava uma conexão com todos os rostos que via ao passar. Alguns estavam com pressa ou preocupados, outros melancólicos, tristes ou ocupados. Poucos pareciam felizes, exceto alguns jovens apaixonados. Enviei a cada um deles um pensamento positivo, desejando-lhes paz.

Concentrei-me e distribuí minha energia ao redor. Queria compartilhar minha felicidade. Os raios de sol me acompanhavam e multiplicavam a força que emanava de todo o meu ser. Shanti tinha razão, o mundo não havia mudado, mas eu sim. Não podia ignorar as teorias da física quântica que mostravam que nossos pensamentos influenciavam o resultado final. Ao transmitir minhas energias positivas a esses estranhos, esperava alcançar uma ou outra célula do corpo deles e fazer com que se sentissem melhor por um momento.

Estava próxima de onde combinara de encontrar Romane. Minha raiva tentava vir à tona e comecei a observar esse processo. Matteo me veio à mente, o que só aumentou minha dor. Deixei que minhas emoções se expressassem. Será mesmo que eu tinha sido traída? Confiara em pessoas que me fizeram sentir bem. Eles me ajudaram a abrir as portas de um mundo que eu teria levado uma eternidade para acessar sozinha: o reino do meu coração, o reino da felicidade! Então lhe pergunto, raiva, querida raiva, meu terno orgulho: será mesmo que eu fora usada?

Observei esses dois companheiros ressurgirem:

— *Matteo lhe prometeu o mundo, mesmo já tendo uma esposa. Ele a usou e se aproveitou de você. Você não guarda rancor!*

— *Ele não me forçou. Eu faria tudo de novo!*

Meu orgulho pegou minha raiva pelo braço e sussurrou em seu ouvido:

— *Pode esquecer. Você está vendo que ela não nos dá mais ouvidos!*

Sorrindo, observei esses sentimentos indo embora e enviei pensamentos de felicidade e paz para eles também. Atravessei a Praça da Concórdia, deleitando-me com a beleza de Paris. Meu coração se incendiava com cada detalhe: o obelisco de Luxor no centro da praça, os postes de iluminação que tornam a capital tão charmosa, os plátanos nos Jardins das Tulherias e o sorriso de uma criança pela qual passei ao subir as arcadas.

Abri as pesadas portas douradas do café, passando pelas vitrines com bolos de dar água na boca, e entrei no salão principal. A decoração feita durante a Belle Époque ainda estava presente depois de todas essas décadas: um teto de vidro, molduras e espelhos dourados. Poltronas de couro marrom-escuro rodeavam mesas redondas de madeira com tampo de mármore, alinhadas em várias fileiras. Enquanto procurava por Romane, uma garçonete passou por mim carregando uma bandeja exalando o aroma de bolo e chocolate quente. O tilintar dos talheres de prata na porcelana branca pontuava o barulho das conversas internacionais.

Romane esperava por mim no centro do salão. Meu coração começou a bater forte. Ela levantou-se com dificuldade, sua dor era perceptível e sua pele pálida servia como lembrete de sua fragilidade. Minha amiga tentou me abraçar, mas recusei. Preferi lhe dar dois beijos no rosto. Sentei-me em frente a ela e joguei o caderno em branco sobre a mesa.

— Aqui está o que você me pediu para buscar.

Ela olhou para o caderno.

— Gostaria de ter lhe acompanhado, mas minha saúde não me permitiu.

— Virei-me muito bem sozinha, obrigada.

Ela respirou fundo.

— Na verdade, descobri que tinha câncer ao voltar de Katmandu, e não enquanto ainda estava lá. — Revirei os olhos. Uma mentira a mais, uma mentira a menos. — Percebi que aquela jornada que empreendera ajudaria a me salvar.

Romane se esforçava para falar, mas não me deixei abalar.

— Ótimo, bom para você, mas por que me envolveu nessa história toda?

Minha raiva aumentava. Tentei me acalmar, antes que explodisse. Romane suspirou fundo e continuou, gentilmente:

— As lições que aprendi lá me deram forças para lutar contra a doença.

— Bom para você.

— Há vários meses, tenho observado você se destruir...

Uma garçonete de uniforme anotou nosso pedido.

Romane endireitou-se na cadeira, olhou-me nos olhos e explicou, cheia de confiança:

— Sei que está se destruindo porque fiz o mesmo durante anos, então inventei essa história para que você pudesse vivenciar esses ensinamentos e acordar para a vida antes que fosse tarde demais. Sabia que você nunca teria ido se eu não a tivesse forçado a ir.

Não sabia o que responder. A garçonete voltou com parte do pedido. Romane continuou, segurando minha mão:

– Como presente de aniversário, queria lhe dar a possibilidade e a liberdade de continuar a viver sua vida de modo consciente.

Senti sua sinceridade, mas minha raiva em relação a Matteo me enchia de dúvidas. Nervosa, comecei a preparar meu chá. Após um silêncio, perguntei, com os olhos ainda fixos na xícara:

– E Matteo?

– Ah, Matteo!

Olhei para ela. Romane tomou um gole de suco.

– Eu o conheci nos Estados Unidos. Trabalhamos juntos em algumas pesquisas por vários anos. Como viu, ele é apaixonado pelo Nepal. No mês passado, ele me disse que estava indo ajudar Jason em Katmandu. Foi aí que tive a ideia. Eu queria que Matteo tomasse conta de você! Sabia que ele era a pessoa certa.

– Ah, ele tomou mesmo conta de mim, pode ficar tranquila! Tomou conta até demais. Você pediu a ele para transar comigo também?

As palavras escaparam sem eu pensar. Meu ego me pegara de surpresa. Arrependi-me imediatamente.

– Não seja vulgar. Não pedi a ele que fizesse nada além de protegê-la. Ele resistiu o máximo que pôde, mas acabou se apaixonando por você.

O barulho de saltos altos no carpete pesado anunciou o retorno de nossa garçonete. Ela colocou os pratos de ovos mexidos e torradas diante de nós.

–Também achei que ele tivesse se apaixonado por mim. Mas a última mensagem que Matteo recebeu foi da mulher que ele realmente ama. E, olhe só, não sou eu! Ela aguardava o retorno dele com grande entusiasmo.

– O que você quer dizer com isso?

– Ah! Isso não estava de acordo com seus planos, não é?

– De quem você está falando?

– De sua esposa ou namorada, sei lá, aquela com quem ele vive, uma tal de Laura.

Romane começou a rir.

– Não vejo o que é tão engraçado!

— Que mal-entendido!
— Ah, você acha isso divertido? Pois eu não!
— Maelle... Laura é a irmã dele! Os dois são muito próximos. Ele voltou dos Estados Unidos para cuidar dela, que sofreu um grave acidente de carro há três anos. Ela está melhor agora, mas não foi nada fácil. Ele não lhe disse nada sobre isso?
— Não.
— Parece que você não deu a ele tempo suficiente para explicar nada!
— E o que sabe sobre isso?
— Encontrei-o no aeroporto enquanto ele esperava o voo.

Romane colocou a mão na bolsa e tirou um envelope.

— Ele me pediu para entregar isso para você. — Ela me estendeu a carta. Estava prestes a pegá-la quando minha amiga a tirou de meu alcance. — Prometa-me que não vai rasgar antes de ler.

Prometi e me apressei em abri-la. Meu coração batia acelerado em meu peito. Estava tão empolgada e nervosa que minhas mãos começaram a tremer. Mal conseguia focar nas palavras.

> *Maelle,*
>
> *Adoraria ter conversado com você antes de voltarmos para a Europa, mas não sabia como. Há tantas coisas que não lhe disse, tantas coisas que precisa saber sobre mim, tantas coisas que gostaria de aprender com você, tantas coisas que gostaria de compartilhar.*
>
> *Estarei esperando por você em Milão na sexta-feira à noite. Passe o fim de semana comigo, dê-me a chance de explicar o que não tive tempo de lhe dizer. Dê-nos a chance de viver o que temos de viver sob os raios mágicos do mesmo astro que iluminou nosso primeiro encontro.*
>
> *A primeira coisa que não ousei lhe dizer foi que eu a amava, não de modo a satisfazer meu ego solitário, mas com um amor sincero que gostaria de cultivar com você. Sinto muito a sua falta.*
>
> *Matteo*

No envelope, junto com a carta, uma passagem de avião. Partida de Paris-Orly às dezoito e vinte e chegada em Milão-Linate às dezenove e cinquenta.

Olhei para Romane. Lágrimas escorriam por minhas bochechas. Os olhos vermelhos de minha amiga demonstravam a mesma emoção. Avaliei o amor que ela expressava por mim apesar da terrível luta que vinha enfrentando há vários meses. Minha amiga estava ali diante de mim, com dignidade e força. Ela me dera o mais belo presente de aniversário. Romane queria me salvar antes que eu me perdesse completamente. Ela me presenteava com seu amor como ninguém havia feito antes. Senti-me culpada por tudo o que tinha pensado dela nas últimas horas.

Continuamos chorando em silêncio, nossos olhos turvos. Senti minha garganta se fechar e meu coração ficar pesado, não conseguia conter a poderosa onda de emoções que tomava conta de mim.

Romane pegou minha mão:

— Eu te amo, minha amiga, nunca duvide disso. Matteo é um homem extraordinário, assim como você. Vá encontrá-lo. Não deixe que o medo a aprisione, é hora de se libertar, é hora de viver!

Epílogo

> *"É tempo de viver a vida que você*
> *imaginou para si mesmo."*
>
> Henry James

Tive tempo suficiente para engolir alguns doces, fazer meu pedido de aniversário como faço todos os anos e, acompanhada de Romane em modo motorista de táxi, pegar algumas coisas em casa antes de voar para Milão.

Abri o caderno amarelo que fora buscar no fim do mundo e que minha amiga me entregara de volta no aeroporto, algo que, de acordo com ela, me ajudaria nos momentos difíceis. Na primeira página, ela escrevera:

Maelle, minha querida amiga,

Espero sinceramente que encontre forças para escrever tudo o que aprendeu a fim de propagar esta nova forma de consciência.

Amo você, profundamente.

Sua amiga para sempre,

Romane

Uma lágrima pingou de meus olhos e foi parar ao lado de seu nome. Peguei uma caneta em minha bolsa, virei a página e comecei a escrever como prova:

Peguei um táxi e atravessei Paris até o Panteão. Há cinco anos que não vinha a este bairro, desde a minha última apresentação na Escola Normal Superior de Paris (ENS). Devido à falta de fundos, decidimos fazer lobby diretamente nas melhores faculdades de Engenharia a fim de atrair talentos em potencial para a empresa que havíamos criado: uma startup de gênios onde, nos últimos oito anos, investi todo o meu tempo, esperando por um milagre...

E para terminar...

Gostaria de compartilhar um sonho com vocês.
Gosto de pensar que um dia seremos capazes de caminhar juntos. Penso que, se cada um de nós ajudar outra pessoa, juntos poderemos trazer uma doce harmonia para este mundo, tornando-o um lugar melhor para se viver.
Preciso de sua ajuda para realizar esse sonho. Se você acredita, como eu, que a felicidade é uma escolha, então é nossa responsabilidade ajudar aqueles que amamos a alcançá-la. Segure a mão de alguém e lhe ensine o amor, torne-se o Shanti de alguém, ajude-o a encontrar seu caminho e ofereça para segurar a mão desse alguém enquanto ainda segura a sua.
Em breve, de mãos dadas, daremos a volta na Terra e veremos o fruto de nosso trabalho.
Não tente convencer os outros, dê-lhes exemplos, inspire-os, pois é ao irradiar sua luz que você guiará seus passos.

Com todo o meu amor,
Maud

De quem são as mãos que você vai segurar hoje?
Ofereço este livro para todas as pessoas que fazem de mim quem eu
sou (meus familiares, meus amigos, aqueles que eu achava que eram
meus inimigos e que apontaram minhas áreas nebulosas) para
agradecê-los pelos presentes que me deram durante todos esses anos.
De agora em diante, criemos juntos a vida com a qual sonhamos.
Se este livro lhe agrada, dê-o a seus entes queridos como
um símbolo de seu amor.

Agradecimentos

Obrigada!

Durante muito tempo, queria escrever um livro, mas não sabia como proceder. Comecei a rabiscar algumas frases, depois uma página, duas, três… uma dúzia… uma centena, até finalizar a versão que publiquei de forma independente e a qual ofereci a todas as pessoas que fazem de mim quem eu sou. Então, essas pessoas também quiseram compartilhar esse presente, e ele acabou criando pernas.

Então, um brinde a você, Claire Champenois, que foi capaz de me impulsionar e me incentivar com gentileza.

Aos meus primeiros leitores e queridos amigos: Isabelle Battesti, Murielle Blanc, Sarah Denis, Katell Floch, Line Kairouz, Vanessa Martinez, Corinne Moustafiadès, Brigitte Ory, Frédéric Pénin, Thierry Polack e Philippe Wehmeyer, que tanto me ajudaram com suas críticas construtivas e motivadoras e com seus trabalhos de logística e distribuição.

A Christophe Charbonnel, meu amigo de infância que amo como um irmão (e sabe que estou sendo modesta) e que esteve presente em todos os momentos importantes de minha vida. Mais uma vez, você foi prova disso com seu envolvimento nesse projeto, desde o design até a produção do meu site (www.maud-ankaoua.com).

Aos meus amigos, minha querida família e meus sogros, que envolvem meu coração com sua luz suave.

Aos meus sobrinhos e sobrinhas, afilhados e primos de segundo grau (Célestin, Chloé, Coline, Flavie, Juliette, Ladislas, Lilly, Nicolas, Oscar, Valentin e Victoire), que muitas vezes me mostram o caminho da espontaneidade.

E, finalmente, aos pilares de minha vida, meus dois guarda-costas que equilibram minha vida diária:

Stéphane Ankaoua, meu irmão, meu confidente, que segura minha mão desde que nasci. Eu o vejo guiar meus passos com tanto amor. Você sempre soube como encontrar as palavras certas para me manter de pé nos momentos difíceis e como se deleitar com minha felicidade, como se fosse a sua.

E Delphine Guillemin, que acreditou em mim como ninguém e me deu uma força indispensável através de seus olhares, suas palavras, seus gestos diários, seus conselhos, a fim de tornar esse sonho realidade.

A versão autopublicada deste livro foi parar nas mãos de uma mulher que o levou até o Grupo Eyrolles, que assumiu os riscos de dar a ele a chance de ser publicado, distribuído e comercializado em larga escala. Marguerite Cardoso, obrigada do fundo do meu coração por sua audácia e coragem. Obrigada por sua confiança, que sempre me envolveu ao entrar em seu escritório. Obrigada por me acompanhar passo a passo com tanta humildade e por ter aberto seu reino para mim, apresentando-me a uma equipe excepcional com quem tive o imenso prazer em trabalhar: Rachel Crabeil, Géraldine Couget, Marion Alfano, François Lamidon, Claudine Dartyge, Aurelia Robin, Nathalie Gratadour e toda a sua equipe comercial.

Muito obrigada também a Marie Pic-Pâris Allavena, gerente geral do Grupo Eyrolles, sem a qual esse projeto não teria sido possível.

A todos vocês, obrigada!

Agradeço do fundo do meu coração pela ajuda e pelo apoio de vocês nesta aventura extraordinária.

Obrigada por estarem ao meu lado.

Obrigada por serem quem vocês são.

Obrigada por esperarem por mim… Vocês são meu maior tesouro.

Estou no auge de minhas emoções ao escrever estas últimas linhas, tudo o que falta para ver esta nova edição se materializar.

A todos vocês, queridos leitores que eu ainda não conheço: já estou ansiosa para encontrá-los e conversar com vocês. Obrigada por me acompanharem até estas últimas linhas.

Até logo,
Maud

Este livro foi composto com tipografia Adobe Garamond Pro e impresso em papel Off-White 80 g/m² na Formato Artes Gráficas.